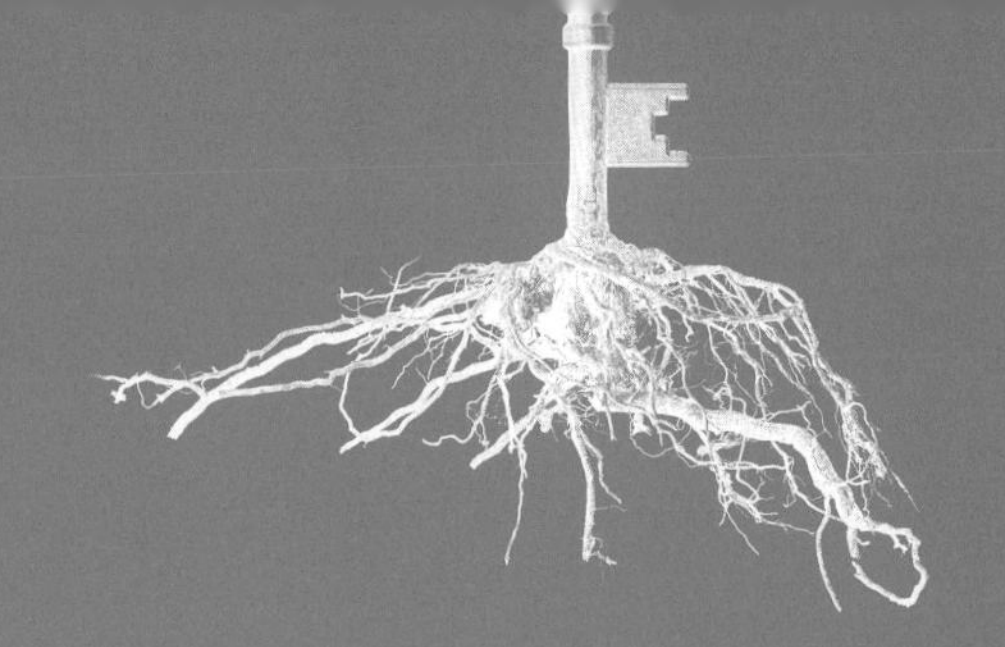

THE PRO MISE

約束

Damon Galgut

デイモン・ガルガット

宇佐川晶子 訳

早川書房

約束

THE PROMISE
by
Damon Galgut

Translated by
Akiko Usagawa
First published 2024 in Japan by
Hayakawa Publishing, Inc.
This book is published in Japan by
arrangement with
Felicity Bryan Associates Ltd., Oxford, U.K.
through Tuttle-Mori Agency, Inc., Tokyo.

装画／Alexander Levetan
装幀／山田和寛（nipponia）

今朝、私は黄金の鼻を持つ女に会った。彼女はキャデラックに乗って、腕に一匹の猿を抱いていた。運転手が車をとめ、女は私にたずねた。「あなたがフェリーニ？」その金属的な声で彼女は続けた。「あなたの映画にはどうしてまともな人物がひとりも出てこないの？」

——フェデリコ・フェリーニ

代理人、料理人、添乗員、そのすべてを引き受けてくれた
アントニオとペトルキオに

登場人物

マニ・スワート………………南アフリカ、プレトリアの農場主
レイチェル・スワート………マニの妻
アントン・スワート…………長男
アストリッド・スワート……長女
アモール・スワート…………次女
サロメ…………………………スワート家で働く黒人のメイド
ルーカス………………………サロメの息子
マリーナ………………………マニの姉
オーキー………………………マリーナの夫
アルウィン・ジマース………牧師
シェリーズ・クーツ…………弁護士
ルース…………………………レイチェルの姉
マーシャ………………………レイチェルのすぐ上の姉
デジレ…………………………アントンの妻
ディーン………………………アストリッドの前夫
ジェイク・ムーディ…………実業家。アストリッドの再婚相手
ティモシー・バッティ………神父

母（マー）さん

金属の箱が彼女の名をしゃべった瞬間、アモールはそれが起きたことを知る。朝からずっと気分が張り詰めていて、頭が重く、夢の中で警告を受けたのに、それが何だったか思い出せないような感じだった。意識下の何かのサインかイメージ。下に潜むトラブル。地底で燃える火。

けれども、その言葉が声に出して伝えられても、アモールは信じない。目をつぶって首をふる。嘘だ、嘘だ。伯母さんがたった今言ったことが本当のわけがない。誰も死んでいない。それはただの言葉、それだけ。仰向けに転がった昆虫みたいに、訳もなく机の上に横たわる言葉をアモールは見つめる。

ここはミス・スターキーの校長室で、拡声器の声に命じられて、アモールはここにきた。この瞬間をずいぶんと長いこと待ち続け、何度も頭の中で思い描いてきたので、まるでもう既成事実のような気がする。でも今、その瞬間が実際にやってくると、それは遠いおぼろな夢だ。それは実際には起きなかった。母（マー）さんにかぎって。母さんはこれからもずっと生きている。

お悔やみを言いますよ、ミス・スターキーがまたそう言って、薄いくちびるを閉じて大きな前歯を覆い隠す。ミス・スターキーはレズビアンだと言う女子生徒がいるけれど、誰かと性的行為におよぶミス・スターキーなんてとうてい想像できない。それとも、一度だけやって、それっきり、永遠に愛想をつかされてしまったのかも。わたくしたちみなが耐えなければならない悲しみです、とミス・スターキーが生真面目な声でつけくわえているあいだ、マリーナ伯母さんは身をふるわせてティシューで目をおさえているけれど、伯母さんはいつも母さんを見下していたから、母さんが死んだって、たとえ死んでいなくたって、ちっとも気にしていない。

伯母さんは一緒に階下におり、アモールが宿舎に戻ってスーツケースに荷物を詰めているあいだ、外で待っている。アモールはこの七カ月ここで生活しながら、起きなかったことが起きるのを待っていたが、そのあいだずっと、ここの細長くて、床がリノリウムの冷たい部屋が嫌でたまらなかったのに、出て行かなくてはならなくなると、行きたくなくなる。彼女の望みはベッドに入って眠り、永遠に目をさまさないことだ。母さんみたいに？　ちがう、母さんみたいにじゃない、だって母さんは眠っていないのだから。

いやいや服をスーツケースに詰めてから、学校の本館前まで運んでいくと、伯母さんが立ったまま池をのぞいている。大きくて太ってるのね、と伯母さんは池の中を指さして言う。あんな大きな金魚、見たことある？　ない、とアモールは言うが、伯母さんが指さしているのがどの魚なのかわからないし、どっちみちそれは現実じゃない。

セダン（クレシダ）に乗り込み、それも現実じゃないけれど、曲がりくねった校内の車道を走る。車の窓から見える景色は、夢だ。ジャカランダの花が咲きほこっていて、明るい紫の花が、派手すぎて気持ちが悪い。正門まできて、車が左ではなく右に曲がったとき、どこへ行くのとたずねる自分の声がほかの誰かのこだまみたいに聞こえる。

わたしの家、と伯母さんが言う。オーキー伯父さんを乗せるためよ。昨夜は慌てて出てきたでしょ、ほら、あれ、あれが起きて。

(あれは起きなかった)

マリーナ伯母さんはマスカラで囲んだちいさな目でちらりと横を見るが、今もって、少女は反応しない。年上の女の落胆は、こっそり放ったおならみたいに明白だ。レキシントンを学校へやってアモールを連れてこさせてもよかったのだが、そうはしないで彼女がじきじきに出かけてきたのは、危機のさいに頼られたいからで、そのことは誰もが知っている。歌舞伎の隈取みたいな化粧をした丸顔の陰で、彼女はドラマやゴシップや安っぽい見せ物に飢えている。テレビの流血沙汰や裏切りも悪くはないが、この現実は、願ってもないチャンスを与えてくれた。女性校長の前であらたまって伝えられた恐ろしい知らせ！　それなのに、役立たずでおデブの、この気の利かない姪は、ほとんど一言もしゃべらなかった。まったくこの子にはなんだかおかしなところがある、マリーナは以前からそのことに気づいていた。彼女はそれを落雷のせいにする。ああ、かわいそうに、あのあとこの子は変わってしまった。

ラスクをお食べ、伯母さんは不機嫌に言った。後部シートにあるから。

でもアモールはほしくない。食欲がない。マリーナ伯母さんはいつも菓子を焼いては人びとに食べさせようとしている。アモールの姉のアストリッドは、自分だけ太りたくないからよと言い、事実、伯母さんはティータイムのおやつの本を二冊出版していて、特定の白人年配女性層に人気があった、近頃は特に。

マリーナ伯母さんは考える。まあ、すくなくともこの子に話しかけるのは楽だわ。人の話をさえぎらないし、口論をふっかけないし、ちゃんと耳を傾けているようだし。求められるのはそれだけだもの。学校からラウプシャー一家の住むメンロ・パークまでは大した距離ではないが、今日は時間が引き延ばされているような気がし、マリーナ伯母さんは感情に訴えるアフリカーンス語（南アフリカ共和国のオランダ系白人の母語）でずっとしゃべっている。ほめられた動機ではないにせよ、その声は内緒話でもするように低くて、指小辞だらけだ。話題はいつもの、改宗したことで母さんが一族全体を裏切ったという話。もとい、改宗じゃなくて、元の宗教に戻っただけだ。ユダヤ教に戻るなんて！　母さんが病気になってからのこの半年間、この話題に関して伯母さんはすごく嫌味だけれど、アモールにどうしろというのだろう？　ただの子供で、なんの力もないし、いずれにしろ、そうしたいのなら、もともと信じていた宗教に戻ることのなにがそんなにいけないのだろう？

　アモールは耳を貸すまいと、ほかのことに意識を集中させる。運転するとき、伯母さんはちいさな白いゴルフ用手袋をはめる。ただの体裁なのか、それともバイ菌が怖いだけかもしれないが、ハンドルの上を動くその両手の白っぽい形に、彼女は意識を釘付けにする。手と、その形と、短くてずんぐりした指に集中し続けることができれば、両手の上のほうにある口が言っていることを聞かないですむし、聞かなければ、それは本当ではなくなる。本当なのは両手と、それを見ているわたしだけだ。

　……本当のところ、わたしの弟を困らせるためだけにあんたのお母さんはオランダ改革派を捨ててユダヤ教に戻ったのよ……だから彼女を農場に、夫の隣に埋葬することはできない、それが実際の理由……正しい道と間違った道があるわけで、こう言っちゃなんだけど、あんたのお母さんは間違った道を選んだの……まあとにかく、とマリーナ伯母さんは家に到着するとためいきまじりに言う。神が彼女をお赦しになり、今は彼女が安らかに眠っていることを祈りましょう。

美しい緑と紫とオレンジ色のストライプが入った日除けの下の私道に彼らは車をとめる。その向こうに白い南アフリカのジオラマが広がっている。ブリキの屋根に赤っぽい化粧煉瓦（れんが）、白茶けた庭の堀に囲まれた郊外特有の平屋建ての家。茶色の広い芝生に置かれたさびしそうなジャングルジム。コンクリート製の小鳥の水浴び用水盤、子供が中に入って遊ぶ小型の家、トラックのタイヤのブランコ。もしかしたら、あなたもそんな場所で育ったかもしれない。すべてがはじまった場所だ。

アモールは伯母さんについて勝手口へ向かうが、足が地面から数センチ浮いて宙を歩いているようでめまいがする。中に入ると、オーキー伯父さんがその朝二杯めのブランディのコーク割りを作っている。水資源省の製図士としての政府の仕事を最近引退したばかりの伯父さんは、気の抜けたような毎日を送っている。妻の突然の出現にオーキーはあわてて背筋を伸ばし、ニコチンで茶色く染まったひげを舐める。適切な服に着替える時間はいくらでもあったのに、いまだにトラックスーツのパンツとゴルフシャツにサンダルという格好だ。角材のような身体つきで、薄くなった髪にブリルクリームをつけて横から横へ流して頭皮を隠している。アモールに汗ばんだハグをするが、どちらもひどくぎごちない。

お母さんのことは気の毒にな、と彼は言う。

あ、いいの、アモールは言ったとたんに泣き出す。人びとは、母親があの言葉になったから、一日中わたしをかわいそうだと思うの？　泣いている自分が熟れてはじけたトマトみたいに醜い気がして、アモールは、寄せ木細工の床と、吠えるマルチーズプードルと、釘のように食い込んでくる伯母と伯父の目があるこのいやなちいさい部屋から逃げなくちゃ、と思う。

オーキー伯父さんの辛気臭い水槽の前を通って、この頃このあたりで人気の、さざ波模様の漆喰壁のある廊下をバスルームへと急ぐ。彼女がどのように涙を洗い流したか、ぐだぐだと記す必要はない。薬棚の扉をあけて中をのぞきこむという、どの家へ行ってもすることをしながらも、ずっとすすり泣いていたと言っておこう。ときどき興味深いものが見つかるが、ここの棚は入れ歯の安定剤と痔の坐薬といった気の滅入るものでふさがっている。のぞいたことがうしろめたくなり、彼女は自分をゆるすために、ひとつひとつの棚にあるものを数え、もっと楽しい順番に並べかえないと気がすまなくなる。そのあと、伯母が気づくだろうと思い、ふたたび元通りに並べ直す。

廊下を引き返す途中で、従兄弟（いとこ）のヴェセルの寝室のドアがあけっぱなしになっていて、立ちどまる。彼はマリーナ伯母さんの子供たちのうちで一番若くて一番身体が大きく、今もひとりだけ実家で暮らしている。もう二十四歳だが、兵役を終えてからは家でぶらぶらしているばかりで、今は切手収集に余念がない。どうやら社会に出ることに支障があるらしい。伯父さんによれば、ヴェセルはうつで、伯母さんが言うには、自分の道を見つけようとしているところだ。でも父さん（パパ）は、甥はものぐさで甘やかされているだけで、尻をたたいてでもなにか仕事をさせるべきだと言っていた。

アモールは従兄弟が好きではないし、この瞬間は特に、大きくて肉付きのいい手やプリン型みたいなヘアカット、文字のSを発音する胡散臭い口調が嫌いだ。いずれにしても、絶対に人と目を合わせようとしないヴェセルだが、今アモールにろくすっぽ視線を向けないのは、切手アルバムを膝の上で開いて、拡大鏡でコレクションのお気に入りのひとつ、ドクター・フルウールト（南ア共和国の政治家でアパルトヘイト政策を制定したとされる）の三枚組の記念切手――その偉大な人物の殺害後、数カ月で発行された――を眺めているからだ。

ここで何してるんだ？

伯母さんがわたしを学校まで迎えにきたの。食料品を持って、伯父さんの車で出るためよ。

ふうん。今から帰るのか？

うん。

お母さんのことは気の毒だった、とヴェセルが言って、ついにアモールをちらりと見る。こらえきれなくなってアモールはまた泣き出し、袖で涙を拭かなくてはならない。だが、彼の注意は切手に戻っている。

すごく悲しい？　アモールを見ないまま、ヴェセルが上の空で問いかける。

アモールは首をふる。この瞬間はそれが事実だ。何にも感じない、からっぽだ。

愛してた？

もちろん、と言う。でも、そう答えながらも、胸の中でうごめくものはない。自分は本当のことを言っているのかといぶかしくなる。

三十分後、アモールはオーキーの古いフォルクスワーゲンの後部シートにすわっている。伯父さんは教会に行くときの服装、茶のズボンに黄色のシャツ、磨きあげた革靴に身を固め、アモールの前の運転席に突き出た大きな耳ですわっていて、くわえている煙草の煙がフロントガラスにいたずら書きをしている。その隣にすわる彼の妻は、シャワーを浴びて着替え、ジュテームをふりかけ、キッチンにあった焼き菓子の材料を入れた袋を持っている。折しも車はこの都市の西端にある墓地の前を通過中で、ちいさな人の輪が地面に掘られた穴のまわりに立っており、近くにはユダヤ人墓地があって、もうすぐそこに、だめ、そのことは考えちゃだめ、お墓を見ちゃだめ。いやでもヒーローズ・エイカー墓地の看板が目に入るけれど、英雄たちって誰なんだろう、誰も説明してくれたことがない、母さんは今、英雄なんだろうか、そのことも考えちゃだめ。やがて都市の反対側にある、コンクリートと洗車スタンドと薄汚いフラットのブロックが続く感じの悪い一帯に入っていく。いつもの道を進んでいればもうすぐ市外に出るのに、今日はアッテリッジヴィルのタウンシップ（黒人専用の居住地）で騒ぎが起きているので、ほかの道を通らなくてはならない。すべてのタウンシップで騒動が発生していて、そこらじゅうがその話でもちきりで、非常事態が黒雲みたいにたれこめ、報道は検閲されているし、ぴりぴりした雰囲気が広がっているが、空電のかすかなパチパチいう音のように、あらゆるものの陰から湧き出すたくさんの声は鎮めようがない。しかしその声は誰の声？　なぜ今は聞こえないのだろう？シーッ、注意すれば聞こえる。耳をすませば。

……われわれはこの大陸における最後の前哨基地であ……南アフリカが倒れれば、モスクワはシャンパンを飲むだろう……それについては誤解のないように言わせてもらうが、多数派のルールが意味するのは共産主義……

オーキーはラジオを消す。政治的演説を聞く気分ではない。景色を眺めるほうがずっとましだ。彼は想像のなかでフォールトレッカー（一八三〇年代に南アの奥地を探検したオランダ系移民［ボーア人］）の子孫のひとりになりきり、牛の引く車でゆっくりと奥地へわけいっていく。そう、予測可能なやりかたで夢を見る者もいるのだ。平原をゆったりと行く勇敢なる開拓者オーキー。窓の外を流れる茶色と黄色の田園は、そこを切り裂く川をのぞけば、広大な大草原（ハイフェルト）の空の下で干からびている。農場は、彼らは農場と呼んでいるが、実際は本物の農場ではなくて、馬が一頭、雌牛が数頭、鶏と羊が何匹かいるだけで、ハートビースプールト・ダムに行く途中の低い丘陵と渓谷のあいだにある。

片側のずっと先、フェンスの向こうに金属探知機を持った男たちの一団が見える。地面に穴を掘るアフリカ黒人の少年たちを監督しているのだ。この渓谷全体はかつてポール・クルーガー（旧南ア連邦大統領。ボーア人）の所有地で、ボーア戦争でそのあたりの石の下に二百万ポンド相当の金貨が埋められたという根強い噂がある。だから、こっちを掘れ、あっちを掘れと、過去の富を追っている。欲の深いことだが、それすらもオーキーの胸にノスタルジックな喜びをかきたてる。わが祖先は勇敢で忍耐強く、英国人より長く存続したし、黒人より長く存続するだろう。アフリカーナー（十七世紀、ケープタウンに移住してきたオランダ人系白人の子孫）は別格の民族であるとオーキーは本気で信じている。なぜマニがレイチェルと結婚しなくてはならなかったのか、彼にはわからない。油と水は混ざらない。彼らの子供たちからもそれがわかる。そろって出来が悪い。

すくなくともこの認識においては、オーキーと彼の妻の意見は一致している。マリーナは義妹が好きではなかった。弟マニとの組み合わせはなにもかも間違っていた。どうして弟は同じアフリカーナーの女性と結婚できなかったのだろう？　間違いだったよ、とマニは言った。だからこんな代償を支払っている。マニは昔から愚かな頑固者だった。あんな見栄っ張りでうぬぼれ屋の女のために、実家の願いにさからい、結局、いうまでもなく、あの女は彼を籠絡した。セックスで。マニが手を出さずにいられなかったせいで。マリーナ自身はさほど好きでもない行為だが、例外はあって、一度サン・シティで機械工を相手にしたときは――いけないいけない、口をつぐんでいなくては。今あんなことを持ち出すのは厳禁だ。ひげを剃る年齢になってから、弟は堕落した好色漢になり、楽しんでは厄介事を引き起こし、ついにヘマをしでかした。そして一切が変わった。そのヘマの産物の一部は今、どこかで兵役についている。彼には今朝知らせたから、明日には帰ってくるだろう。

アントンは明日帰ってくるからね、とアモールに告げたあと、マリーナはサンバイザーの鏡で口紅を塗り直しはじめる。

彼らはいつもとは逆の側から枝道に到着し、アモールはゲートをあけるためにいったんおりて、車が入ったあとまた閉じなくてはならない。車はそのあとでこぼこの砂利道をがたがたと進み、ところどころに飛び出た石が金属的な音をたてて車台をこする。アモールにはその音が強くなって自分に食い込んでくるように思える。頭痛がひどくなる。公道を走っているあいだは、自分はただふわふわ漂っているだけなんだというふりをすることがほぼできた。でも今は、あらゆる感覚がそろそろ到着だ、と告げている。アモールは家に着きたくない。着いてしまうと、あることが起きたことがあきらかになって、人生が変わり、けっして元には戻らないことが事実になる。鉄塔の下をくぐって小丘のほうへ延びる道を行きたくない。坂をのぼりたくないし、その向こうの窪地に建つ家を見たくない。でも、そこに家はあって、アモールは家を見る。

彼女はそこがあまり好きではなかった。祖父が最初に買ったときですら、それは気味の悪いちいさな家だった。灌木(かんぼく)の生い茂るここに、誰があんなスタイルの家を建てたのだろう？　でもお祖父さん(エウパ)がダムで溺れ死んで、父さん(パー)が家を受け継ぐと、父さんはスタイルもへったくれもなく、部屋や離れをいくつも建て増し、それらを民芸調と呼んでいた。父さんの建築計画はでたらめだったけれど、母さんによれば、もともとのアールデコ様式を女々しいと思っていた父さんがそれをごまかしたかったからだという。まったく、ばかばかしい、と父さんは言った。おれのやりかたは実用的なんだ。ここは農場であって、おとぎの国じゃない。でも、それがどういうことになったか、見てみればいい。とんでもないごちゃまぜ状態だ。夜には施錠しなければならないドアが外側に二十四もあり、ちぐはぐな様式がくっつきあっている。草原のどまんなかのここに、端切れを縫い合わせた服を着た酔っぱらいみたいに、うずくまっている。

それでもこれはわたしたちの家だ、とマリーナ伯母は考える。家は見ないで土地のことを考えてみよう。石ころだらけの役立たずな土地は、手の打ちようがない。でもここはほかの誰でもないわたしたちのものであり、そのことに力がある。

それにすくなくとも、と彼女は声に出してオーキーに言う。あの女はやっと消えてくれた。

そのあとすぐマリーナは子供が後部シートにいるのを思い出す。言葉に気をつけなさいよ、マリーナ、とりわけ葬式が終わるまでの数日は。英語でしゃべりなさい、そのほうが下手なことを言わずにすむ。

誤解しないで、と彼女はアモールに言う。あんたのお母さんのことは尊敬していたわ。

（嘘だ、してない）でもアモールは声に出しては言わない。車の後部シートで彼女は石のように固まっていた。車がついにとまろうとしている。オーキーは私道からすこしひっこんだところに車をとめなくてはならない。家の前に多すぎるほどの、そのほとんどが見おぼえのない車がとまっているためだ。ここで何をしているんだろう？　人びとも出来事も、すでに中心にある母さんの形をした穴へ引き寄せられている。アモールは車をおりてドアを静かに閉めながら、細長くて黒い一台の車に目をとめる。世界がいっそう重くなる。あの車の運転手は誰？　どうしてわたしの家の外に車をとめているの？

まだ彼女を連れていかないよう、ユダヤ人たちに言っておいたわ、とマリーナ伯母さんが知らせる。そうすれば、あんたがお母さんにお別れを言えるから。

なんのことだか、とっさにはわからない。ざく、ざく、ざくと砂利道を踏みしめる。正面の窓越しに見えたのは、居間に濃い霧のように人びとが集まって、その中心で椅子にすわった父さんの身体が折れ曲がっていることだ。泣いているんだ、とアモールは思い、そのあと、ちがう、祈っているのだと思い直す。泣いているのか祈っているのか、最近の父さんに関してはその違いが判然としない。

次の瞬間、明瞭な理解が生まれ、あそこには入っていけない、とアモールは思う。あの黒い車の運転手が、わたしが母さんにさよならを言えるよう中で待っているから、ドアをくぐることはできない。くぐったら、あのことは事実になって、わたしの人生は二度と元通りにはならない。だから彼女は表でぐずぐずし、そのあいだにマリーナはもったいぶった靴音を響かせながら、製菓材料の袋を持って先に立ち、オーキーがのろのろとそのあとを追い、アモールはスーツケースを階段の上に放り出して家の横手へさっとまわりこみ、外壁に設けられたコンクリートの凹みにおさまった避雷導線やガスボンベの前を通過し、日差しを浴びたジャーマンシェパードのトージョーが脚のあいだの紫色のふぐりをさらして寝ている裏のパティオを抜け、芝生を越え、小鳥の水浴び用水盤やカポックの木、納屋とその裏の労働者たちの小屋を通過して、小丘へ向かって走っていく。

どこなの、あの子は？　わたしたちのすぐうしろにいたのに。

マリーナはあのばか娘がしでかしたことが信じられない。

困ったもんだ（ジャー）、とオーキーが賛意をあらわし、それから、もっと強調したくて、繰り返す。困ったもんだ！

やれやれ（アハ）、そのうち戻ってくるわ。マリーナは寛大な気分ではない。この人たちにあの哀れな女をさっさと連れて行ってもらいましょう。せっかくあの子のために遅らせてやったのに、無駄だったわ。

細長い車の運転手、マーヴィン・グラスは二時間前からキッチンに腰をおろし、ヤムルカ（ユダヤ人男性がかぶる縁なしのちいさな帽子）をかぶって、故人の義姉だといういばりくさった女の指示を待っており、今、その女からさっさと行動するよう命じられる。なんともやりづらい家族で、なにがどうなっているのかはっきりしないが、彼は気にする風もない。うやうやしい沈黙をもって待機するのがこの仕事の基本的部分であり、彼は感じてもいない深い落ち着きを装う能力を磨いてきた。マーヴィン・グラスは本来、落ち着きのない人間だ。

今、彼ははじかれたように立ちあがる。助手とふたりで二階の寝室から故人の亡骸（なきがら）を運びだしにかかる。これにはストレッチャーと遺体袋、それに配偶者の最後の愁嘆場がかかわってきて、夫は妻の亡骸にとりすがり、行かないでくれと懇願する。まるでみずからの意志で出ていこうとする妻を説得して、思い直させることができるとでもいうかのようだ。もしたずねられたら、これは珍しいことではないとマーヴィンは教えてくれるだろう。遺体が持つ摩訶不思議な引力が人びとを引き寄せることを含めて、彼はこれまで何度もこうしたシーンを見てきた。明日になったら、もうこの状態は変化して、遺体はとうに消えてなくなり、種々のプランや手筈、追憶、時間がその永遠の不在の上にかぶさっている。そう、早くも。消滅はただちにはじまるが、ある意味では決して終わらない。

だが今のところは肉体が、恐ろしくも示唆に富む現実があって、そのことが全員に、死んだ女性を好きでなかった人びと――そういう人は常に少数いるものだが――にさえ、いつかは自分たちもちょうど彼女のようにそこに横たわり、みずからを見ることすらできないただの抜け殻になるのだ、ということを思い出させる。理性は肉体の消滅にひるみ、思考しない肉体という、寒々しいがらんどうについて考えることができない。

さいわい、病気が中身を食い尽くしたせいか、彼女は重くないので、階段の下へ運びおろして、きわどい角度をまわりこんで、通路からキッチンへと進むのは楽勝だ。裏口から出ると、いばりくさった義姉が、客たちの前を通らないよう家の横を進めと彼らに命令する。訪問者たちがこの最後の旅立ちに気づいても、それはただの音、細長い車が外でエンジンをかけた音と、エンジンが遠ざかっていく音だけだ。

こうしてレイチェルはいなくなる、本当にいなくなる。彼女は二十年前、妊娠中の花嫁としてここへやってきて、以来ずっとここにいたが、玄関から歩いて入ってくることは二度とない。

霊柩車（ハース）の中、いや、つまり家（ハウス）の中では、暗黙の恐怖が、なぜかはわからないし、誰もなにも言わなかったのに、おさまりつつあった。たいていの場合、不安を和らげるのは、お茶をもう一杯いかが？　とか、わたしの作ったラスクを一枚どう？　とかの言葉なのだが。

マリーナはもちろんしゃべっている。彼女は今にもあふれそうな荒海に、ネックレスをひねりながら耳ざわりのいい言葉をたらす名人なのだ。

いらない、腹がすいていないんだ。

そう答えたのは、彼女よりずっと年下の弟マニだ。マリーナの目には弟が、かつて子供だったときに拾って育てたフクロウの雛のように見える。

さあさ、せめてお茶ぐらい飲みなさい。そんなに泣いてばかりじゃ脱水症状になっちゃうわよ。

ああ、もうもうもう、彼は怒りにも似た激しさで答えるが、マリーナに話しかけているのではなさそうだ。

あのフクロウはどうなったんだったかしら？　なにかひどいことがあったような気がするが、マリーナははっきり思い出せない。

茶なんか二度と飲むか、マニが言う。

まあ、ばかなこと言わないの、マリーナはいらだたしげに言う。

マニがどうして妻の死にこれほど打ちのめされているのか、彼女には理解できない。あの女は半年前から死にかけていたのだし、今日に備える時間が弟にはたっぷりあったのだ。それなのに彼ははいているジャージーのズボンみたいによれよれで、彼女はマニが飛び出た糸をひっぱっているのに気づいた。

およしなさい、とマリーナは言う。それを脱いでよこして。直してあげるから。

マニは黙って従う。マリーナはズボンを持ち去り、針と糸を探しに行く。レイチェルがそういうものをしまっているとして。しまっていた、だ。心の中で訂正するのは気分がいい。硬直した関節が気持ちよく動くようになるみたいな感じ。これからずっとレイチェルは過去形だ。

春の日は暖かだが、マニはジャージーがなくなって身震いする。また温まることはあるのだろうか？　レイチェルが生きていたあいだはなかった激しさで、彼は今、猛烈に彼女を求めており、金属のような冷たさで妻の不在が体内深く居座っている。レイチェルはおれの奥の奥にたどりついて、ちいさなナイフを何本も突き立てる方法を知っていた。憎しみと愛情の区別がつかなかった。それぐらいおれたちは密着していた。からみあった二本の木、根っこは運命のように一体化していた。逃げ出したがらないやつがどこにいる？　だが神だけはおれを判断できる、神だけはおれを知っている！

ゆるしてくれ、神よ、いや、レイチェルと言うつもりだったんだ、レイチェル、おれの肉体は大半の男より弱いんだ。

また泣いているわ、マリーナは部屋の向こうから弟を見る。結局、裁縫道具は抽斗に入っていて、マリーナは家中の人の往来を観察できる隅に陣取り、人の役に立っていることを大っぴらに見せつけている。裁縫に焼き菓子作り、マリーナの手は実用向きだ。にもかかわらず、夫が新たな飲み物を手に通りすぎると、そっちに気を取られ、針で指をついてしまう。

とたんに、フクロウがどうなったかを藪から棒に思い出す。ああ、かわいそうに。血のこびりついたあの白い羽。

ちょっと、いい加減になさいよ、彼女はオーキーに呼びかける。

だが彼は立ちどまることなく、ブランディのついたひげを舐めながら考える。やかましい、誰だ？　束の間、彼は自分がここにいる理由を忘れて、居間にいる男に話しかける。楽しんでますか？

は？　男は言う。

だがオーキーはここにいる理由を思い出し、前後に身体を揺らす。いや、こういう状況ではあるが、ってことですよ。

彼が話しかけている相手はオランダ改革派教会の牧師見習いだ。背が高く、神経質で、喉仏の飛び出たこの見習いは、誰にも知られていないことだが、この一年間、ほぼ完全に信仰心を失っていた。自分がイバラだらけの荒野をよろめき歩いているような気がし、したがってそれを隠すために、しきりとほほえんでいる。オーキーが話しかけたときも、笑みを浮かべて、もはやなにも信じることができないというまさにその問題について考えていたので、話しかけられると、うしろめたさにぎくりとする。

居間のガラスのスライドドアの向こうに、このふたり、伯父と、信じる心を失いかけた牧師見習いがいるのが、アモールには見える。小丘のてっぺんからは家の正面全体が見える。すべての窓がずらっと並んでいて、ここにすわるのが好きなのはそれが理由だけれど、ひとりでここにいてはいけないことになっている。下のほうにあるその家がこんなに忙しそうなのはかつてないことで、無数の人影がおもちゃの建物にいるおもちゃの人びとみたいに動きまわっている。でもアモールが注意を注いでいるのは彼らではない。彼女が見ているのはたったひとつの窓、二階の左から三つめの窓。あそこにいるんだ、と考える。わたしが丘をおりて、階段をのぼっていったら、あの部屋にいてわたしを待っている。いつもみたいに。

そのときその部屋で誰かが動き回っているのが見える。女性の姿がせわしなくいったりきたりしている。半分目を閉じれば、それが本当は母親で、健康を取り戻して元気になった母親がベッドわきから薬を片付けているところが想像できる。薬はもういらない。母さんはまたよくなり、時間が巻き戻され、世界は元通りになる。簡単に。

でも、自分がそういうフリをしているのはわかっている。あの部屋にいるのは母さんじゃない。もちろん、あれはサロメ。サロメは永遠の昔からこの農場にいた、というか、そんな気がする。わたしのお祖父さんはいつも彼女のことをこんなふうに言っていた。ああ、サロメか、土地もろともサロメも手に入れたんだ。

サロメは一瞬手をとめて目をこらし、ベッドからシーツをはがす。がっちりした体格で、母さんから何年も前にもらったお古の服を着ている。頭はヘッドスカーフで覆い、裸足の足の裏はひびわれ、汚れている。両手にも傷がある。数えきれないほど何度もあちこちにぶつかってできた擦(す)り傷や切り傷のあと。年齢はたぶん母さんと同じ、四十歳らしいけれど、老けて見える。正確な年齢を当てるのはむずかしい。顔はたいした手がかりにならない。サロメは人生を仮面みたいに、彫ったイメージみたいにかぶっている。

でもいくつか確かなことがある。その目で見たからわかることだ。家の掃除をし、そこで暮らす人たちの服を洗濯するのと同じように、サロメは最期がくるまで黙々と病気の母さんの世話をし、服を着せ、脱がせ、熱いお湯のバケツとちいさなタオルで入浴を手伝い、トイレの手伝いもした。そう、おまるを使ったあとの母さんのお尻を拭くことまでし、血やら便やら膿やらおしっこやら、母さん自身の家族が汚いとか、気まずいとかで敬遠したことを残らずやっていた。サロメにやらせよう、そのために給料を払っているんだ、そうじゃないか？　母さんが死んだときもサロメはベッドのすぐそばにいたけれど、誰の目にもサロメは入っていなかったらしい。サロメはどうやら目に見えない存在のようだ。そしてサロメがどう思っているかも、目に見えない。これを片付けて、シーツを洗って、と命じられたら、サロメは言われたとおり、片付け、シーツを洗う。

でもアモールは窓越しにサロメを見ることができるから、サロメはちっとも目に見えない存在じゃない。今になって理解できた記憶をたぐりよせる。ちょうど二週間前の午後、あの同じ部屋には母さんと父さんがいた。彼らはわたしが隅にいるのを忘れていた。わたしは目に入らなかったのだ。彼らにとってわたしは黒人女性のようなものだった。

（約束する、マニ？

ホラー映画のワンシーンみたいに骨と皮ばかりの両手が父さんにすがりついていた。

ああ、するよ。

だって彼女にはなにかあげたいと心から思っているのよ。これだけ世話になったんだから。

わかるよ、父さんが言う。

そうすると約束して。言葉でちゃんと言ってちょうだい。

約束する、喉を詰まらせて父さんが言う)

今でもありありと目に浮かぶ。イエスとその母のようにからみあった両親、抱き合って泣いているひどく悲しいひとつの塊。どこかほかのもっと高いところからばらばらに聞こえてきたその言葉が、今やっとアモールに届いた。だからようやく、両親が誰の話をしていたのか理解する。いうまでもない。はっきりしている。決まってるじゃない。

アモールがすわっているのは焼け焦げた木の根元、ふたつの岩のあいだにあるお気に入りの場所だ。雷が落ちたとき、わたしはここにいて、もうちょっとで死ぬところだった。白い火の玉がドンッと空から落ちてきた。神がおまえに指をつきつけたかのようだった、と父さんは言うけれど、どうしてわかるんだろう。あのとき、父さんはここにいなかったのに。主の激しい怒りは復讐の炎に似ている。でもわたしは木と違って、燃えなかった。足をのぞけば。

二カ月入院し、回復した。いまだに足の裏に圧痛があって、片足の小指は欠損している。アモールは今、そこに触れ、傷跡を指でいじる。いつか、と声に出して言う。いつか、わたしが実行する。でもその思いは途中で砕け、いつかアモールがすることが、宙ぶらりんになる。

今、起きているのは、ほかの誰かが反対側から丘をのぼってくるということだ。人影が近づいてきて、ゆっくりと大きくなり、年齢と性別と人種が、衣服の品目みたいにあきらかになる。アモールの視界に黒人の少年が入ってくる。やはり十三歳で、ぼろぼろのショートパンツにTシャツを着て、破れた運動靴をはいている。

汗で服が肌にへばりついている。手ではがせばいいのに。

こんにちは、ルーカス、アモールは言う。

元気かい、アモール。

まず、棒切れで地面をたたくことが必要だ。そのあと彼は岩の上に腰をおろす。こうすれば互いに話しやすい。彼らがここで会ったのは今度がはじめてではない。そろそろ大人の仲間入りだが、やっぱりまだふたりとも子供だ。

母ちゃんのこと、残念だったたね、ルーカスが言う。

アモールはまた泣きそうになるが、泣かない。ルーカスがそれを言うのはかまわないのだ。だってルーカスのお父さんもヨハネスブルグ近くの金鉱で、彼がほんのちいさな子どものときに死んでいるから。何かがふたりを結びつけている。たった今思い出したことがあふれてきて、アモールは彼にそのことを言いたくなる。

あれはもうあなたの家よ。

ルーカスはわけがわからず、アモールを見る。

わたしのお母さんがお父さんに、あの家をあなたのお母さんにあげるようにと言ったの。キリスト教徒は約束を破らない。

少年は丘の反対側、彼が住むちいさなあばら家を見おろす。ロンバードの家。誰もがそう呼んでいるが、年寄りのミセス・ロンバードは何年も前に亡くなっていた。そのあと、アモールのお祖父さんがそこへ引っ越そうとしたインド人一家を阻止するために家を買い取って、代わりにサロメを住まわせた。残る名前と、残らない名前。

おれたちの家？

もうすぐあなたたちのものよ。

ルーカスは混乱したまま目をしばたたく。そこはずっと彼の家だった。そこで生まれ、そこで眠っている。この白人娘はなにを言ってるんだ？　うんざりして、彼は唾を吐き、立ちあがる。アモールは彼の脚が長くたくましくなったことに注目する。太腿にはごわごわした毛が生えている。体臭もする。汗のにおいだ。このすべてが目新しい、というか、新たに気づいたことで、アモールは自分に向けられている視線を意識する前からすでに狼狽（ろうばい）している。

なに？　膝をかかえて身体をちいさくしながら、アモールは言う。

別に。

ルーカスはアモールのそばの岩へ飛び移って、隣にしゃがみこむ。むきだしの脚が迫り、その熱っぽさとちくちくする毛を感じ、彼女は膝を急いでそらす。

うっ、アモールは言う。ルーカス、お風呂に入ったほうがいいよ。

ルーカスはすばやく立ちあがって、別の岩にジャンプして戻る。追い払ったのを申し訳なく思うが、なんと言えばよいのかわからない。彼は棒切れを拾いあげ、ふたたび地面をたたく。

じゃあな（ウェライ）、彼は言う。

うん。

ルーカスはきたときと同じ道をたどって丘をくだり、棒で草の白い先端をなぎはらい、シロアリの塚を突っつく。彼がそこにいることを世界に知らしめる。

その姿が見えなくなるまで見送りながら、アモールは今、大きな黒い車がいなくなり、自分の胸にいすわっていた大きな黒いものもなくなったおかげで、気分が軽くなっている。やがて彼女は小丘の反対側をぶらぶらとくだり、あちこちで足をとめて岩や葉っぱを眺め、自分の家、というか、自分のものだと思っている家を眺める。裏口から家に入ったときには、逃げ出してから百三十三分二十二秒がたっていた。長くて黒い車をふくめて四台の車が出発し、新たに一台が到着した。電話が十八回鳴り、呼び鈴が二回、一回は誰かがありそうもないことに、はるばるここへ花を送ってきたせいだった。カップ二十二杯のお茶、マグ六杯のコーヒー、グラス三個の冷たい飲み物、六杯のブランディのコーク割りが消費された。そのような混雑になれていない階下の三つのトイレは、渋滞しつつも、二十七回水を流し、九・八リットルの尿、五・二リットルの便、胃袋一杯分の逆流した食べ物、五ミリリットルの精液を流し去った。数字はどんどん続くが、数がなんの役に立つ？　人生で本当に大切なものはひとつだけだ。

キッチンにそっと入ると、かすかな声が聞こえるが、家のこの部分はしんとしている。アモールは二階へ階段をあがる。自分の部屋に向かって廊下を歩きはじめる。途中、母さんの部屋の前を通らなくてはならないけれど、サロメは寝具を洗濯しに行ったから、今は誰もいないし、起きなかったことは起きなかったのだと知ってはいても、どうしても中に入らずにいられない。

母親のものを見つめる少女。そのすべてを彼女は空で知っている。ドアからベッドまで何歩か、明かりのスイッチがどこにあるか、頭痛の兆しを思わせるカーペットのオレンジ色の渦巻き模様、などなど。鏡に母さんの顔があらわれたのが目の隅で見えた気がするが、まっすぐに見ると消えてしまう。その代わりに母親のにおい、だと思っているにおいの混合体が、鼻をうつ。実際には最近の出来事の痕跡である嘔吐物、香、血、薬、香水、そして根底に潜む暗い香調（ノート）、たぶん病気そのもののにおいが混じっている。壁から吐き出されて、空中を漂っている。

母さんはもういないわ。

姉のアストリッドがしゃべっている。どういうわけかアモールを見つけて、ここまでついてきたのだ。

運んで行ったから。

知ってる。見てたから。

ベッドは裸にされ、むきだしのマットレスに説明できない汚れがついている。ふたりとも、新大陸の地図でもあるかのように、その黒ずんだ輪郭を魅入られたように、恐ろしげに、見つめる。

亡くなったとき、わたしは付き添っていたのよ、アストリッドがやっと言う。声がふるえるのは、嘘をついているためだ。彼女は母親のそばにはいなかった。馬小屋の裏で掃除をしながら、ときどき農場へ手伝いにくるルステンブルク出身の若者ディーン・ドゥ・ヴィスとしゃべっていた。ディーンの父親は数年前に亡くなり、彼はアストリッドの母親が死に瀕しているあいだずっとアストリッドの相談にのっていた。率直で誠実な若者で、アストリッドは最近になって、彼の男としての知識や関心を受け入れるようになり、好意を持っている。だから、レイチェル・スワートのその時が訪れたとき、レイチェルのそばにいたのは夫、すなわち父さん、つまりマニと、黒人女性、もう一度名前を言うとサロメだけで、サロメはあきらかに数に入っていない。

わたしはあそこにいるべきだった。アストリッドはそう考える。代わりにディーンといちゃついていたことが、罪悪感に拍車をかける。彼女は妹がそのことを知っていると、間違って思い込んでいる。この真実だけでなく、ほかの真実も知っていると。たとえば三十分前に、スリムな体型を保つため、定期的にやっているようにランチを吐いたこと。彼女はまわりの人間に心をこっそり読まれているとか、人生は複雑なパフォーマンスで、みんなは演技をしているのに、自分だけがしていないといった、被害妄想めいた恐怖にときどき襲われる。アストリッドはこわがりだ。なかでも闇、貧乏、雷雨、太ること、地震、津波、ワニ、黒人、未来、秩序ある社会構造が崩れるのがこわい。愛されないことがこわい。ずっとその状態が続くことがこわい。

けれども今アモールがまた泣いているのは、いるべきじゃない人たち、普段ならいない人たち、つまり非常時でも平時でもいるはずのない人たちが家にあふれているとはいえ、アストリッドが事実ではないのに事実であるかのように、あの言葉を言ったからだ。

わたしたちも支度をしないと、アストリッドがせっかちに言う。あんたもその制服を着替えなくちゃね。

なんのための支度？

アストリッドは答えられず、そのことにいらいらする。

どこへ行ってたの？　わたしたちみんな、あんたを捜していたんだからね。

小丘に登ってた。

ひとりであそこへ行っちゃだめって知ってるでしょう。それに、ここでなにをしてるのよ？　母さんの寝室で？

ただ見てただけ。

なにを？

わからない。

これは本当だ。アモールにはわからない。ただ見ている、それだけ。着替えてきなさい、アストリッドは妹に命令する。ポジションがひとつ空いたのだから、大人の声を出そうと努めながら。

えらそうにしないでよ、アモールはそう言いつつも、アストリッドから逃げるためだけに部屋を出ていき、部屋にひとり残されたアストリッドはベッドサイドテーブルにブレスレットがあるのを見つけて手に取る。青と白のビーズのきれいなかわいい輪。母親がそれをつけているのを見たことがあるし、以前、自分でもつけてみたことがある。ふたたびそれを手首にくぐらせると、心地よくおさまって脈を取っているように感じる。これはずっとわたしのものだったんだ、とアストリッドは決めつける。

わたしはきれいじゃない。戸棚の裏の鏡で自分を見ながら、はじめてではなく、アモールはそう思う。最近手に入れたちいさなブラを含めて下着姿になっていて、ふくらみかけた胸の感触がいまだにものめずらしくて落ち着かない。お尻が大きくなり、そのぽってりした肉が重くて、おおげさで、卑猥に思える。自分のおなかと太腿と下がり気味の肩が嫌いだ。たいていの人がそうであるように、自分の身体をまるごと嫌っているが、特に思春期の激しさがそこにはこめられていて、今日は普段以上に嫌悪感が濃く、激しい。

今日みたいな内輪の集まりのような機会には、アモールのまわりの空気に予知能力が充満しはじめる。最近も幾度か予感したことがあって、実際より千分の一秒早く、壁の絵が落下したり、窓がぱっと開いたり、鉛筆が机の上をころがったりした。今日は、鏡に映った自分の背後を見て、ベッドサイドテーブルにのっている黒く焦げたカメの甲羅が宙に浮くのを確信する。見ていると、甲羅が浮きあがる。まるで彼女の目がそれを運んでいるかのように、甲羅が静かに部屋の中央へ移動する。次の瞬間、彼女はそれを落下させる。それとも、投げたのかもしれない。甲羅が勢いよく床にぶつかって割れたから。

カメの甲羅、というか、だったものは、アモールが集めている数すくないもののひとつで、どれも向こうの草原で拾った。いびつな形の石、ちっぽけなマングースの頭蓋骨、長い白い羽根。それらをのぞくと、室内は普通よくある部屋の主の痕跡や手がかりを欠いていて、毛布がのったシングルベッドと、ベッドサイドテーブルと、ランプ、戸棚と整理だんすしかない。木の床にはカーペットも何も敷かれていない。壁もむきだしだ。少女本人もいないときは、空白のページのように、彼女を語るしるしやヒントは皆無に近いが、たぶんそれが彼女についての何かを語っているのだろう。

しばらくして、アモールはカメの甲羅のかけらを持って階段をおりていく。まだ人びとがうろうろしているが、彼女はまっすぐ前を見たまま、あいかわらず椅子にだらしなくすわったままの父親のほうへ歩いていく。

どこにいたんだ？　父さんが言う。みんなずいぶん心配したんだぞ。

小丘にいたの。

アモール。あそこへおまえひとりで行ってはいけないと知っているだろう。どうしていつもあそこへ行くんだ？

母さんを見たくなかったの。だから逃げちゃった。

何を持ってる？

よじくれた甲羅のかけらを渡すものの、アモールはぼうっとしていて、それが何なのか、どこにあったのか、よく思い出せない。巨人の古い足の爪みたいだな、まったく気味が悪いね、お嬢さん。あそこの丘で拾ってきたのか。いつも自然界のくだらないこまごましたものを持って帰ってくる。父親はそれを今にも投げ出そうとするが、その衝動は薄れ、アモールと同じように、力なく握る。

ここへおいで。

今、彼は娘にたいする感傷的ないとおしさで胸がいっぱいになる。おそろしく無防備で素朴な子。おれの子供、おれのかわいい子。アモールを抱きしめ、いつのまにかふたりは七年前の似たような瞬間へふたたび戻っている。落雷直後の真っ白な世界へ、事故のあとの半覚醒状態へ。アモールを小丘から運びおろす。この子をお救いください。お救いください、主よ、お救いくださればわたしは永遠にあなたさまのしもべとなります。マニにとってそれはモーセがシナイ山をくだるのにも似た、聖霊が彼に触れ、人生が変わった午後だった。アモールの記憶はそれとは違う。バーベキュー（ブラーイフレイス）の肉みたいな焼けるにおいは、世界の中心で捧げられた生贄（いけにえ）の悪臭だった。

小丘。ルーカス。会話。階下におりて言おうとしていたのは、それだ。父親のシャツに押し潰されていたアモールは、汗と苦悩と制汗剤のブリュットのにおいから身をひきはがす。

約束を守るよね、彼女は言う。それが声明なのか質問なのか、父と娘のどちらにとっても判然としない。

なんの約束だ?

ほらあれ。母さんがしてほしいって頼んだこと。

父さんはほとんどが粒子でできているみたいにぐったりしていて、全部の砂がもうじき体内から流れ出してしまいそうだ。ああ（アハ）、あのとき約束したなら、そうする、と曖昧に言う。

そうするのよね？

そう言ったろう。父さんは上着のポケットからハンカチをひっぱりだして洟をかんでから、何が出てきたか見るためにハンカチをのぞきこむ。ハンカチをふたたびしまう。で、何の話だ？　と言う。

（サロメの家よ）だがアモールもまた力を使い果たしていて、またも父親の胸にもたれかかる。しゃべっても、父親には聞こえない。

何だって？

宿舎には戻りたくない。あそこ、大嫌い。

彼はしばし考える。戻る必要はないさ、と言う。一時的な措置だったんだ、母さんが……母さんが病気のあいだだけの。

じゃ、戻らなくていいのね？

ああ。

ずっと？

ずっとだ。約束する。

今、アモールは暑くて音のない地下洞窟にいるみたいに、沈み込んで隔てられている気がする。心は変わりやすい。午後がその長い黄色の終わりに向かって先細りになっていく。わたしの母は今朝死んだ。すぐに明日がやってくる。

マニはしがみつかれているのにくたびれ、娘を突き放したいというあるまじき衝動を抑えなくてはならない。確かな根拠もないままに、彼はアモールが本当に自分の子供なのかどうかずっと気になっていた。予定外の末っ子であるアモールは、結婚がもっとも危機的状態だった時期、彼と妻が寝室を別々にしはじめたさなかに宿った。愛の行為はあまりなかったのに、愛(アモール)はやってきた。

しかしどこからきたにせよ、アモールは疑いの余地なく神の御業(みわざ)の一部だ。主がすんでに彼女を彼らから取りあげようとなさり、マニがついに聖霊にみずから心を開いたとき、確かに、アモールは彼の回心のきっかけとなった。あのあとまもなく、深い祈りのさなかに、自分が身辺を清めるために何をしなければならないかを彼は悟った。彼、ヘルマン・アルベルタス・スワートは過ちを妻に打ち明け、ゆるしを乞わなければならないのだ。だから彼はギャンブルや娼婦たちとの関係も含めて一切合切をレイチェルに打ち明け、自分を丸裸にさらけだしたのだが、結婚生活はよくなるどころかさらに陰鬱になり、妻は夫をゆるす代わりに批判し、夫に欠点がどっさりあるのに気づくと、夫のあとから光の谷へ入るどころかあさっての方向、つまり彼女の生まれ育った実家の信仰へ戻ってしまった。主のなさることは、われわれにとっては永遠の謎だ！

彼は椅子の上で身をひねり、アモールの顔を両手ではさんで自分のほうへ上向かせ、その目鼻立ちをじっと見て、自分の身体、自分の細胞からのみ生じ得たしるしを探し求める。そんなことをしたのは、それが最初ではない。アモールは怯えつつも、黒い瞳で父親をじっと見つめ返す。

マニは娘に何か言おうとしたのかもしれないが、さいわい、ジマース牧師が近づいてきたためにさえぎられる。このイエス・キリストのよき奉仕者は一日の大半をここにいて、会衆の重要なメンバーであるマニに祈りと助言を与えていた。マニが神の火に触れ、ついに真実に向き合ってからの探求と捜索の数年間、アルウィン・ジマースは彼の道案内であり、彼の羊飼いだった。ジマースの教会の厳しさはおれをまっすぐに保つ梁であり支えなのだ。

おいとましなければなりません、牧師は言う。だが、明日またきましょう。

牧師の視力がとらえるマニはごちゃついたしみである。分厚い黒眼鏡のうしろに隠れた牧師の目はほとんど見えないし、手足となる者がいないと、彼はどこへも行けない。文字通りそうなのだ。こうした状況において、イエスは単なる喩えにすぎない。信仰心がぐらついている見習いがいるのはこのためで、今、見習いは会話の通りになるよう、牧師の身体の向きを変えさせようとしている。

注意深く、脆い家具でも扱うように娘を脇へ押しやる理由をやっとのことで得たマニは、たちどころにアモールのことを忘れ去る。車までお送りしましょう、とマニは言う。ふたりの男をゆっくりと玄関のほうへ導きながら、サイドボードに置かれた自分のフレーム入り写真の前を通る。二十年前、〈鱗都市（スケーリー・シティ）〉——彼の爬虫類パーク——が開園してまもなく撮ったものだ。初日から大入満員の大盛況だったことが、写真の若い男の大きな笑顔からうかがえる。マニは二十七歳だった。若い頃は結婚したい男、と思われていた。楽しい男で、いつも人を笑わせ、ハンサムでもあった。嘘だと思うなら、写真をよく見たらいい。しなやかな長い前髪、なまいきなニヤニヤ笑い。ちょっとクールな感じ。左手には黒の、右手には緑のマンバ——獰猛で猛毒をもつ蛇——をつかんで、若さと健康と自信を全身から発散させている。もちろん緑の大きな光るサングラス、赤褐色の豊かなもみあげ、剥き出しの胸には同じ色のもじゃもじゃの胸毛。繁殖力旺盛な放し飼いの動物そっくりで、誰もがあやかりたがった。レイチェルが彼のためにすべてを投げ出したのも無理はない。やがて彼女は考えを変え、彼も変わった。

　外で牧師は手探りでマニをつかみ、息遣いは荒いが男らしく抱擁する。キリストから力を得るように、と牧師はマニの耳元にささやく。考えてみれば意味のない言葉だが、マニはそうします、キリストから力をいただきますと答える。彼はもう長いことそうしてきたのだ。明日またお見えになりますする。

ね？　キリストひとりで足りるかどうかわからず、マニが心配そうに言うと、牧師はうかがうと約束

そのあと彼らは農家から走りさっていく。もっと正確に言えば、見習いがハンドルを握り、年配の牧師はその隣にいる。でこぼこ道を正面ゲートに着くまでふたりは口をきかないが、言うことがあるかのように、運転者の喉仏は釣り糸の浮きみたいに上下する。

ゲートを出てタール舗装の道路に入ったとき、はじめてアルウィン・ジマースは身動きする。

すばらしい家族だ、彼はそう口にする。あの男はくじけまいよ。

運転者は耳を傾け、うらやましげな笑みを浮かべる。くじけまいよだって！　どうしてそんなに自信を持てるんだ？　自分には無理だ。今夜はとてもじゃないが無理だ。汗でつるつるの両手で、こうして道路からそれずにいられると信じるだけでも大変なのに。

年老いた牧師は身体の大きな温和な男で、縮れた茶色の髪が斜めにうねっている。総じてくしゃくしゃの印象があるのは、家で彼の世話をしている妹のレティシアがアイロンべたなせいだ。見えるところは全部、両手も首も顔もたるんで皺が寄っていて、衣服に隠れた残りの部分を見たがる者はいないだろう。

牧師の重苦しさは生来のものだが、今日の午後、とりわけ重々しかったのは、当初から反抗的だった女、そう、主から顔をそむけ続けた、かたくなで高慢な女レイチェルの死が、彼が欲してやまないものへ彼を近づけたからだった。自分のためにほしいのではない、もちろん違う！　ひたすら教会のため、神の御業を広めるためだ。わたしはただの道具だ。しかし、前方の道がついにひらけたのが感じられる。まもなく望ましい広さの土地を獲得できるかもしれない。

明日の午後四時にわたしを拾ってくれ、牧師は決心する。

あの……あの人たちのところへまた行くのですか？

ああ、スワート一家のもとへふたたび赴くのだ。あそこでのわたしの仕事はまだ終わっていない。

とりわけ鮮烈なここの太陽が沈む頃には、すべての訪問客はひきあげ、家族だけが残っている。口の片側だけをひきあげた不均衡な笑いのせいなのか、オーキー伯父さんはすでに右へちょっとかしいでいる。伯父さんと父さんは居間のテレビで、全国の悪いニュースを見ている。ヨハネスブルグの吸着爆弾、あちこちのタウンシップの機動部隊。父さんはときどきがっくりうなだれて、しばらくめそめそと泣く。まるで南アフリカの状況に動揺しているみたいに。オーキー伯父さんはただ酒を飲んでにやけている。


キッチンではマリーナが黒人女を監督して、皿やカップの山を洗わせている。重そうにのろのろと歩きまわる彼女の様子を見たら、誰だって家族のひとりを亡くしたのはサロメかと思うだろう。今日のような大事な日にだらけているのはもってのほかだから、大きな石でも押すようにして急きたてなくてはならず、ひっきりなしに命令しているとぐったりしてしまう。マリーナは不機嫌に家の中を最後にひとまわりして、食べ残しがないかどうか点検する。食堂でアモールに出くわす。姪を叱っている暇がまだなかった。どこへ逃げ出したの？　いつになく腹がたち、そう問い詰めたあと、気がついたら、さも憎らしげに姪の腕をつねっていた。

いたっ、アモールは声をあげるが、問いには答えない。マリーナは憤懣やるかたないまま足音荒く二階へあがる。レイチェルの部屋に入り、一瞬ためらってから、窓を閉め、カーテンを引く。チンキ剤のにおいがかすかに漂っているような気がする。外は夜だ。

夜、同じ夜だが、時間がたったので、星々は移動している。月の外皮だけが岩と丘の風景に金属的な光を投げかけ、ほとんど液体のように見せている。水銀の海だ。主要道路のラインが、どこからどこへ行くのか、人間の生命という荷物を乗せた車のヘッドライトのゆるやかな動きによってときおりあらわれたり消えたりする。

家は暗い。海事用語で言うなら船首と船尾、要するに家の周囲に設置された投光照明が私道や芝生を照らし、室内では居間の明かりがひとつ、つけっぱなしになっている。階下の部屋部屋ではほとんどのものが動かないなか、ときおり昆虫かネズミがちょこちょこと動き、家具がかすかに膨張収縮する。パタ、パチ、ギシ、ピシ。

だが二階の複数の寝室では、ときどき動きがある。父さんのマットレスは不穏な夢の流れに翻弄される筏だ。ドクター・ラーフが処方した鎮静剤の作用で、水面下から頭上の屈折した像を見ている。たくさんの像の中には妻もいるが、どことなく普段と異なり、すこし歪んでいる。妻の中に彼の知らない別人の気配がある。どうしてこんなことがありうるんだ？ 彼は妻に向かって叫ぶ、きみは死んだんだぞ。ひどいことを言うのね、マニ、妻は言う。すごく傷ついたわ。ボロ雑巾みたいに彼の心が絞られる。すまない、悪かった。

その隣の部屋、壁から伸ばした腕一本ぶん離れたところでは、アストリッドが眠りのなかでこまかく揺れている。最近、彼女はアイススケート場で会った若者相手に処女を失ったばかりで、性への欲求が金色の風のように体内を流れている。痛みは忘れてしまったが、その体験はごわごわの顎ひげを生やした若い男たちの顔を取りまくゆらめきの一部で、今見ている夢の中で男の顔は他ならぬディーン・ドゥ・ヴィスの顔になっている。ディーンの口は現実とは異なるピンク色で、あらゆるものが交わるアストリッドの体内の奥底をぞくぞくさせる。

ゲスト用の寝室ではマリーナ伯母がまどろみと覚醒を繰り返している。夢の入り口にやっとたどりつくと、彼女はどこかの古びた砦でP・W・ボータ（ピーター・ウィレム・ボータ。一九八四～八九、南ア共和国大統領）とピクニックをしている。太くて白い指でボータがイチゴを食べさせてくれたところで蹴られて、目がさめる。メンロ・パークの自宅ではオーキーとは一緒に寝ていないのだが、彼は今、隣でひくひくと痙攣（けいれん）している。轢き逃げにあって救急車を待っているところみたいだ。なんてことを考えるの、マリーナ、こともあろうに。でも想像してしまうことは仕方がないし、所詮は人間だし、頭の中ではもっとひどいことが起きている、ええ、そうなのよ。夫の足が触れ、マリーナは足をひっこめる。かつては、短いあいだとはいえ、愛していた、というか、そう思っていた、というか、愛していたと思いたかったものを避けるなんてひどい話だ。でもいずれにしろ、生活のために鎖でつながれている。

その鎖のもう一端でオーキーが踊るクマみたいに身体をひきつらせる。ばしゃばしゃと渡っている浅瀬が夢でないなら、彼は必ずしも夢を見ているわけではない。とりたてて何も起きないし、色彩がひっきりなしに変化するという問題があるだけだ。海底から上昇してきた泡が放屁となって妻の脇腹にぶつかり、妻は身をこわばらせ、抗議するように鼻の穴をふくらませる。

廊下のつきあたりの寝室では、アモールが眠れないまま何時間も横になっている。彼女にとっては珍しいことではない、本当だ。毎晩眠りの世界へ入っていく前、彼女の意識はベッドに仰向けになった身体を抜け出して、特定の場所にあるいくつかの物体に特定の順番で触れる。そうやってはじめて、リラックスして意識を解放できるのだ。でも、今夜はうまくいかない、その日起きたほかのイメージが強烈すぎ、それらが押し合いへし合いしながら意識になだれこんでくる。ミス・スターキーのしっかり閉じたくちびる、地面をたたくルーカスの棒切れ、伯母につねられた腕の痛いところ、伯母の指先にこもっていたすごい怒り、そのちいさな痛みの脈動を宇宙にむけて送りだす。わたしに気づいて、わたしはここよ、アモール・スワート、一九八六年。明日がきませんように。

　もしかしたら、これらのすべての夢がひとつに溶けあって一個の大きな夢、家族全体の夢ができそうだが、誰かが欠けている。まさにこの瞬間、彼はヨハネスブルグ南部の軍の駐屯地で装甲兵員輸送車から、迷彩服にライフルを持っておりてくる。彼はそのライフルを使って昨日の朝、カトレホングで女をひとり撃ち殺した。自分が人生で実行するとは夢想だにしなかった行為で、それからというもの頭がろくに働かず、あの瞬間を驚異と絶望で何度もくりかえしている。

　スワート。

　はい(ジャー)、伍長どの？

　牧師様がおまえに会いたがっている。

　牧師様ですか？

　牧師と話をしたことはなかった。おれのしたことを知って、そのことで話をしたいのだ、それしかない、と彼は思う。彼の罪がどういうわけか耳に入ったのだ。彼は命を奪った、償わねばならない。だがそんなつもりじゃなかったんだ。だが、殺した。

　女は石を投げていた。石を拾おうとかがみこむのを見て、女の怒りに呼応するように、激しい怒りが彼の身内を貫いた。彼は考えなかった、女が憎かった、だから女を抹殺した。すべてが数秒のうちに、一瞬にして、片付き、終わった。片付いてはいないし、けっして終わってはいない。

　だから、牧師が話をしたあとも、まだ自分に責任があると思っている。母が死んだんです、自分は彼女を殺しました。昨日の朝、射殺したんです。

きみに連絡を取ろうとしていたんだよ、牧師は言う。無線メッセージを送った。受け取ったものとばかり思っていたが。

彼は牧師の事務所で、デスクの前に腰かけている。壁に〝わたしは道であり命である〟、というキリスト教のポスターが接着剤で留めてあるが、それをのぞくと、部屋は殺風景で平凡で、彼の中に解き放たれたさまざまな感情を受け止めるには凡庸すぎる。

自分はカトレホングにいたんです、騒乱が起きたので。彼は言う。

ああ、ああ、そうだろうね。牧師は小柄でいらだっており、両耳から毛が生えている。階級は大佐だが、今身につけているのはただのトラックスーツで、顔は眠そうでしまりがない。骨の折れる義務を果たしたあとだけに、ベッドにもどりたくてたまらないのだ。時刻は夜中の三時。

ここに七日間の忌引許可証がある、牧師は徴集兵に言う。お母さんのことは気の毒だが、きっと安らかに眠っておられる。

若者はなにも聞いていない様子だ。窓の外、闇の中をじっと見つめている。自分たちは事態を鎮静させなくてはならなかったんです、とのろのろとした口調で言った。

ああ、もちろんそうだ、だからきみはここにいる。そのために軍がある。牧師はこのたぐいの疑問に悩んだことは一度もなかった。答えは常に明白に思われた。この若者は破滅タイプなのか、とぼんやり考える。もっと長い許可証のほうがいいか？　彼は言う。十日にするかね？

え、いや、そうは思いません。若者は言う。

ではいいな。

自分の母はユダヤ教に改宗しました、というより、戻ったんです、ユダヤ教では死者を早く葬りたがります。可能なら、その日のうちに。でも、自分が帰宅するのを待って、明日にずらすでしょう。なるほど。

すべてそういう計画だったんです。母は何カ月も死を待つばかりでしたから。みんなが終わることをひたすら望んでいるんです。

ではいいね、牧師は居心地の悪い思いで繰り返す。

若者はやっと立ちあがる。自分の両親は結婚すべきじゃなかったんですよ、と言う。まるで違うタイプでしたから。

駐屯地の暗い道を彼はテントのほうへふらふらと引き返す。キャンバス地の下では彼のような兵が何百人と並んで寝ている。おれの母親は死んだ。おれをこの世に産みだした入り口が。戻る道はない、二度とない。おれは昨日彼女を射殺した。だがそんなつもりじゃなかった。だが、おまえがやったんじゃない、おまえは母親を殺したわけじゃない。おまえが殺したのはほかの誰かの母親だ。だから、おれの母親が死ななければならない。

彼はくたくただ。四十時間寝ていないし、今となっては家に帰るまで寝られそうにない。パチパチと火が燃える。導火線に火がつく。鼻腔(びこう)にゴムの焼けるにおいがこびりついていて、体内のどこかから立ちのぼってくる。自分のベッドが待つテントの前にさしかかるが、ブーツが道路を踏む音が心地よく、歩き続ける。眠れ、兵士たちよ、破壊者が足を踏み鳴らして歩くあいだに。自由州ベスレヘムめざして前かがみに歩いていく。

駐屯地の一番遠くの端で兵士がひとり、警備についている。彼のような下っ端兵士だ。なんの用だ？　兵士の声は怯えているようだ。

おまえの金と女たちがほしい、アントンは言う。どういうわけかアフリカーンス語をしゃべってい
るが、相手がイギリス人なのは聞き分けられる。おれの父親の言語、おれにとっては永遠の異国語。

気が変わったんだ、騒ぎを起こすつもりはないよ。おまえの上官のところへ連れていってくれ。

ここはおまえのくるところじゃないぞ。

わかってるさ。生まれた日からわかってた。アントンはフェンスの網目に指をひっかけてぶらさが
る。黄色い投光照明がタール舗装の上に奇妙な影を投げる。フェンスの向こう側は軍用車であふれる
駐車場で、その多くは、あれが起きたとき彼が乗っていたような装甲兵員輸送車だ。昨日、つい昨日。

乗り越える人生はまだ長い。

母親をなくしたんだ、アントンは言う。

なくした？

ライフルで撃ったんだ、国を守るために。

自分の母親を撃ったのか？

名前は？

ペイン（Payne。綴りが異なるpainには苦しみの意味がある）。

ああ、すばらしい。彼は英語に切り替える。前に会ったことがあるよな。それって寓意なのか？

おまえは現実か？　ファーストネームは？

ファーストネーム？　なんのために知りたいんだ？

彼は両手を持ちあげる。降参だ、ペイン一等兵。

おまえ、大丈夫か？

大丈夫に見えるか？　いいや、大丈夫じゃない。母親が死んだ。話を聞いてくれてありがとう、ペイン。またな。

アントンはよろよろときた道を引き返し、会話は、たいていの会話の例に漏れず、空中へ、あるいは地中へ消え、沈んだり、昇ったりし、二度と戻ってこない。四時間後、ライフル銃兵アントン・スワート十九歳は、アルバートン近くの軍の乗降エリアにある道端に立って、自宅へ乗せていってくれる車が通らないかと待っている。やつれて青白く、茶色の目に茶色の髪をしたハンサムな若者で、けしてくつろぐことがないような顔つきをしている。

彼はプレトリアの電話ボックスから農場に電話する。朝の八時半。父さんがぼんやりした声で応じる。彼はアントンの声がわからない。どちらさん？

おれだよ、あんたの息子で、後継者の。レキシントンを寄越してくれないか？

車が到着するまで、彼は国立劇場の外にあるストレイダム（南アの政治家。一八九三～一九五八）の胸像のそばでぶらぶらする。意気揚々(トライアンフ)とおでましだ、と乗り込みながら、車名にひっかけたおなじみのジョークを飛ばす。レキシントンが唯一運転をゆるされている車であり、家族は毎週、無数の用事を言いつけて、彼を町へ送り出す。レキシントン、店へ行ってくれ。わたしのカーテンを取りに行って。これをマダム・マリーナのところへ届けてきて。レキシントン、アントンをプレトリアまで迎えに行ってくれ。

ミセス・レイチェルのことはまことにお気の毒です。

ありがとう、レキシントン。彼は窓の外、白い群衆を凝視する。ひげと制服、ボーア人の銅像、コンクリートの大きな広場のある都市。しばらくたって彼はたずねる、おまえのおふくろさんは生きてるのか？

はい、はい、ソウェトにいます。

おやじさんは？

カリナンの鉱山で働いています。

知りようのない人生。レキシントン自身、お抱え運転手のキャップと上着を着た象形文字である。レキシントンはそれを身につけなけりゃならないんだ、と父さんは言う。そうすれば、彼がならず者ではなく、わたしの運転手だということが警察にもわかる。そして同じ理由から、アントンは後部シートに乗らなくてはならない。そうすれば区分が明瞭だから。

どうしてこっちの道を行くんだ、レキシントン？

タウンシップで騒ぎが起きてるんです。旦那様から、長い道を通らなくてはならないと言われました。

その必要はないとおれは言ってる。

レキシントンはふたつの権威のあいだで躊躇する。

ほら、彼はライフルを持ちあげて見せる。おれはライフルを持ってる。彼はそれを膝にのせる。迷彩服を着た膝に。

彼が言わないのは、このライフルには弾が入っていない、ということだ。弾がなければ、このライフルは形ばかりの役立たずだ。ライフルというのは弾を送り出すためだけにある。昨日、おれが衝動的に彼女に撃ち込んだみたいに。女の身体がかしぎはじめたあの瞬間、おれの人生にひびが入った。

引き返しますか？

ああ、レキシントン、頼む。

何事も起きないだろう。それに彼は疲労困憊していて、遠回りには耐えられない。もう回り道はまっぴらだ。直線道路の茶色い岩のあいだにのぞく黄色い草などの見慣れた風景すら、彼を疲れさせる。この不快で、醜悪な国がいやでいやでたまらない。一刻も早く出ていきたい。

アッテリッジヴィルの枝道に着いたとき、アントンはついにうとうとしはじめ、二日ぶりの眠りに身をゆだねる。道路わきのちいさな人だかりが夢の心象のように思える。彼らはバスを待っているのか？　ちがう、走っているのだ、叫んでいる、なにかがどこかで発生しているが、そのすべてがどうでもいい。

どうでもよくないのは、突然そこから身を乗り出した男が彼めがけて石を投げつけたことだ。血走った目がおれをひたすら見据えていた。世界が瞬時にリアルになる。横の窓がこなごなに砕け、衝撃で夢は消し飛び、目覚めると、流れるリボンのような道路をレキシントンが猛スピードで飛ばしている。

ひどいことです、アントンぼっちゃま、まったく。

（〝ぼっちゃま〟と呼ばれたのははじめてだ）いいから運転しろ、レキシントン、運転しろ。

濡れたものが目に流れこみ、さわると赤い。断片をつなぎあわせ、今になってやっとなにがあったかを理解する。今になってやっと痛みがきて、心の片隅から生々しい痛みが広がる。

ちくしょう。

医者へ行かなければならないですか？

医者？　彼は笑いだし、たちまち発作でも起こしたように身体を震わせる。自分がなにを笑っているのかわからない。おかしいことはひとつもない。レキシントンが言ったのは冗談かもしれない。アントンは笑いながら泣くことがよくある。はしゃぐことと泣くことはほぼ同じだ。彼は涙を拭いて、言う。いや大丈夫だよ、レキシントン、頼むからうちへ連れてってくれ。

彼の父親は伯母と伯父との三人で、居間で家族会議を開いている。アントンが入っていくと、当人は忘れていたのだが、血のせいで、彼らは飛びあがる。血は顔から迷彩服にまでしたたり、役立たずの、からっぽのライフルをも濡らしている。

なんでもないよ、彼は言う、たいして痛くもないし。

ドクター・ラーフに電話するわ、マリーナ伯母さんが言う。縫わないとだめよ。

頼むから、騒ぎたてないでくれよ。

くそ、遠回りするように言ったんだぞ、父さんが言う。どうしてレキシントンは耳を貸さなかったんだ？

おれがかまわないって言ったんだよ。

どうして？　どうしておまえはいつもわたしの命令に逆らうんだ？

安全だと思ったんだ、アントンはそう言って、また笑う。でもここでも、不穏なアフリカ黒人たちは抑圧者たちと戦っているんだね。

おい、くだらないことを言わんでくれ、オーキーが言うと、甥はいっそうはげしく笑う。

何が医者をここへ連れてきたかについては触れない。ドクター・ラーフは混乱と騒動をくぐりぬけてようやく戸口にあらわれる。遠回りをしてきたのだろう。マリーナは正しい。アントンの傷は縫う必要があり、小心者が見なくてすむよう、キッチンで施術される。傷口には割れた窓の小さな破片がいくつも入り込んでいて、ピンセットで取り除かなければならない。

ドクター・ラーフはいつも以上の手際のよさを発揮してピンセットをふるう。器具と息がぴったりだ。医師の動きは正確できびきびしており、衣服はすみずみまで清潔だ。彼の潔癖ぶりは患者たちを喜ばせているが、もし、ドクター・ウォリー・ラーフの白昼夢を知ったら、彼に診察されることにうんと言う者はほとんどいなくなるだろう。

医師はおもしろくなくもない、といった口調で言う。あと二インチ下だったら、目をやられていただろうね。

アントンは言う。この国は一九七一年にメートル法に切り替えたんですよ。

ドクター・ラーフは冷ややかにアントンをにらみつけ、口を固く薄く結ぶ。縫合した傷口そっくりに。彼は近頃のスワート一家にはほとほとうんざりしている。とりわけこの若者は硫酸風呂につけて溶かしてやりたいくらいだが、人前では、残念ながら、作法を守らねばならない。

医師の車が私道を帰っていったあと、やっと静かになる。すでに朝も遅く、春の日は季節にふさわしくない暑さになっていて、昆虫たちの飛びまわる音が家を包み込む。

ミルクタルトを焼いたのよ、マリーナ伯母さんが甥に言う。すこし食べない？　彼女は甥のウエストの皮膚をつまんで、あだっぽく付け加える。ずいぶん痩せているのね。

あとにするよ。

そろそろみんなであのユダヤ式の葬儀場へ行って、あれこれ片を付けなくちゃ。あなたもくるでしょう？

眠らなきゃ。アントンは言う。眠る必要があるんだ。

彼は眠らなくてはならない。外の声がほとんど聞こえない白いトンネルのような場所に閉じ込められた気分で、彼は二階の自分の部屋へ行く。のろのろと服を脱ぎ、一枚一枚を自分の分身みたいに椅子の上にほうり投げる。シャワーを浴び、この二日間を洗い流すが、ほとんど立っていられない。濡れたままの身体でベッドにはいあがり、ほぼ瞬時に、明かりのスイッチが切れたように眠りこむ。

ほかのみんなが目ざめている今頃になって、遅ればせに、アントンの夢は家族の合体夢にくわわる。時間がなくなって、迷子になり、巻きひげが煙状に頭から生えてくる。まったく同じベッドがぎっしり並ぶ細長い部屋で、自分のベッドによく似たベッドに横たわっていると、向こうの戸口から母親が姿をあらわす。彼女はゆっくりと、ベッドとベッドのあいだを縫うように彼のほうへ進んできて、身をかがめて彼の額に冷たいキスをする。このように、夢の中で死者は生者のもとへ戻ってくる。

レイチェル・スワート、旧姓コーンの魂は、混乱状態で家じゅうをうろついている。明かりや雰囲気が条件にかなうと、瞬間的に姿が見えそうになるが、それも見たいと思っている者たちに見えるだけで、その場合もなにかの隅にぼんやりあらわれるだけだ。すこし前、彼女は鏡からアモールを覗き見ていたが、実際にじっと見ていたのは、自分の最後の退場シーン、彼女には受け入れがたい現実だ。めずらしいことではない。死者はみずからの状態を受け入れられないことが多く、その点は生者に似ているが、あの世へ移動するとき多くが失われるため、自分がなにを懐かしんでいるのか忘れてしまう。だからあなたを見てもあなただとわからない。

ジャーマン・シェパードのトージョーが、レイチェルが行ったりきたりするのを平然と見ているのは、そんなことはありえない、ということを知らないからだ。

レイチェルはキッチンのカーテンを持ちあげて、サロメを一瞬だけ盗み見する。サロメにとって、彼女は視野周辺のゆらめきでしかない。

アストリッドは廊下の先にある母親の部屋から、母親が例によって考えられる最悪の瞬間に助けを求める声を聞いたように思う。でも、もちろん窓のゆるんだ蝶番が風で鳴っただけだ。

いつもやっていたように、レイチェルは財布の中の小銭をじゃらつかせるが、マニが風呂場から呼んでも、返事をしない。

眠っているアントンの額に、彼女は冷たい唇を押しつける。

しまいに家に飽きてしまい、好んで訪れた場所、プレトリアの街路ではっきりと人目につくようになる。マグノリア・デルで池の中をばしゃばしゃ歩き、バークレー・スクエアのカフェでお茶を飲む。オースティン・ロバーツ鳥類保護区のフェンス越しに、悲しそうなアオサギが地面の光るものをつついているのを眺める。

どういうことか、おわかりだろう。彼女は自分の魂がしぼんでいなかった頃の場所を訪れているのだ。でも彼女はもはや固体ではなく、水彩絵具の女だ。人混みでは、あまり目立たないありふれた顔になる。部屋から部屋へ移動するように、失ったなにかを探して、長距離を踏破する。あらわれるときに身につけているのは、洋服ダンスの中にあったさまざまな衣服。イブニングガウンだったり、薄手の夏のワンピース、トゥルワースで試して購入し、翌日返品したショールということさえある。レイチェルはリアルに、つまり、普通に見える。幽霊だとどうしてわかるだろう？　おおぜいの生きている人間だって、あいまいだし、あてどなくさまよっているし、これは死者だけの弱点ではない。

最後に彼女がたどりつくのは、すでに彼女がそこに裸で横たわっていることを別にすれば、これまで行ったことのない場所、縁（ふち）のある金属台で、横たわっているのは彼女自身に瓜二つだが、灰色で冷たくて、他人の死体のようだ。

他人の死体。台の上の自分自身を見て、レイチェルは理解しはじめる。

年配の女性ボランティアがすでに二時間、レイチェルに取り組んでいるが、化学薬品の使用を禁じられていることを考えれば、できることには限界がある。なによりも重要なのは遺体を清潔にすることだ。次に水を注いで肉体を清め、続いて水気を拭く。儀式ということからも、清潔感の点でも、それが要求される。実にうやうやしく、やさしくそれをおこなうことが、この年配の女性に安らぎを与える。彼女の名前は襟につけた名札によると、サラだ。近い将来、わたしも誰かにこうされるのだろう。

簡素に、さっぱりと、シンプルに、それが彼女の仕事にたいするポリシーだ。人間らしい外見、それがどんなふうかに尽きる。彼女は遺体を白い布（タクリチム）（ユダヤ教で死者を埋葬するさいに着せる）で包み、帯を巻いたが、結び目がすこし変だ。神の御名のひとつであるシンの形に巻くのだが、今日は特に関節炎のせいで指が思うように動かない。

このままにするか、それともためいきをついてやり直すか。人生のほとんどはためいきとやり直しから成り立っている。とくにサラの場合は。物質の世界は思うようにならない。忍耐は瞑想のひとつの形だ。サラはヘブラー・カッディーシャー（ユダヤ教の葬儀機関）のボランティアで、二十二年前に夫を亡くして以来、埋葬に備えて死者の身の回りを整える仕事をしてきた。仕えることは崇拝すること。おまけに時間つぶしにもなる。おまけに新しい人びとにも会える。

結び目はそのままにすることに決める。だから、神の御名はちょっとゆがんでいるが、それが由々しきことだろうか？　どうせ隠れてしまうのだから、誰にも見えないだろう。いずれにしろ、結び目は象徴的なものだ。すこしぐらいゆがんでいてもひどいことではない。彼女にはもっと大事な心配事がある。たとえば顔についての作業とか。死者に化粧をほどこすのがサラは好きでない、死に化粧なんて、生きているとき以上に詐欺まがいの行為だ。でもこの死者の状態はかなり無惨だ。気の毒に、長いこと病にふせっていたそうだし、両腕がただれ、毛髪はほとんど残っておらず、歯茎は黒ずみ、痩せさらばえている。彼女の見栄えを良くしないのは敬意を欠くことのように思えるし、写真を見れば、かつては美人だったのがわかる。人の人生はみんな地面に生える草みたいなものだ。

もうひとつの公的生活におけるサラは、必要とあらばためらわず、ちょっぴり見栄を張る。ときには宝石をつけるし、頬にチークを入れるのも好きだ。昔、年を取る前の彼女は過剰なほどの魅力を発散していた。男たちはわたしに注目した、ええ、そうだった。過去を懐かしむ気分になると、彼女は化粧箱をとりだして、少々ダメージを修復する。さあ、あなた、いいわね。ちょっと口紅をひいて、お粉をはたきましょう。厚化粧にはしたくない、大事なのは事実だけれど、彼女の場合の事実はむごすぎた。ようやく終わる。よかった。さよなら、べっぴんさん。安らかにお休み。

最後に、女の頭に残る薄い毛髪に櫛を入れる。やさしく、リズミカルに、普段は楽しむ儀式の一部だが、今日はまばらな髪が束になって抜けてしまう。やわらかな、ほとんど実体がないような毛髪。サラはそれらを手で集め、あとで棺に入れることにする。体液一滴、細胞一片、ひとつもないがしろにはしない。

ようやく険しい表情が和らいで、やさしげで素直な感じになる。レイチェルの幽霊ですらみずからの類似物に引き寄せられ、台に横たわる遺体の隣に立って、その顔を不思議そうに見つめ、それが誰か思い出そうとする。邪魔にならないよう心がけるが、レイチェルはサラの視界に、斑点とともに空中を泳ぐ微弱なものとして映る。偏頭痛が起きる兆しかもしれないとサラは思う。取り組んでいる肉体が特に思うようにならないと、偏頭痛が起きやすい。ほら、あなたのせいよ、とサラは台の上の女に無言で訴える。事実を追求するわたしの仕事が、あなたのせいでなかなか終わらない。レイチェルは無言で答える。実際のところ、この女は誰なのかしら？ どこかで会ったような気がしたけど。

やっぱり、まちがいなく偏頭痛だ、サラはゴム手袋をはずし、座薬を探しながら、退出する。早めに使えば、座薬は助けになることもある。年寄りの女がパンツをずりさげて、お尻に指でそれを押しこんでいる姿を考える必要はないとはいえ、そういう瞬間、サラは自分が神からかけ離れたところにいるのを感じる。

隣の部屋、煉瓦二個分離れたところでは、死者の守人(ショーマー)が詩篇(テヒリーム)を片手に硬い椅子に腰かけて待っている。中性的な風貌の、長身痩躯(そうく)の男で、ヤムルカをかぶり、古臭いデザインの身体に合わない衣服の上から祈りのショールをかけている。彼の義務がまもなくはじまるが、今のところ、彼は普段より忙しい頭の中をからにしようと努めつつ、待機というあの喜ばしいひとときを過ごしている。

そして彼の向こう側の部屋では、死んだ女性の家族が、明日、葬儀(レヴァヤ)を執り行う予定のラビ、カッツ師と相談中だ。カッツ師はレイチェルが同胞の宗教に戻るにさいして、精神的に彼女を支えた人物なので、彼が儀式を担うのはふさわしい。だが、異教徒の夫と義姉に実際に会うのはこれがはじめてであり、レイチェルからはさんざん聞かされてはいたものの、こう言ってはなんだが、彼らの鈍感ぶりに驚いている。

すべりだしは上々だった。マニは、今朝ダーバン（南アフリカの港町）から飛行機でやってきたレイチェルの姉、ルースによって温かく迎えられる。

こんにちは、マニ、ルースが言う。クリントをおぼえているでしょう。

マニはおぼえている、あいにくと。クリントは肉付きのいい大男で、かつてはウェスタン・プロヴィンスのラグビー選手であり、現在はウムシュランガ・ロックスでステーキハウスを経営している。

元気かい、マニー、不必要な力をこめて握手しながら、クリントは言う。元気そうだな。

マニよ、間違いを訂正してばかりいる人間のくたびれた口調で、クリントの妻が言う。お会いできてうれしいわ。

ああ、そちらもお元気そうだ。

これは心にもない挨拶ではない。レイチェルの家族全員のうちで、ルースはもっとも話がしやすい。というのは、彼女もまた信仰にとらわれない結婚をして、しばらく追放されていたからだ。だが最近は元の巣に戻ったらしい。

しかしレイチェルのすぐ上の姉マーシャとその夫のベン・レヴィもその場にいて、彼らとのつきあいには緊張がつきまとう。どちらの側にも古傷めいた敵対心があって、詳細は忘れられているが、傷は残っている。外で彼らにばったり会ったとき、オーキーがお悔やみ(コンドウレンスィズ)の代わりにお祝い(コングラチュレイションズ)を言ったせいで、関係は余計に悪くなった。以来マニは妻がユダヤ教に復帰したのを彼らのせいにし続けた。

よろしいですか、ラビはこの三十分だけでもう二度も、レイチェルの改宗はレヴィ夫妻のせいではないと彼らに言った。これは彼女が望んだことなのです。レイチェルが願ったことですよ。

洗脳されたってことでしょう、マニは言う。

落ち着いて、非ユダヤ教徒の姉マリーナはマニに言う。ドクター・ラーフになんと言われたか、忘れないでちょうだい。

わたしは誰も洗脳しませんよ、ラビのカッツ師は言う。レイチェルは彼女自身の自由意志でわたしのもとへきたのです。

この人たちのせいでだ、マニは言い張り、マーシャとベンに指をつきつけ、ふたりは椅子にすわったまま居心地悪そうにもじもじする。彼らは何年ぶりかで顔を合わせていた。この集まりのお膳立てを整えたのは彼らである。明日の埋葬の前に緊張をやわらげるためだろうが、その結果がこれだった。

そんな話をしたところで仕方がない、とベンがマニを見ないで言う。

マーシャが言う、まったく、わたしたちはここで何をしているの？　わたしたちはみな努力していると思ったけれど、わたしの間違い？

レヴィ夫妻はわたしどもの宗派に属しています、ラビのカッツ師が口をはさむ。彼らがわたしに話をもちかけるのは当然のことです。

すべてはレイチェルのためだと心から断言できるわ、マーシャが言う。彼女は何の前触れもなく、わたしのところへきたのよ。十年も口をきいていなかったのに——。

あなたのせいで、だろう。結構なことだよ。

ごぞんじかしら、マーシャが言う。わたしたちが今週は喪に服していることを。本来なら、レイチェル自身の家で、鏡にカバーがかけられ（ユダヤ教では死者が出ると鏡を覆う習慣がある）、蠟燭が灯されたレイチェルの家でしなければならないことよ——

死を悼むことならわたしの家でさんざんしている、マニは彼女に言う。だがわれわれなりの方法でやっている、異教徒の方法ではなく。そう言ったあと、マニは支柱のないテントのようにしぼむ。彼らが正しいのは知っている、レイチェルが彼らのところへ行ったのだ、彼らがレイチェルを求めてきたわけではない。それに、ここまでの道中マリーナからこんこんと言い聞かされていた。レヴィ夫婦に会っても感情的にならないことが重要だと。そしてマニはマリーナに同意したのだ。今も同意している。彼らを責めるべきではない。

輝ける小柄なラビのせいでもないのだが、どっちみちマニはラビに嫌な思いをさせたいのだ。不当な扱いには腹の虫がおさまらないが、とりわけ今朝は、この連中が妻を入れるつもりでいる質素なマツ材の箱に怒りがこみあげてくる。彼女はもっとずっと高級な棺に入ってしかるべきだ。必要ではなくなったとはいえ、葬儀保険に何年も金を払ってきたのだし。

どうぞわかってやって、とマリーナが例の最高になだめすかすような声で、誰にともなく言う。弟にとって、これは簡単なことではないんですよ。

ええ、そうでしょうね、マーシャが言う。信じられないでしょうけれど、わたしたちにとってもつらかったわ。わたしたちが好きでここにいると思います？

マーシャ、夫が警告をこめて言う。

おれは妻に家族の墓所でおれの隣に横たわってもらいたい、それだけなんだ、マニがささやく。なんとかならないかな？　寄付をしたら……

ラビが居ずまいを正す。あいにくですが。レイチェルがユダヤ教の葬儀を望んだなら、それは不可能です。われわれの伝統を金で買うことはできません、ミスター・スワート。

レイチェルは本当はユダヤ教徒じゃなかったんだ、マニは言う。心の中では違う。

ほう、それをごぞんじだと？

ああ、知っているとも。妻はおれを苦しめる方法をたくさん発見した。それが才能だったんだ。

あなたはもっと思いやり深くレイチェルに接するべきだったのよ、そうすれば、彼女もあなたに背を向けたりしなかったでしょう、マーシャが言い、わけもなくハンドバッグから財布をとりだし、またしまいこむ。

マーシャ、ベンがたしなめる。

いいえ、そうなのよ。

これでは埒があきませんね、ラビは泣きたい気分で言う。イスラエルの問題に道義的にはじめて関与して以来、彼の公平感がこれほどの重荷を負わされたことはなかった。

マニ、行きましょう、彼の姉が言う。あなたはなんでもないことで動揺しているのよ。

ああ、そうだな、行こう。この集まりが時間の浪費であることは、今や彼ら全員にとってあきらかだ。レイチェルは彼女の親族とともに埋葬されるのだろうし、マニはいつか彼の親族とともに埋葬されるのだ。スワート家にとっては、農場に引き返して明日の準備をするほうがいい。

彼らが車で立ち去ったとき、レイチェルの遺体はすでに最後の容器におさめられ、蓋がねじ止めされている。永遠に。ショーマーが付き添っており、他の助手たちが帰っても、彼は壁際にぽつんと置かれた椅子に座り続け、詩篇を唱える。死者は最後まで付き添われる必要がある。詩篇は全ユダヤ人の身代わりであり、そういう意味で言葉は魔法であるが、守人はすぐれた代理人ならみなそうであるように、この仕事に真剣に取り組むただひとりの人間代表だ。

ときどき彼は故人の存在を、五感のはじっこにふれる軽い圧迫感を察知する。そんなときは、自分の心から死者の心へじかに言葉を伝える努力をする。だが今日は意識を外へ向けて探っても、なんのシグナルも拾えない。部屋はからっぽに感じられる。にもかかわらず、彼は詠唱する。言葉がどこへ旅をするかは誰にもわからない。

ほら、言葉が舞いあがって部屋のドアをくぐり、通路を進み、窓から出ていく。都会の上空へ上昇し、ちいさな詩篇の形の群れとなって農場へ飛んでいき、言葉が唱えられている女性を探す。言葉の群れは小丘の上を旋回し、芝生へ急降下し、裏口から家に入り、支柱を伝ってキッチンに到達する。明かりが変化するように。

テーブルについているアントンがちらりと上を見る。何だ？

はい？　サロメはいつもの位置、流しの前にいて、窓ガラスにアントンをふりかえる彼女の姿が映る。

なんでもない。気のせいだ……彼はまだねぼけていて、マグから濃いコーヒーを飲み、マリーナ伯母さんのミルクタルトを食べている。糖分の力で、すぐにしゃっきりするだろう。彼は額の縫った跡をさわり、慣れぬ感触が気になり、ずきずきする痛みにいらだつ。

彼らふたりのあいだの沈黙は気安く、心地よい。サロメは、よちよち歩きの幼児から、この未来ある青年——今の彼がなんであれ——に成長したアントンを見守り、その道のりの一歩一歩を助けてきた。幼い頃のアントンはサロメをママと呼び、彼女の乳首に吸いつこうとした。南アフリカ人に共通の思い違いだ。ふたりのあいだに隠し事はない。

突然、怒りの激発にとらわれて、胸が悪くなるほど甘いミルクタルトの食べかけがのった皿を、彼は荒っぽく押しやる。

（昨日、おれはおまえみたいな女を殺したんだ）徴兵期間を終えたら、おれはこの国を出ていく。

ええ？

足の裏からこの場所を拭い去って、二度と戻らない。

ええ？　ナイフやフォークがふれあって音を立てる。どこへ行くんです？

さあ、彼は言う。計画のその部分についてはまだわからない。どこでもさ。

ええ？

英文学を勉強するつもりなんだ。ここじゃなく、海外のどこかで。そのあとは小説を書く、それがおれの主な野心なんだ。それから、法律の世界に入るかもしれないし、大金を稼ぐかもしれないけど、最初に世界を旅したいんだ。世界を見たくないか、サロメ？

あたしが？　どうしてあたしがそんなこと？　彼女はためいきをもらして、大きな布巾で皿を拭きはじめる。本当ですか、と訊く。あたしが家を持てるようになるって？

は？

ルーカスが昨日、小丘でアモールに会ったんですよ。そしたらアモールがあなたのお父様があたしに家をくださるって言ったそうで。

全然知らないよ。

そうですか、サロメは言う。泰然として見えるが、その話を聞いてから、サロメの頭はそのことでいっぱいだった。自分の家を持てる、自分の家だと証明する書類をこの手に持てる！

おやじに訊いたほうがいい、アントンは言う。

そうですね。

彼はサロメのなにも語らない背中、幼児だった彼をかぞえきれないほど何度もおぶった背中が、キッチン・カウンターをいったりきたりしては、重ねた皿を食器棚に運ぶのを見守る。

うん、彼は上の空で言う。おやじに訊くといい。

アントンの母親から妹へ、妹からルーカスへ、ルーカスからサロメへとめぐった家の問題は今、彼の中に植え付けられ、ちっぽけな黒い種から芽が出はじめる。二時間後、町の反対側にある別の部屋でシャツのボタンを留めていたとき、ふとそのことが記憶によみがえる。

おれの妹がサロメになんて言ったか、知ってる？

サロメって誰？

うちの……メイドだ。

この会話がおこなわれているのは、緑豊かな郊外の大きな屋敷、その二階の寝室である。アントンが話しかけているのは、ブロンドで胸の豊かな、まだハイスクールの最終学年の女の子で、アントンは彼女とさかりのついた動物のようなセックスをしたばかりだ。見るがいい、からみあったシーツを、半裸の格好を、股間にたゆとう快楽の名残を。

妹がそのメイドになんて言ったの？

おれの父親が家をやると約束したって。

したの？

なにを？

約束をよ。

おれは知らない、アントンは言いながら化粧台の鏡の前に立ち、開いたジッパーを閉め、たれたシャツの裾をズボンにたくしこみ、いつなんどき美容院から帰ってきてもおかしくないデジレの母親の疑り深い目に逢引の証拠が触れないよう、すべての手がかりを消し去る。身を乗り出して縫った跡を調べ、あらためてそれに感心する。こうやって見ると、いかにも兵士っぽい。

お父さんはメイドに家をあげるべきじゃないわよ、デジレが憤慨気味に言う。だめにするだけだわ。

とっくにだめになってると思うけどね。だが、それはどうでもいい。

外からデジレの母親のジャガーが静かに私道にすべりこんできて、砂利をまいた一角にとまるまぎれもない音がする。さいわい、彼らは二階にいる。そうでなかったら、カーテンがあけっぱなしの窓から、ブラウスを着ようと焦る娘と、ズボンの前をしめているボーイフレンドが見えただろう。そのシーンを読み間違えることはまずない。

急げ、おふくろさんがくるぞ。

あなたが行って話をしてて！　わたしはバスルームだって言って。

オーケイ。アントンはベッドカバーをぐいとひっぱって皺をのばし、デジレをふりかえるが、バスルームのドアをしめようとしている彼女はブロンドのにじみでしかない。彼がこの数カ月、孤独な場所で思い起こしていたイメージとはまるで違う。デジレの兄のレオンはハイスクール時代のアントンの友人で、長いあいだ、彼女は邪魔くさいただのちびとして背景にとどまっていたのに、分泌腺の変化が認識の変化を引き起こしていた。ボノボみたいにファックしたいという欲求がこのごろでは頭の一番上にあって、アントンが今日ここへきたのはまさにその下劣な理由のためだった。母さんのことを聞いてからおれの頭にあったのは、おかしなことに、性（エロス）の神と死（タナトス）の神が闘うとどうなるかってことだけだった。ただし、おまえはセックスについて考え、それを体験している。地下室で続くひりつくような飢えた行為。忌まわしき者の苦悩、消えない火。だがそれでも、肉体的欲望であるにもかかわらず、アントンは名付けようのない感情を自分がセックスに求めているのを感じる。それはひょっとしたら愛情ですらあるのかもしれず、だとしたら意外だ。今日、デジレは確かに安らぎを与えてくれた。そう、あのふくよかな波動に包まれてずっと横たわっていられたら、心は穏やかだろう。

代わりに彼は警戒と興奮をなかばひきずって、二階のふかふかの絨毯が敷かれた廊下を歩きながら、両側に並ぶ寝室やバスルームをのぞいてみる。やがて書斎があらわれ、デスクの端と、ペルシャ絨毯と、スタンドが見える。家具はなぜ、そこで起きることに関係なく無垢に見えるのだろう？

アントンは二階にいてはいけないのだ。あらゆる点において、二階はプライベートでありすぎる。彼の童貞はデジレによって失われ、これからも彼女は特別な力をアントンにおよぼすだろうが、この屋敷を訪れると気分が高揚するのは彼女のためだけではない。デジレの父親は内閣の大物大臣であり、物理的にも道義的にも、無実の人びとの血で両手をよごした唾棄すべき人物で、アントンは率直に父親を憎みたい一方で、気がつくと、その物質的な権力の罠に密かに幻惑されている。玄関わきの小屋にいる卑しい顔つきの警備員たち、差別的な歴史のなかで横暴を尽くした植民地の犯罪者の胸像や油彩画、恐怖を引き起こす高名な名前のさりげない言及、そのすべてが恐ろしくもスリリングであり、忘れがたい雷鳴のような絶頂を彼がおぼえたのも、その法務大臣がつい最近尻を休めた椅子でのことだった。

この洗練された不愉快な男の妻、デジレの母親は、まったく異なる点で彼を萎縮させる。アーリア人の古い人形みたいにきれいだが、つるりとして、彼女の表面という表面は洗われ、粉をはたかれ、エナメルを塗られてぴんと張っているから、その壊れやすいうわべにとがったものを突き刺したくてたまらなくなる。アントンは階段をかけおりて、間一髪で彼女より先にキッチンに入り、カウンターに寄りかかっているところへ、母親がハイヒールでタイルの床に火花を散らしながら勝手口から入ってくる。

あら！　やっぱり外のあれは、あなたのかわいいちいさな車だったのね。彼女は片方の頬にそっけなくキスを受ける。それにしても、その顔、どうしたの？

戦争の負傷です。石が当たっただけで、たいしたことじゃありません。

それじゃ、疾病休暇を取ったの？

いえ。母が昨日亡くなったんです。

まあ、アントン！　とうとうその時が……本当にお気の毒に。彼女はエナメルがすこしひびわれるのをゆるす。本物の感情に似せるにはそれで充分で、セットしたての髪が無理な努力にふるえている。すくなくとも、彼女の悩める時間は終わった。

そう、すくなくとも演技は終わりだ。

彼女はアントンの頬に片手で触れ、彼はほとんど、本当に、泣きそうになる。どこからくるんだ、このめめしさは？　運良く、彼の些細な脱線は、服を着替え、香水をスプレーし、口紅をつけなおして、デジレが戻ってきたことでうやむやになる。

ママン！　わたしのかわいい子（マイン・シャッツ）！　キスーキス！　最近ヨーロッパ旅行を経験してから、彼女たちふたりは好んで外国風の挨拶をする。母と娘は同じタイプで、アントンは去年のヨハネスブルグで、彼女たちふたりが互いの口へアイスクリームを運びながら、壁の突起にとまった鳩たちのように、くぅくぅぱたぱたやっていた夜を思い出す。

ママンとしては、今夜はアントンにすっかり好意を感じている。すくなくとも同情を感じているのは確かだ。肩をなでさすってやってもかまわないぐらいにこの若者を気の毒がっているが、そうはせずに、巧みに話しかける。ジアゼパムをあげましょうか、神経を落ち着かせるために？　戸棚に入れてあるの。それと、ワインをあけるつもりだったのよ。でもあなたにとっては悲しい日ですものね、きっとそんな気には……

いや、ぜひいただきたいです。アントンは言う。

彼は農場にいるべきなのだ。行き先を誰にも告げていなかったし、許可なくトライアンフを持ち出したし、父親がかんかんになるだろうことはあきらかで、これだけでも急いで家に帰らず、ここにとどまってジアゼパムを口にほうりこみ、ワインを一杯、いや二杯飲む立派な理由になる。

このとき農場ではちょうどバーベキュー（ブラーイ）がはじまっている。今朝、あの連中との集まりから帰る途中、父さんがなにか生きているものを殺さずにいられなくなったからだ。今、テーブルがひとつ、芝生の奥に用意され、マリネ液のボウルに浸けた肉の塊に似ていなくもない血のような太陽が、草原の上に沈みかけている。火の前でオーキーが赤く熱した薪をつつく。これは彼が買って出た役なのだ！網の上に切り分けた肉、片手にビール、それで男は心穏やかになれる。サラダは女の仕事であり、耳をすませば、キッチンで指図をするマリーナの声が聞こえるだろう。これを洗って、あれをスライスして。誰が彼女に世界を取り仕切らせているのだろう？

ここでも誰かが赤ワインのボトルをあけ、大人のほぼ全員が加わっている。妙なシーンだ。母さんが死んだ翌日にこの控えめなお祭り騒ぎが進行中なのは不謹慎な気もするが、一方で人は食べなければならないし、人生は続く。あなたの場合だって、死んだらすぐに人びとは酒を飲んで卑猥なジョークを飛ばすだろう。

加わっているのは家族だけではない。一家の取り巻きも数人いて、その中にはジマース牧師と見習いの顔が見える。牧師はくつろいで打ち解けた気分になっていて、漫然とほほえみながら機知に富む言葉をあちこちにふりまいている。誰だって個人的接触が好きなのだ。問題は父さんとマリーナ伯母さんをのぞくと、アルウィン・ジマースに好意を持つ人間がほとんどいないということである。牧師は肉が焼けていくあいだ、そのふたりに両側をはさまれてすわっている。目は例の防弾眼鏡に保護されており、夕闇に包まれたカポックの木の下にじゅうじゅうと焼ける肉のにおいが漂っている。

テーブルの反対側ではアモールが見守り、耳をすましているが、彼女自身はほとんどしゃべらない。相変わらず頭が痛くて、もう二日も続くその痛みは、まるで窮屈すぎる黒い帽子でもかぶっているかのようだ。アモールの隣ではアストリッドが爪の甘皮を押し戻しながら、サンダルばきの片足を揺らしている。

すこし離れたところから、父さんはふたりの娘のことをじっと考えている。しかしもうひとりの子供はどこにいる？　ひとりめのあの長男の名前がとっさに思い出せない。彼の子供は全員がここにいるべきなのだ。電線に一列にとまる小鳥みたいに。三人の名前はすべてAで始まる。彼とレイチェルはなにを考えていたのだろう？　わたしたちは音の響きが気に入っただけなの、と彼の妻はいつも人に言っていたが、その音の響きが、今、彼をもっとも困惑させている。もし最初の子供を別の名前にしていたら……。

アントンはどこだ？　父さんは突如いらつきをおぼえて、問い詰める。

一悶着起こすためのチャンスだ、とアストリッドは見てとる。トライアンフでこっそり出ていったわ。見たの。

どこへ行ったんだ？

思わせぶりに肩をすくめるが、噂をすればなんとやら、弱々しいヘッドライトが稜線を越えてあらわれる。あたりは暗くなりかけている。ライトがゆっくりと家の正面へくだっていき、一瞬、光線にとらわれた人の集合体がはっきり浮かびあがり、全員の皿に食べ物がのっているのが見える。ライトが消え、エンジンが切られ、車のドアが開閉して、アントンが関節ががたついているような不自然な歩きかたで、芝生の上をこちらへ向かってくる。膝が伸びきらない姿勢のまま、彼はくたびれた笑いを浮かべている。

集まった人びとの数人も、同じ症状に悩んでいる。肉を食べろ、オーキーが大きすぎる声でアントンに呼びかける。こっちへきて、ほかの罪人たちの仲間入りをしろ！　するとマリーナ伯母さんが隣の椅子をぽんとたたく。ここへいらっしゃい！　マリーナは変わり者の甥が最近なにかの過ちを犯し、手助けを求めているのかもしれないと考える。

マニの凝視は、アントンが視界に入ってきたときから揺るがなかった。堕落した以前の自分を認め、彼は陰気にうなずく。困ったもんだ。ああ。まったく。

なんなんだよ？　アントンはテーブルに車のキーを投げ落とす。

自分の母親が昨日亡くなったというのに、ワインとふしだら女どもに割く時間はあるわけか。たいしたもんだ。

ふしだら女ども？　オーキーが期待をこめて、びっくり顔であたりを見回す。ジマース牧師は信心深くなにやらつぶやき、アントンは無言の笑いに口をひくつかせながら、椅子にすべりこむ。

ああ、あざ笑うがいい。わたしを嘲笑したらいいさ。あらゆる罪は台帳に書かれており、最後の審判の日に――。

あんたの罪もな、お父様。女たちとワイン。

そういう日々はもう過去のものだ。わたしは心を空にし、赦しを乞い、進みつづけた。だが、おまえときたら！

テーブルの反対側でジマース牧師があるかなきかのためいきを漏らす。いまいましい息子が帰ってくる前、彼はマニと話しあっていて、うまくマニを誘導していた。重要な質問へと話題を持っていきかけた瞬間まで、手応えは充分だったのに、今は調子が狂ってしまった。あの若者、名前はなんだったか、アンドレだかアルバートだか、彼はどこかしらまともでない。

きみのお父さんは今日は動転しておられるんだよ、牧師はとりなすように言う。ユダヤ式葬儀のせいでね。

あの棺をあなたも見るべきだったわ、まったく安っぽいといったらないんだから。マリーナ伯母が言う。おまけに取っ手は木でできているのよ！

保険を払い続けてきたというのにな、オーキーが興奮ぎみに言う。もう二十年も！

わたしの望みは、とマニが声を絞り出す。わたしの望みは妻の隣に埋葬されることだけなんだ。それがそんなに大層な願いか？

それなのに彼女はユダヤ人墓地に眠ろうとしているのよ。マリーナが言う。

まことに不当なことですな、と牧師が言う。

どうして不当なんだ？

きみのお父さんが言っているのは、きみの愛するお母さんをこの農場に埋葬したいということなのだよ。家族とともに、彼の隣に。彼女のいるべき場所に。

レイチェルの家庭がある場所にだ、父さんが言い添える。

本当の牧師によって。

あんたのことかい、アントンが言う。

沈黙が口をあけ、脂が火の中に落ちるじゅっという音に貫かれる。

それがきみのお父さんが望むことだ……

だけど、それは母さんが望んだことじゃない。

死んだ者はなにも望まない！　父さんが言う、というより礼儀を一瞬忘れて、わめく。会話が途絶えて沈黙がおり、肉を嚙む音がぶしつけに大きくひびく。うっすらとした羞恥の気持ちが、明確な焦点を結ばないまま、集まった人びとを覆い、会話がなかなか再開しない。

マニはそれ以上は話し合いに加わろうとしない。力なくすわりこんでいる。どうやら確信がないようだが、今日の午後、彼が納屋へ行き、今彼らが食している仔羊を解体したことは忘れてはいけない。そう、彼は仔羊の喉を切り裂いた。無力感の中心でちいさな暴力が芽吹いたのだ。ああ、爽快な気分だった。だから人びとはみずからを哀れむのだろう。失ったものをめぐって悲しみに浸り、自分たちがもたらしたすぐそばにある別の喪失にはまったく気づかない。母羊の悲しみ、そんなものがなんだというのだ？　だが、それは人間の悲しみと同じようにその場を支配し、洗い流せない。

アモールはフォークを置く。

その肉、食べないの？　アストリッドが知りたがる。

吐きそうな気がして、アモールはうなずく。この二日間、身体がちくちくして気持ちが悪く、なんとなく反抗的気分になっている。父親の経営する爬虫類パークで見たことが、最近になってくりかえし記憶によみがえる。ワニ池での餌やりタイムのことで、アモールはそのイメージを消し去ることができない。サファリスーツの親切なおじさん然とした係員が数匹の白ネズミを水中を漂う原始的生き物に向かって放り投げていた。ちいさなぺきぺきという音。歯をむきだした大きな口からデンタルフロスの糸のように垂れさがる尻尾。生きるためにほかの体を食べなくてはならないわたしたちって、なんなの？　嫌悪とともにアモールが見守るなか、アストリッドが皿に手を伸ばし、肉と脂の塊をてらてら光る口に押し込む。

それ、母さんのブレスレット、アモールは言う。

ううん、ちがう。わたしのよ。

母さんがいつもつけてた。

わたしを嘘つき呼ばわりする気？

アントンは皿を置いて、紙ナプキンで注意深く指を拭く。ところでさあ、サロメにロンバードの家をやるって聞いたよ。

なんだって？　父さんは言うが、心当たりがあるような気がする。

ふん！　マリーナ伯母さんが鼻であしらう。ありえないわ。

アントンはふりむいてアモールを見、彼女は椅子の上でもじもじする。

父さん、言ったでしょう……

わたしがなにを言ったんだ？

家をサロメにあげるって言った。約束した。

アモールの父親はこのニュースに仰天する。いつそんなことを言った？

あの女のものにはならないわ、マリーナ伯母さんが言う。冗談じゃないわよ。おあいにくね。そんな作り話、今ここで忘れなさい。彼女はせわしなく片付けはじめるが、まだ食べ終わっていない人もいて、食器のぶつかりあう音が歯軋りのようにひびく。

父さんは説明しようとする。そうでなくてもわたしはサロメの息子の教育費を払っているんだぞ……サロメのためになんでもしなくちゃならんのか？

アモールが混乱して言い淀んでいるあいだ、彼女の兄の笑みが深くなる。彼は唐突にアルウィン・ジマースのほうへ身を乗り出す。ちょっと腹を割って話しませんか？

牧師は両手を広げる。いいとも、アラン。どうぞ話したまえ。

母は死ぬのを怖れていたし、その日がくるのを受け入れることができませんでした。でも、たとえそうだとしても、自分の望んでいることについてはきわめてはっきりしていたんです。たいしたことじゃありませんよ。ほんの二つ三つです。そのひとつが元の宗教に戻って、実家の家族とともに埋葬されることだった。母は明確にそう言いました。

正直なのは非常に大事なことだ、牧師の声はかすれている。

父さんが烈火のごとく怒りだす。どうかしているんじゃないのか、おまえは？

おれ自身、しょっちゅうどうかしてるんじゃないかと自問してるよ。

いつか地獄の業火で焼かれるかもしれないと心配じゃないのか？

これは彼に思いつける最悪の可能性だが、アントンはいつものように陽気に反応する。おれはもうそこにいるんだ、笑い転げたあげくの涙を拭きながら言う。ブラーイのにおいがわからない？

わたしは夫だぞ！　母さんのことならおまえよりよく知ってる。自分の妻がなにを信じていたかわかっている。

ほんと？　おれは自分がなにを信じているかわかってることなんてほとんどないな。喧嘩をしたいんじゃないよ。シンプルに徹するよう努めたらどうかって言ってるだけだ。母さんが望んだことをやるべきだ。そのすべてを。サロメに家をやることも含めて。あんたがそう約束したなら。

約束などしなかった、父さんは言う。なにも約束しなかった！

アモールは心底びっくりし、目をぱちくりさせて父親を見る。でも、約束したよ、と父親に言う。わたし、聞いてた。

ふたりとも一体どうしたというんだ？　父さんは叫ぶなり立ちあがろうとするが、どうしたことか、すんなりといかない。それでもこわばった脚を動かしつづけて庭に入り、意味不明の言葉を大声で吐き散らす。

マリーナ伯母さんは首を絞められたような声になるまでネックレスをよじりあげる。お父さんは泣いているわ、と言う。これで満足？

満足？　アントンはその表現をじっと考える。いいや、おれならそうは言わない。だけど、おれがおやすみと言ったら、みんなそれに近い気分になるかもしれないな。

アントンが立ち去ると、取り残された人びとは突然混乱状態に陥り、互いにはすかいになって唾を飛ばさんばかりの早口でしゃべりだす。近頃では彼が通ったあとにしばしば見られる光景だ。アントンは自分の部屋へあがる。本と紙が散乱した空間、壁には引用文や自分へのメモが花綱のように貼られている。部屋から窓をつたって下のでっぱりへ、そこから危なっかしい手順で屋根にのぼる。彼が腰をおろすのが好きな場所、それは屋根のてっぺんだ。やや温かい風に包まれて、アントンは、そこここに明かりのともる暗い土地を見渡す。

ゆるんだタイルの下に彼はビニール袋を突っ込んでおいた。今、そこからマリファナ煙草とライターを取り出す。火をつけ、ふかして、楽しむ。煙草をもみ消す前から気分がほぐれて広がっていくような感覚をおぼえる。ああ、これだ。ありがたい。ほとんど自分じゃないみたいだ。

アントンは第一子で、唯一の息子である。何にだか知らないが、彼は聖別されたように別格で、未来は彼のものだ。おまえはなにをしたいんだ？　旅をし、学び、詩を書き、全人類を導き、あらゆるものを支配したい、どれもみな可能だ、世界を食い尽くしたい。だが、彼の人生はミルクのように純粋で穏やかなのに、喉の奥にはちいさな酸っぱいものがずっとひそんでいた気がする。ミルクを凝固させるこの酸はどこからきた？　あらゆるものの中心には嘘があり、自分の中にもそれを発見したばかりだ。嘘を吐き出せ。おい、どうした？　おれはどこもおかしくない。おれはどこもかしこもおかしい。

バーベキューのまわりで複数の人影が身振り手振りでしゃべっているのがまだ見える。彼が火をつけた騒ぎの最後のさざ波は依然として静まっていない。ころぶまいとすると、どうして人は両手をふりまわし、足をばたつかせるのか。

家族の諍（いさか）いの余波のなか、アルウィン・ジマースは周囲の大混乱に巻き込まれ、もがくように立ちあがった拍子に眼鏡をなくす。そして、狼狽のただなかで、今、自分の靴の下で眼鏡がぱきっと骨が折れたような音を立てたのを聞き取る。あのレンズがないと、牧師はミミズさながら目が見えない。ものの形はぼんやりかすむ。

ジーブリッツ、ジマースは叫ぶ。ジーブリッツ！

見習いを呼んでいるのだ。杖代わりである点をのぞくと、牧師は見習いをひどく嫌っているのだが、ジーブリッツの返事はない。バーベキューでの一幕にみずからの人生を想起させられた見習いは――というのも、危機であれ平和であれ一切はつながっているのだから――このとき、自分の車で町へ半分の距離まで引き返している。あの家族にはうんざりだし、教会にもうんざりだ。とりわけ、牧師には。もう我慢も限界だ！

ジーブリッツ！　ジーブリッツ！

汝、見捨てられし者よ、アルウィン、助けを求むるに、汝の援助者は今いずこ？　試されるのは正しい男だけだ、覚えておけ！　待てば助けはやってくる。

ジマースに見分けることができればの話だが、彼のすぐそばには人影がひとつじっとすわっている。アモールだ。他の全員がいなくなっても、彼女はテーブルの自分の場所から動いていない。実際、この二分ばかり足一本、いや眉毛一本ぴくりともさせず、アモールは物思いにふけっている。

彼女は兄のアントンのことをじっと考えていて、アントンも屋根のてっぺんから彼女を見ている。だが彼女の思考は内的なものだ。思考というより驚嘆、と言ってもいいかもしれない。アントンはあんなふうにしゃべることができる。あんな言葉を口にできる。男だってことはきっとすばらしいに違いない！　おかしなことに、彼女はアントンの手をつかみたくなる。どこかへ彼を連れていくためではなく、ただつかんでいたい。あるいは、連れていってもらうため、かもしれない。

みんなの視界の端にあるぼんやりしたものとして扱われることに、アモールは慣れっこだ。幼すぎるし、愚かすぎて、真面目に取り合ってもらえない。それにヘンテコでもある。ヘンテコな子供。風変わりで、かわいそうなのかもしれないが、とかく、人からは見過ごされやすい。だが今夜、兄さんは高い場所からわたしに注目している。

近くにいるアルウィン・ジマースは、肉付きのいい腕と、手作りのポテトサラダをもうひと皿差し出したマリーナ伯母によって、ようやく救出される。いや、結構です、わたしの運転手はどこですかな？　消えてしまったように見当たらないのだが。牧師は今、ひたすら家に帰りたい。消化不良と失望をかかえ、妹と暮らすちいさな家へ帰りたい。その気持ちが強すぎて、片足で草を踏みつける。

ジーブリッツは帰ったことがすぐにあきらかになる。レキシントンがお送りしますわ、マリーナが言いながら両手を打ち鳴らしたので、ブレスレットが騒々しくぶつかり合う。レキシントン！　レキシントン！

レキシントンは家の裏からキャップをかぶりながらいそいで出てくる。はい、ミセス・マリーナ？

ジマースさんを家までお送りしなさい。牧師は意気揚々と立ち去り、ほどなく彼らはプレトリアのきらめく黄色い明かりを、それが見えるのは運転手だけだが、めざして車を走らせている。

聞きたいのだがね、牧師は彼にたずねる。あの人たちのところで働きはじめてどのくらいになる？

十二年です、牧師様。

あの家族だが、どう思うね？

レキシントンは躊躇し、神経をとがらせながらも大きくほほえんでみせるが、効果はない。よくしてもらってます、牧師様。

よくしてもらっているか、そうか、なるほど。だが彼らのことをどう思う？

いえ、どうも思いません、牧師様。おれは言われたことをするだけで、思いません。

それは本当ではないが、レキシントンは本当のことを答えられない。相手がなにかを求めているのを感じるが、彼の求めるものを与えたら、立場が危うくならないともかぎらない。ふたりの白人を同時に喜ばせるのは常に可能なわけではない。

ふむ、わたしは彼らについていろいろ考えるのだよ、と牧師は答える。どんなことかは明かさないが、いろいろ考える。ことにあの息子、名前はええと。アダムか。

はい、牧師様、レキシントンは同意したくてたまらず、肯定する。

あの息子には、なにかよからぬところがある。わたしの言葉をおぼえておくといい。あれは野生のロバのような男だ。その手はすべての人に逆らい、すべての人の手は彼に逆らう！（旧約聖書創世記十六章十二節より）

今夜のジマース牧師はむしゃくしゃしている。心にしこりが生じると、きまって聖書の一節が浮かんでくる。気高い言葉でそれを口にするとき、主の創造物たるジマースの声は大きくなる。

この国ときたら！　彼は叫ぶ。国を責める理由はよくわからないくせに、牧師はとにかく、繰り返す。この国ときたら！

まったくで、レキシントンは答え、しばしふたりの考えは嘘偽りなく一致する。理由は異なるが、南アフリカは彼ら双方を悩ませている。アルウィン・ジマースは気持ちの上でこの肌の黒い同国人に寄り添っており、だから神の目に映る自分たちは平等である、と感じるのだが、車内では彼らは常に離れてすわらねばならない。神がそう定めたのだ。ちょうどレイチェルは、死んだ時間に死ぬべきであり、彼女の家はその死を悼む者たちであふれるべきである、と神が定めたように。ほかの部屋にいるハム（創世記に登場するノアの次男）の子孫は親に代わって骨折り仕事をし、木を伐り、水を汲み、指導という重いくびきを背負う人びとのため、広く人生を生きやすくするべきだ、というのも、神の願いだ。この運命の杯を拒絶させてください、と重荷を断りたがる者もいようが、杯がおまえのものなら、おまえは飲まなくてはならない、どんなに澱が苦くても、神と言い争ってはならない。

レティシアはこういう緊急事態にそなえて、兄のために自宅に予備の眼鏡を保管している。というわけで、翌朝、牧師の残りの視力は取り戻され、彼は一杯めのコーヒーをかきまぜている。アルウィン・ジマースは上機嫌だ。昨夜の出来事を思い返せば返すほど、見通しは明るいように思えてくる。混乱は彼にとってプラスに働いた。主がそうなるよう望まれたのだろう。マニが恩知らずな子供たちからさらに距離を置き、その寛大な心をよそへ向けそうな気配になってきたためだ。とはいえ、状況が変わらぬうちに、迅速に行動することが肝心だ。できれば、今日中に！　ただし、マニの妻は今日、埋葬されることになっている。そういえば、時間は何時だったか。こうしている今にも埋葬ははじまっているかもしれぬ。

確かに、まぎれもなくはじまっている。彼女の棺に負けないぐらいむきだしで簡素な部屋が人びとで埋まっている。レイチェルは社交的で、大勢の友人がいたが、ベンチをぎゅう詰めにしているのはほとんどが実家のユダヤ教の信者たちだ。その点ではアフリカーナーと同様、血はなによりも濃い接着剤である。長いことレイチェルは彼らとはほとんど会っていなかったし、口もきいていなかった。だから彼らは目に見えない存在だった。だが、今日、彼らはここにいる。久々に見た顔、顔、顔。今も名前を思い出せる人が数人、おばさんやらおじさんやらいとこやら、その子供たち、親しい友人たち。マニの最大の敵であるレイチェルの母親は、マニを見るなり、いまだにつっけんどんにつんと顔をそむける。

マニは彼ら全員にたいして肩をすぼめている。なんでもないふりをするにはあまりに多くのことが起きていた。昨夜、彼は長いあいだ熱心に祈り、主は彼がこの場にあらわれて品位を示し、キリスト教徒の手本を見せることを望んでおられる、と信じている。信仰とは自分自身と戦わなくてはならないということであり、相手をただ憎んで終わりではすまされない。だがマニにとって、レイチェルを自分から奪った、奇妙な習慣を持つ人びとのあいだにすわっているのは、想像以上にむずかしかった。なぜ彼らは服を引き裂き、おれの心臓の上に黒いリボンをつけ、おれの頭にスカルキャップをかぶせなくてはならないのか？　なぜおれの長生きを願い続けるのか？　マニは長生きしたくない、今日は長生きしたくないと思っている、もうたくさんだ。とりわけこれからの数時間は自分に割り当てられた寿命から喜んで返上する、持ってけ、やるよ、おれはいらない。

マニ自身の関係者ははるかに少数だ。仕事上のパートナー、ブルース・ヘルデンハイス、教会からみの友人がふたり。そしてむろん家族。だがマニは故意にマリーナを自分と子供たちのあいだにすわらせて、息子を敬遠していた。アントンを見ることさえできない。昨夜のブラーイで起きたことがいまだに腹立たしく、渋り腹のように彼を内側から悩ませている。

ヘブライ語の祈りがすみ、今、ラビのカッツ師は頌徳（しょうとく）の言葉を述べている。この家族の不和をなごませようと、彼は親しみやすい話題を選んだ。レイチェルがわたしのところへやってきたのは、とラビは語る。半年前、先はもう長くないとレイチェルが悟ったときのことでした。彼女は同胞からも、みずからの信仰からも長いこと離れていました。何年も。戻ることは予期していなかったのです。しかし人生は思いがけない方向へ動くものです。ですから、自分の人生が終わろうというときになってはじめて、自分の人生に意味を与えられることもあるのです。レイチェルの場合がそうでした。今日みなさんを、家族の双方の側を見たら、ユダヤ人も非ユダヤ人も、英語を話す人もアフリカーンス語を話す人もいるのを見たら、彼女は心から喜んだことでしょう。みなさんが自分のために集まってくれていることを正しいと思ったことでしょう。世界は不完全ですが、しかし、こういうときは一体となり……うんぬん。ラビが言わんとするのは、レイチェルは短絡的選択をしたことによって不満をかかえていたが、最後には旅の始点へと還り、かくして輪は閉じられた、ということだ。数学、ことに左右対称形に魅了されているラビにとって、一分の過不足もない輪の前ではどんな不和も色褪せる。

しゃべりながらラビは繰り返しずんぐりした両手をひらひらと動かすが、その声は歯科医やキャビンアテンダントが使うような頼もしい穏やかさにあふれていて、ともすれば夢想を誘う。彼の前に集まった人びとの多くが、彼の話とはまったく違うことをぼんやり頭の中で思っている。マリーナ伯母さんはまわりの異教徒たちに対抗すべく、主の祈りを小声で唱えている。信仰心が物理的といってもいいほどにふくれあがっていくのを彼女は感じる。腫瘍みたいに。あ、しまった。レイチェルの命を奪ったのは腫瘍なのに。オーキーはよくそのことを考えた。腫瘍とは持ち上げて光にかざしたら、実際にはどんな見てくれなのだろう？　流しを詰まらせるゴム製品と血のかたまりみたいなもんか、それとももっととらえがたいもの？　身体を貫く異物、ごく最近の記憶なので細胞がざわめき、アストリッドは硬いベンチの上でじっとりしてくるのを感じてもじもじする。昨日、彼女は馬小屋の仕切りのひとつでディーン・ドゥ・ヴィスとセックスをした。湯気の立つ馬糞の臭いにもかかわらず、すばらしい経験だった。隣の仕切りで馬が足を踏み鳴らして怒り、蹄で藁をかきまわしていた。クソだ、まったくもってクソだ、とアントンは思う。あんたの言ってることはすべて、一切合財馬のクソだ。真実の言葉などひとつもない。おれは彼女を殺した。カトレホングで撃ち殺した、寿命がこないうちに彼女の命を奪ったのは神じゃない。だが物事には順番があると思うし、自分のしたことは問題だと思う。最後の審判で検討され、判断されるだろう。だが審判もなにもあるもんか。おれたち誰にとっても、死んだらそれで終わりだ。

ですから、レイチェルにとって、とラビは締めくくる。先が短いと知ることは、新しい人生のはじまりだったのです。

後列で兄と姉にはさまれたアモールはひとりぼっちだ。彼女にはそう感じられる。この人間の森にいるときほど孤独を感じたことはない。彼女のまわりには何もない。あの木の箱以外はなにもないし、誰もいない。そしてあの中には、でも、そのことは考えない。中になにがあるか、考えない。箱はからっぽで、箱には四つの面があり、ううん、六つだ、ううん、もっとある、でもあれが地面に埋められるなら、そんなことはどうでもいい。

真実は、わたしのお母さんが死んで、あの箱の中に横たわっているということ。そのことを考えていると、堅実な世界が溶けて液化していく。それが滑り落ちていくのを彼女は感じる。歯を食いしばり、左右の太腿をぐっと押しつける。やめさせて。

今、みんなはうたうために立ちあがっている。でもアモールは不意に気を失いそうになって、ベンチに沈みこむ。はじめアントンのほうへ身を乗り出してから、次にさっと姉のほうへ身を乗り出す。アストリッドにすわってもらおうと腕をつかむ。

どうしたのよ？

言おうとするが、パンクしたタイヤみたいな声しか出ない。

え？　アストリッドが顔をゆがめ、声を殺して黙らせる。

もしかして、わたし……

だからなに？

わかるでしょ。血が出てる。あそこから。

アストリッドはゆっくりと目をつぶってあげる。もう、冗談でしょ。なにか持ってないの？　彼女は妹をにらみつけてから、反対側へ身を乗り出して伯母をひきこもうとする。小声で伝える。

なんですって？　マリーナ伯母さんが言う。しーっ。

アストリッドはためらってから、もう一度伝えようとする。今回は声がすこしだけ大きすぎ、そのため彼女たちのうしろで懐かしい記憶に浸っていたレイチェルの学校時代の知り合いの気持ちを乱す。なにを言われているのかマリーナが飲み込むまで、ちょっと間があく。彼女の場合、最後に月のものがあったのははるか過去のこと、最後の子供を産んでまもなくであり、当時はそのようなことが起こりうると想像するのさえ不愉快だった。だがどうやら、今それは起きている。考えうるかぎり最悪の瞬間に。

マリーナは激しくささやく。まったく、ずいぶんと自己本位だこと。アモールは持っていないの、ほら……？

アストリッドは肩をすくめる。わたしは妹の番人じゃないわ！

今や全員がもぞもぞしたり、咳払いをしたりしており、棺かつぎたちが棺を持ちあげるために正面へ進んでいる。礼拝は終わったらしく、埋葬式のための列が外にできている。マリーナは姪を助けるべきだとわかっているが、今この場を立ち去るのは残念すぎる。それじゃまるで、マリーナが見る前にオーキーがまちがってVHSプレーヤーから『ダラス』の「who-shot-JR」の回を消去してしまったときと同じだ。マリーナはアストリッドの肘をつかんで、耳元にささやく。あの子を外へ連れ出して、面倒を見てやりなさい。これが終わったら、なんとかしましょう。

わたしが？　なんでわたしがやらなけりゃならないの？
アモールはあなたの妹だからよ。
アストリッドは呆然とする。アモールが乳房や経血や意見をもつ大人になれるなんて思ったこともなかった。ましてや自分たちの母親の葬儀から自分を追い出し、その過程で自分に恥をかかせる力を持つようになるなんて。だが自分たちはここにいて、全員が一方向へ汽車みたいにしゅっしゅっと進んでいるのに、自分たちふたりは別方向へ向かっている。外に出ると、彼女は妹のほうを向いて、言う。よくもこんな真似ができるわね？

　しかたないじゃない、そう言った瞬間、アモールは激しい腹痛に襲われる。身体の芯の近くで熱がのたくる。草むらを走っていて釘を踏んだときのようだ。あのときはずいぶん泣いたものだった。母さん、母さん、わたしを助けて！

　アストリッドは顔をひきつらせてあたりを見まわす。どうすることもできない、と判断する。埋葬が終わるまであそこにすわってて。

　正面入り口そばのベンチのことを言ったのに、アモールは近くにトイレを見つけ、緑色がかった、鼻を刺す悪臭のするちいさな個室にひきこもる。水がそこらじゅうにぽたぽたとしたたっている。配管が壊れているのだろう。深い底からまた激痛が襲ってくる。周囲の光景が白黒映画みたいにちらちらする。こんなことが起きているのが信じられない。林立する墓石の間を縫い、母さんの棺に付き添って最後の数歩を進む代わりに、公衆トイレの壁のタイルに額を押し付けて冷やしているなんて。晴れた春の木漏れ日が、蕾(つぼみ)で重い木々の隙間から地面に落ちている。葬列(レヴァヤ)はゆっくりと前進し、詩篇第九十一篇の朗読を聞くために立ちどまり、すこししてからふたたびのろのろと歩きだす。蜂が不満げにぶんぶん飛び、ジャカランダの花が足下にいきなりぽとりと落下する。もうすこし進むと同じ停止がくりかえされ、詩篇の同じ朗読がある。こうやってすこしずつ墓へと進んでいくらしいが、アモールはそのどこにもいない。彼女は身体をくの字にして思っている。痛み止めがほしい、痛み止めを飲まなくちゃ。けれども、棺が墓の中へ降ろされていくあいだ、その場にいないという痛みをなにが和らげてくれるだろう？　シャベルをつかんで棺に土を投げるために、今進み出た人びとの中に自分がいないという痛みを？

ザッ！　木の棺に土が投げ落とされる音は、大きなドアが勢いよく閉じるような、きわめて決定的な音だ。

だがアモールはどこだ？　アストリッドはどこへ行った？

アントンはシャベルを誰に渡せばよいのかわからず、うろたえて振り返る。

席をはずさなくちゃならなかったのよ、マリーナ伯母さんが声を殺して言う。シャベルは伯父さんに渡して。

席をはずさなくちゃならないって、どうして？　その疑問が彼を悩ませているあいだ、人びとの列はそろそろと通りすぎ、各自が割り当てられた土を穴に投げこんでいく。すこしずつ棺が見えなくなる。まるで大地が棺を食いちぎっているかのようだ。おれたちの流儀とたいして変わらないな。ザッ、さようなら、ほっとしたよ。

アストリッドは離れたところから見守っている。祈り(カディシュ)がようやく終わり、少数の会葬者が散りはじめると、トイレのドアをばんばんたたき、妹に出てこいと怒鳴る。アモールはよろめき出てきて、太腿を固くすりあわせ、黒い服を着ていることに感謝する。家族が近づいてくるにつれ、たずねられるであろう質問の数々も近づいてくる。どこへ行ってたんだ、どうしたの、差し出せる答えはないように思える。

だがやっとマリーナ伯母さんが様子を見て、男たちよりも先に近くへやってくる。心配しないで、まかせなさい。信頼と指示を分け与える熟練の態度で、彼女は服従する耳に、この場合は夫／息子／兄の耳に口を寄せる。するとオーキーとヴェセルはマニとともに立ち去り、マリーナは姪たちを自分の車へと先導して、例のちいさな白いゴルフ手袋に両手をねじこむ。さて、こんなことを言ってよければだけど、終わってせいせいしたわ。

だが実のところ、それは終わっていない。というのも、二次会、いや、彼らがなんと呼ぶのかわからないが、そのために全員がレヴィ家に集まることが期待されているからだ。マーシャは埋葬直後の情緒不安定な瞬間にマニをつかまえた。彼女の顔にはそそのかすような意図的表情が浮かんでいたが、マニはいまだにこの二次会への出席を承諾した自分が信じられない。マーシャも同じ気持ちなのはあきらかだった。彼女はマニにはねつけられると思っていたのだ。とにかく、わたしたちの家は前と同じですから、道順はきっと思い出せるはずですわ。むろんマニはおぼえていたが、忘れていればよかったのに、と思う。だが長居はしない、とマニはオーキーに言い、車に乗り込む。しばらくのあいだおれたちがいるところを見せてやればいい。義務はそれで完了だ。

だけどアストリッドとアモールはどこなんだ？　アントンはあいかわらず困惑している。とりわけ、いつも身体を洗っていない臭いを発している不快なとこのヴェセルとの身体的接触に参っている。マニはへとへとで息子の質問には答えられないので、説明はオーキー伯父さんに一任される。アストリッドたちはマリーナ伯母さんの車に乗っているんだよ、としか言わない。なんで！　どうして車を変えたんだ？　母親の葬儀という大事な瞬間に娘ふたりが姿を消したって、どういうことなんだ？

アモールとアストリッドはマリーナ伯母さんの運転で同じ目的地へ向かっているが、途中、すこし寄り道しなければならない。彼女たちは数ブロック行ったところで、ショッピングモールを見つける。車の列が日差しを受けて陽気にきらめいている。マリーナは財布から金を勘定してアストリッドの手に押し付ける。わたしはここで待ってるわ。お釣りをちゃんと持ってきなさいよ。モールの入り口に列ができている。爆弾をひそませていないかどうか、全員がバッグを金属探知機に通しているからだ。ふたりは向こう端の薬局まで延々と歩く。途中、激痛が襲ってきて、二度アモールは立ちどまって壁によりかからなくてはならない。次は薬局の列に姉と一緒に並ぶ。止血剤や鎮痛剤、消毒液など、人びとの健康に寄与する薬品の山にうめく棚に囲まれて、アモールはやわらかなちいさな袋を手の中でこわごわひっくりかえす。アストリッドがアモールに金をこっそり渡す。ほら、あんたが払いなさいよ、あんたが使うものでしょ？　待ち時間は長くなくて、一、二分だが、激痛はいまや定期的に波のように寄せてきている。母さんのことで気分がよくないのだとずっと思っていたけど、違ったんだ。アモールは自分の足をじっと見おろし、全世界を足だけにさせる。ようやくカウンターにたどりつくと、白衣の女性が気の毒そうな視線を向けている。

本当はモールで解決すべきなのだが、アモールは今日はもう公衆トイレと向き合う気力がないので、ひたすら歩きつづける。向こうへ着いたらやるわ。マーシャとベンはウォータークルーフの緑豊かな八千平方メートルの土地に無秩序に広がる二階家に住んでいる。今日はその言葉はふさわしくないが、彼ら夫婦は人をもてなすのに慣れていて、いつものケータリング業者を雇っていた。結婚式、葬式、どんな機会であれ、人びとは食べなくてはならない。奥のパティオに長いテーブルが二卓セットされ、紅茶とコーヒー、軽食が用意されている。すべてが実に控えめでセンスがいい。マーシャはちょっとした社交界のホステスであり、ものごとがどうあるべきか心得ている。

ここでまた、正面ドアをくぐるなりマリーナ伯母さんはあの秘密めかした小首をかしげる仕草でマーシャの耳元にささやき、アストリッドとアモールはいそいで横廊下を進む。家じゅうに蠟燭が燃えており、来客用のバスルームですら鏡は布で覆われていて、誰かに観察されているようで気味が悪い。アモールはもっと自分の見た目を意識する必要があると言わんばかりだ!

オーケイ、わたしは外で待ってる、アストリッドは言う。彼女たちが互いの裸を見たのはもう何年も前のことだし、アストリッドは考えただけでぞっとする。

助けてよ、アモールはささやく。

やだ、やめてよ。妹は美人にはなりそうにない。わたしとは違う。だからアストリッドは妹がやらなくてはならないことをするのを見たくない。ありえないでしょ、アストリッドは言う。赤ん坊じゃないんだから。それをあんたのパンティに貼り付けるだけよ、生理パッドよ、あんただってそれぐらいできるって。使用法を見なさい! 外で待ってるから。

アストリッドはドアを閉めて出ていき、アモールはバスルームにひとり取り残される。世界にひとりぼっち。母さんはどこ? ほんとなら、こういうときにこそ、ここにいて助けてくれるはずなのに。でも、わたしがいないあいだに、母さんは逝ってしまった。

この家では表面という表面が高級な材質、スティールや大理石やガラスでできていて、木部がすこしあちこちでのぞいていても、やすりをかけられ、ニスを塗られ、なめらかになっている。アストリッドはそれがほしい。品がよくて、いい感じの表面でできた全世界がほしい。自宅のすべてがいかに荒削りで、とがった端や角度であふれているかを痛感させられる。まがいものじゃないからだ、と父さんは言うけれど、本物なんて誰に必要なの？　このほうが断然いい。アストリッドは壁紙を撫で、盛り上がった模様の畝を感じ取る。

男がひとり廊下をやってきて、近くで心もとなげに立ちどまる。使用中かな？

ええ、妹が。

男はアストリッドの身体つきを、特に乳房と脚に目を這わせながら、うろうろする。年寄りだ、すくなくとも四十にはなっていそうで、魅力的じゃないし、頭は禿げあがり、肌はきたない。だがアストリッドは男の視線に応えずにいられない。ヒップを左右に突き出してみせ、ほつれた髪を耳にかける。おかしなことだが、男が自分に注目しているかどうかはいつもわかる。素知らぬフリをしていると、特に。この年寄りはわたしになにか話しかけたがっている、いやらしい言葉を声に出したがっているとアストリッドは思う。それを聞きたがっている自分がいる。

すこしたってから、彼女はドアをノックする。早くして！

男はなにも言わずにじろじろ見続けているが、ちょうどそのときアモールがあらわれる。やらなくてはならないことをすませて、彼女は変化を感じている。身体の中心にあるかすかな圧迫感のような変化を。内側の違和感、それを囲んで彼女の残りが組み立てられたような。

終わった？　アストリッドが言う。大きすぎる声だ。じゃ、行こうか？　あんたのせいでほかにもなにか大事なことを見逃してないといいんだけど。アストリッドはお尻をふりながら、アモールの先を行く。

居間には人がひしめきあって、蜂の巣のようにわんわんいっている。アストリッドはすぐその中に入っていくが、妹は立ちどまる。戸口から先へはいかないほうがいい。入り口こそが、ここでもあそこでもなく、これでもあれでもない、正しい場所のように思える。

アントンは部屋の向こうからアモールを見る。彼はしばらくそこに立って、身振り手振りのまじった光景が水中の出来事のように繰り広げられるのを観察していた。血縁の濃いのも薄いのも、おれの母親に別れを告げにやってきた親戚。おれを見るとそっぽを向く父親。戸口には妹。しかしアモールはどことなくいつもと違う。彼は即座に気づく。

ヘアスタイルを変えたのか？

ううん。

トップを着替えたのか？

ううん。

アントンは興味を惹かれ、もう一度妹をじっくり見る。自分が正しいのはわかっているし、妹が兄の直感に気づいているのもわかる。アモールは不快感からしきりに身をよじっているが、冷静を装っている。大事なことを隠しておくためには、そうするのがよいと彼女は学んでいた。

なにかを変えただろ、アントンは言う。

これは後刻、レヴィ家の外でのことで、父さんは、家を回りこんだところに車をとめたレキシントンを捜しに行っていた。アストリッドもその場にいるが、彼女はマリーナ伯母さんに話しかけていて、アモールとアントンはふたりきりだった。さよならの挨拶がひととおり交わされ、儀式は執り行われ、おれたちの母親は埋葬された。

おまえ、どこへ行ってた？

いつ？
葬儀のときだよ。おまえとアストリッド。どこへ行ってたんだ？
またもじもじと身をよじる。あることが起きたのだ。アントンにはわからないこと。半分もわからないことだ。半分だけでもわかりたいのか。知らないほうがいい！　あるいは、ほかの手段で知るほうがいい。

いずれにせよ、そこへようやくレキシントンが、渋い顔の父さんを隣に乗せて、車をころがしてくる。父さんが身を乗り出していらだたしげに警笛を鳴らし、彼らは後部シートに乗り込む。ふたりの兄姉にはさまれて真ん中にすわったアモールは、身体の中にかかえる熱い石炭層の上にうずくまり、こうして残りの彼らスワート一家は無言のまま走り去り、めいめいがくたびれ、苦悩し、彼らなりに複雑な思いをかかえ、農場へ、彼らが自宅と呼ぶ家へ引き返す。

このとき家には誰もいない。二時間ばかり、人気がなかった。見たところは静かだがちいさな動きはあって、日光がこっそり複数の部屋を通りぬけ、風がドアをがたつかせ、ここで広がり、あそこで縮まり、年老いた身体のように、ちいさくはじけ、きしみ、げっぷを放つ。雰囲気と表情に富み、眼を思わせる窓のある家は、生きているように見える。だがそれは多くの建物に共通する錯覚、あるいは、人がそういうふうに家を見るためだろう。だがここにいてそれを目撃する者はいない、なにも動かない。私道で所在なげに自分の睾丸をなめている犬がいるだけ。

普段ならいるはずのサロメですら姿がない。葬儀に参列しても当然だったかもしれないが、マリーナ伯母がこれ以上ないはっきりした表現で、サロメの参列はゆるされないと申し渡したのだ。どうしてですか？　まあ、ばかを言わないで。だからサロメは代わりに彼女自身の家へ、もとい、ロンバードの家へ引き返して、教会用の服に着替えた。参列できたら着たであろうそれは黒のワンピースで、継ぎがあたり、あちこちかがってあるのだが、それを着て、黒のショールをかけ、唯一の上等な靴を履き、ハンドバッグと帽子を揃え、彼女の家の、失礼、ロンバードの家の正面にあるお古の、中身がはみだした肘掛け椅子にすわって、レイチェルのために祈りを捧げる。

ああ、神様。あなた様にわたしの声が聞こえますように。わたしです、サロメです。どうぞ奥様をあなた様のいらっしゃるところへ迎え入れ、しっかりと面倒を見てください、いつか天国でまた会いたいですからね。奥様のことは昔から、奥様になる前からずっと知っていたんです、わたしたちが両方とも若い娘だった時分からですよ、あの頃のわたしたちはときどきひとりの人間でした。きっとわかってくださいますよね、この苦しみを奥様に与えたのはあなたなんですから。わたしが奥様の面倒をみられるようにと。そのために奥様はこの家をわたしに下さると約束しました。そのことに感謝します。アーメン。

ことによると、サロメはこうした言葉で祈ったわけではないとも言える、つまり、言葉はまったく使わなかったのかもしれない。多くの祈りが心の中で発せられ、ほかのすべてと同じように天に昇っていく。もしくは、サロメが祈っているのはほかのことの可能性もある。祈りは結局は秘密だし、すべてが同一の神に捧げられるわけではないからだ。だがいずれにしろ、すこしの時間が経ったあと、もちろんこの部分が事実なのは蟻塚の影が移動したのを見ればあきらかで、それは太陽がもう頂点にはないからなのだが、彼女はのろのろと立ちあがり、椅子にすわっていたせいでこわばった脚で室内に戻る。測定不能な間隔をふたたび置いて、もう一度姿をあらわしたとき、サロメはいつもの服、みすぼらしい服につっかけをはき、布切れで髪をしばり、小丘のまわりの小道を歩きだす。

どんな日も変わりはなかった。サロメは毎朝この小道を歩き、夜にふたたびこの小道を引き返す。朝と夜のあいだに何度か行き来することもしばしばだ。あらゆる光とあらゆる天気。その道のりをひとつひとつ区別するのはむずかしい。勝手口に着くと、外でつっかけを脱いで裸足で進む。制服は食料保管庫にかけてある。白い襟と白いエプロン付きの青いワンピースで、着替えのために二分間はバスルームの使用がゆるされている。次に彼女は自分の服を人目にふれないよう食料保管庫の角をまわったところにつるす。

これでようやく家のもっと奥へ入っていくことができる。家族が戻ってきた。それとも、ずっといたのかもしれない。深く根をおろした安定感を放っている。

彼らは食堂のテーブルのまわりに腰をおろしている、としておこう。居間にちらばって立っている、でもいい。あるいは、玄関ポーチに出て、ある者は私道におり、ある者はもっと支配的な位置にいる、とか。どうであってもかまわない。どこかで次のやりとりが、マニと彼の長男のあいだで起きる。

昨夜のおまえの言ったことを考えた。わたしは非常に怒っている、と父さんが言う。

こういうとき、彼は旧約聖書の神の口調を真似たがる。そして、当然相手は従うものと考える。

そうなんだ?

わたしのためではなく、ほかの人たちのためだ。おまえがわたしに無礼なのは今にはじまったことではない。いつものことだ。だが、牧師様への口のききかたはなんだ！　聖職者だぞ、福音を説く方だ。

アントンは鼻であしらい、苦笑する。愚か者だよ、いかさま師だ。

いいかげんにしろ！　尊敬のかけらもない態度は今日をもって終わりだ。いいか、ようく聞け。あの方に謝らないなら、おまえはもう家族ではない。二度とおまえとは口をきかん。

マニは前夜の出来事について、巨大な黒い卵を抱くめんどりのように、じっくり考えた。おまえはわたしの結婚と宗教をけなした。償いはしてもらうぞ。

わかってくれよ、父さん、それはできない。

わたしにはどうしようもない。これはおまえとおまえの良心の問題だ。

あの男に謝るつもりはないよ。なんで謝らなくちゃならないんだ？　おれは本当のことを言っただけだ。

本当のこと？　マニの怒りが新たに煮えくりかえり、顎の無精髭までがちいさな釘のように屹立(きつりつ)する。わたしの妻についてか？　わたしがしなかった約束のことか？　どっちにつくか、選ぶことだな、おまえ次第だ。だが、謙虚にならないと、荒野にほうりだされることになるぞ。

父親が騒々しく部屋を出ていってから、アントンの末の妹が鉢植えの植物のうしろから、コメディの登場人物みたいにあらわれる。アントン、アントン、わたし、父さんの言ったことを聞いたよ。

何のことだ、アモール？

アントンの口調がいらついているのは、彼にとっての心躍る晴れやかな瞬間を、妹がだいなしにしたからだ。家から追い出されて、このすべてから自由になれるってときに！

父さんが兄さんに言ったことを聞いたけど、それは正しくないの。

何が正しくないって？

父さんはまちがいなく約束したの。わたし、この耳で聞いたの。サロメに家をあげるって父さんは母さんに約束した。

アモールのちいさな顔がその確信によって内側から輝いている。

アモール、彼はやさしく言う。

なに？

サロメは家を所有できないよ。たとえ父さんがそうしたくても、家をサロメにあげることはできないんだ。

どうして？　アモールはわけがわからない。

なぜかというと、法律に反するからだ。アントンは言う。

法律？　どういうこと？

おまえだって本気じゃないんだろ。だがそう言いながらアントンは妹がいかに真剣であるかに気がつく。ああ、やれやれ。おまえは自分がどんな国に住んでいるか、わかってないのか？

そう、わかっていない。アモールは十三歳で、歴史はまだ彼女を踏みつけていなかった。自分がどんな国に住んでいるか、彼女はまったくわかっていない。身分証明書を携帯していないせいで黒人が警察から逃げているのは見たことがあるし、大人たちが低い切迫した声でタウンシップで起きた暴動の話をしているのを聞いたこともあるし、つい先週は学校で、襲撃があった場合はテーブルの下に隠れるという訓練をおこなわなくてはならなかったが、それでもアモールは自分がどんな国に住んでいるのかわかっていない。非常事態が発生し、人びとが逮捕されて裁判もないのに拘留され、さまざまな噂が確固たる事実もないのに飛び交うのは、報道管制が敷かれ、楽しい現実離れしたストーリーだけが報道されるからだが、彼女はそれらのストーリーを九割がた信じている。昨日は兄が飛んできた石で頭から血を流しているのを見たが、それでも、今でも、誰が、どうして石を投げたのかわかっていない。雷のせいにするならすればいい。アモールはずっと鈍い子供だった。

だが、ひとつ、彼女を混乱させていることがある。

でもどうして？　サロメが家を持てないと知ってるなら、どうしてサロメに家をやれって父さんに言ったの？

彼は肩をすくめる。言いたい気分だったからだ、と答える。

まさにそのとき、ごくうっすらと、彼女自身意識すらしないままに、アモールは自分がどんな国に住んでいるかを理解しはじめる。

翌日、彼女はスーツケースをさげて宿舎に戻った。アモールが抗議しようとすると、父さんはあと二、三カ月だけだと言った。状況が落ち着くまでだ。逆らわないほうがいいし、逆らっても無駄だということが父親の声に聞き取れる。父親はそう約束したし、キリスト教徒は約束を違えないとはいえ、アモールの要求は些細なことで、彼女は重要な存在ではない。それでレキシントンがアモールを学校へ車で送り、池の端でおろす。彼女はのろのろと狭い階段をのぼって、冷たいリノリウムの床と、同じベッドがまっすぐ並んだ寮の中の、隅にある、前と変わらない自分のベッドへ向かうしかない。

彼女の兄は翌朝出発する。あるいは、そのまた翌朝かもしれない。春の早朝はみな似ている。彼はミリタリー・バッグとライフルを持ち、サロメがアイロンをかけてくれた軍の勤務服を着ているが、ブーツだけは自分で磨いた。彼を見送る者はいない。アストリッドは眠っており、父さんはすでに爬虫類パークへ仕事に出かけた。レキシントンが玄関階段の前にトライアンフをとめ、アントンはトランクにバッグを積む。ライフルは見てくれのためと、万が一のため、持って乗り込む。

さらば、家。さらば、父さん。返事はない。夜明けが傷口のように空に湧きあがり、彼らはがたがたとわだちをたどる。アントンが降りてゲートをあけて閉め、車は町を離れ、さびしい道を走りだす。ヨハネスブルグの近くに軍の集合場所があり、そこからはひとりで行ける。兵士がふたりすでにそこにいて、拾ってもらうのを待っている。アントンはトランクからバッグをおろし、身をかがめて助手席の窓から声をかける。元気でな、レックス、がんばれよ。さよなら、アントン。ではまた。

昼近く、彼は配属されている軍の駐屯地へ近づいていく。半キロメートル離れた地点でおろされたので、郊外の長い通りを正面ゲートに向かって歩かなくてはならない。てっぺんに鉄条網のある高いフェンス越しに、テントやプレハブの兵舎がずらっと並び、彼自身のような若者たちがそのあいだを動き回って、洗濯をしたり、煙草を吸ったり、しゃべったりしているのが見える。

そのうちのひとりが仲間と別れてフェンスのほうへやってくる。おい、兵士が呼びかける。おまえ！

一拍間を置いてアントンは思い出す。夜遅い時刻、タール舗装の上の奇妙な影。ペインだ！　また会おうと言っただろ。

どこへ行ってたんだ？

自宅さ、母親の葬式で。

まだそんな冗談を言ってるのか？

ペインは数日前の夜、歩哨に立っていたときの風変わりな遭遇を思い返し、この男はふざけているのだと判断した。昼の光で見ると、フェンスの向こうにいるのはごく平凡な若者で、取るに足らない男のようだった。間違っても恐れるような相手ではない。

アントンは片手でフェンスをつかみ、左右に延びる正面ゲートのずっと先を目を細めて眺めた。ふたりの歩哨がいるのが見える。まさにこの瞬間、二度とゲートの中へは戻れないし、中の光景には二度と合流できないことがはっきりした。むりだ。理由は言えない。なにかが起きたのだと、たずねられたら言うしかない。なにかがおれに起きたのだ。

おまえは重要な瞬間を目撃してるんだ、とアントンはペインに言う。

ああ？

おれの人生がひとつの道からもうひとつの道へとジャンプするのを見ているんだ。とてつもなく大きな変化が起きるのを見ているんだ。

なんの話だ？

重要な否定さ。ここにたどりつくまでずいぶん時間がかかったが、もうこりごりだ。おれはついに拒絶する。

拒絶ってなにを？

すべてをさ。ここまできた、これ以上はまっぴらだ、と言っているんだ。ごめんだ、ごめんだ、ごめんだ！　アントンはそのことを考え、つけくわえる、もちろん、一緒にきてもいいんだぜ。

一緒にってどこへ？　おれはおまえを知りもしないんだぞ。

すぐに変わるさ。

どうかしてるよ、ペインは笑いながら言う。まったくおかしなやつだよ。最初は母親を殺して、次は駐屯地に戻ってきたとたんに無許可の離隊をしようってんだから！　ははは！　ペインはスワートがほかのみんなと同じようにそのままゲートのほうへ歩いていって、後刻たぶん食堂かどこかで出くわすだろうと信じて疑わない。

ところがスワートの行動は彼の予想を裏切る。

おい！　どこへ行く？

どうやらきた方角へ戻っていくらしい。ペインは追いつくためにフェンスづたいに小走りにならざるをえない。

おかしなやつだな、おまえは。つかまるぞ。営倉入りになるぞ！　おい！　どうなってる？　笑い事じゃない。おまえ、大丈夫か？　待て。やめろ。戦争が起きてるのがわからないのか？　自分の国が心配じゃないのか？

　アントンが答えないのは、聞こえていないからだ。巨人の手でうしろから押されているかのように、逃げたいという単純でやみくもな欲望が彼を駆り立てている。

　この真剣な試みにおいて、軍の制服は危険であると同時に大きな助けでもある。軍服姿なら、簡単に車に乗せてもらえるが、身分証明書をチェックしたい軍警察にとっては標的にもなる。さっさと着替えるのが一番だ。数時間後、南へ向かう幹線道路沿いの終夜営業の店でアントンは顔を隠すためのキャップを買う。前の部分に〝陽光あふれる南アフリカ〟とプリントされている。かぶるとまぬけに見えるが、髪と額の縫い跡はちゃんと隠してくれる。隣の〈ウィンピー〉（ファストフードのチェーン店。本社は南アのヨハネスブルグ）のトイレで平服に着替える。ジーンズ、Tシャツ、ジャージー、カジュアルシューズ。鏡に映る自分を見ながら、これならどこかへ行く途中の若者として通るな、と思う。

　陽光あふれる南アフリカ。アントンはまさにそんなものを思い描いている。今朝、駐屯地をあとにした瞬間から頭の中でどくどくと脈打っているのは、清らかな白いビーチ、砂浜にぼんやり散らばって、モーと鳴きながら餌を食(は)んでいる雌牛たちのイメージだ。後景には霧に覆われた絶壁が緑濃い木立の絨毯からそそりたっている。これまで行ったことのない世界だが、かつて学校の上級生たちがトランスカイについて、ジャングルでの厳しい生活や、魚を捕まえ、波乗りをし、大麻を吸うことについてしゃべっているのを聞いたことがあり、しばらくそういうことをしてみるかと思っている。金も計画もろくになく、知り合いもいないが、それもひっくるめてすべてが彼を惹きつける。そういう場所なら、慎重にやれば、姿をくらますことができそうだ。

アントン、まずそこへたどりつかなくてはならないぞ！　今はもう時間も遅い。そろそろ真夜中だ。道路を走る車も多くない。町明かりから遠ざかると、空虚と脅威が詰め込まれた闇が膨らむ。近くの自動車修理工場のうしろはぬかるんだ原っぱと、雑草だらけの水路が端に沿って走っている。彼はライフルを水路に投げこみ、つづいて軍の制服のはいったバッグを投げ込む。手元に残したのはシャツとパンツ数枚のみで、それらをポリ袋につっこむ。おれがたった今やったことは犯罪だ、と考える。だが、すごく身軽になった。

世界がどれだけ大きいかを意識し、束の間こみあげてきた恐怖を抑えこみ、高速道路の出口付近とおぼしき場所へとぼとぼと歩いていく。蛍光灯のぎらついた光の中に身をさらし、希望をこめて親指をたてる。信じるしかない！　しばらくかかるかもしれないが、あきらめずにやっていれば、遅かれ早かれ、誰かが車をとめてくれるだろう。

父（パ）さん（ー）

シャワーから出たとたん、電話が鳴る。彼のアパートメントではないので、アントンにかかってきた電話ではないだろうし、彼が積極的に避けようとしている相手も数人はいるのだが、とりあえず、電話に出る。なにかが起きたようなぼんやりした予感がする。

かけてきたのはアストリッドだ。声は聞こえるが、言葉はきれぎれにしか伝わってこない。あの新しい携帯電話だろう。ずいぶん自慢していたが、ボタンのついた役立たずの重い煉瓦だ。今後も存続する発明品じゃない。何をしゃべっているのかわからない、とアントンは彼女に言う。しゃべりながら、居間で身体を拭く。固定電話でかけられないのか?

しゅーしゅーきーきーと声がひびく。いらだたしくなって、受話器を置く。アストリッドは彼の番号を知っているほんの二、三人のうちのひとりだが、彼女はそれを過剰に利用する。沈黙する家族の仲介役を買って出て、メッセンジャーになったり、ニュースの使者になったりしている。それは彼女が求めつつも腹立たしいと思っている役割で、そのために、彼女は求められつつも腹立たしく思われている。

待つあいだにアントンは手早く服を着る。真昼の時間帯で、ヨハネスブルグの空は雲ひとつなく晴れているが、真冬の空気は身を切るように冷たい。セーターを頭からかぶりかけたとき、また電話が鳴る。相変わらず言葉はきちんと聞こえてこないが、今回、彼はアストリッドが実際にはしゃべっていないのではないかとふと思う。奇妙な音を立てているのだ。仔犬がくんくん鳴くような音を。

もしもし？　どうしたんだ？　と言ったとき、雲が太陽を覆い、それに続く陰りのなかで、漏斗の先に未来というまぶしいちっぽけな絵が見えるような感覚をおぼえる。時間が間違った方へ動いているような、説明しがたいああいう瞬間のひとつだ。

ようやくアストリッドがしゃべりだしたとき、彼はじっと耳を傾け、すでに直感していたことをアストリッドから聞かされる。彼らの父親が／今朝／あのガラスの檻の中で／毒にやられた／という事実だけでなく、父親に起きたことが自分にも起きるのではないかというアストリッドの錯乱した恐怖も、はっきりと伝わってくる。まるで運命に感染力があるかのようだ。

おまえ、じっくり考えていないな、アストリッドがやっと静かになると、アントンは言う。

え？

なぜそんなにこわがっているかということをだよ。恐れていることと折り合いをつけるためには、それをじっくり想像しなけりゃならないんだ。

わたしがなにを恐れているっていうの？

死だ。

でも父さんは死んでないわ、アストリッドはまたあの仔犬が鳴くような声をたてはじめる。

今はまだ。これも彼が未来のちっぽけな窓から見た光景だ。だがさしあたって確実なのは、アストリッドが話したことだけ、父さんはプレトリアのH・F・フルウールト病院の集中治療室にいて、意識がない、ということだけだ。

わたしは今からディーンとそこへ行くわ、アストリッドが言う。

わかった。

そのあと、沈黙が広がる。その下に質問が隠れている。

どうするかな、アントンはようやく言う。ことによるとひとりごとかもしれないが、アストリッドはそうは聞かない。

もう潮時でしょ、アストリッドは言う。

どうするかな。考えないと。

アントン、潮時よ。

自分で決める。腹が立つが、アントンはその言葉をきちんと口にできない。彼の声は青ざめた幽霊の声だ。行けるかどうかわからない。

いいから会いに行ってよ。意識がないんだから、しゃべる必要ないわ。

ほぼ十年になるんだぞ、アストリッド。

そのとおりよ！　もう充分でしょ。ああもう、好きなようにしたらいいわ、どうせ兄さんはどんな場合も好き勝手にしてるんだから。

十年か。疎遠になってほぼ十年。そのあいだに彼は人の道を踏みはずすようなひどい経験をした。そのあげくがこれなのか？　蛇に咬まれた父親の傍らに駆けつけ、すべてがどこで狂い出したのかと思案することが？　それにどんな意味がある？　血のつながった親への誠意を見せるためか？　おれは父親を愛していない。父親もおれを愛していない。

アストリッドを怒らせたことは声からわかるが、そうでもしないと彼女は無数の手のように、べたべたとおれにつきまとうだろう。かまわれたがりと心配性はとどまるところを知らない。アントンは自分の境界線を越えたくない。アモールには話したのか？　話題を変えようと、たずねる。

メッセージは残した。あの子が今もその番号を使ってるならだけど。もう何年も音信不通なんだから。

アモールにも潮時だって言ったのか？　帰ってこいと命令したのか？

兄さんに命令なんてしてないでしょ、アストリッドは言う。兄さんと父さんに関してはほかとは違うんだから、あきらかに。わかってるはずよ。

通話が終わっても、アントンはいつまでもその場に立ち尽くして窓台の隙間から執拗にあらわれるアリの行列をじっと見ている。何匹いるんだ？　かぞえきれない。おびただしい点々ってだけじゃないか。それなのに、どうしてこうも慰められるのか？

アストリッドは正しい、潮時だ。いずれにせよ、その時がくることはずっとわかっていたが、これは予想外だった。こんなに曖昧で不確実な救いになろうとは思っていなかった。こうなるよりしかたがなかったのかもしれない。家を出てからの毎日は、理屈ぬきの原始的努力として胸に刻み込まれているが、そのどれについてもじっくり考えることはなく、味わいもしなかった。生き延びることは有益ではない、ただの屈辱だ。思い出すまいとしても鮮明によみがえる事柄を、彼は意識下に抑え込む。肝心なのは進み続けることだ。

進み続けるのは、進んでいれば、最後には終わりがあるからだ。南アフリカは変化し、二年前に徴兵制は廃止された。あきれたことに、軍から脱走した彼は犯罪者ではなく、英雄だ。その変化の速さには驚かされる。いずれにしろ、そんなことは誰も気にしない。もう過去のことだ。おまえは数年間逃げ回っていたみすぼらしいひとりにすぎない。トランスカイの荒野に身を潜め、次はヨハネスブルグに隠れた。どっちのジャングルのほうが過酷だったかわからない。だが、生き延びるためにはやらなければならないことがある。自尊心を犠牲にしてでも。よせよ、アントン、最初に消えたのが自尊心だろうが。おまえはそれを道端にぼろのように捨てた。それは堕落の第一段階にすぎず、そのあとも、もっとろくでもないことが続いた。ためらいもなくおこなわれた、不潔な室内での卑劣な行為のイメージや、肉体同様精神をもいためつける不安感。すべては、若くて輝かしい人生の数年間、なにもしないで、まったくの無為のうちに、あと一日生き続けるためだったのだ……だからなんだよ、誰も気にするもんか。他人のほうが、おまえよりずっと辛い経験をしている。だがどうしてだか、すべての経験はそういうものなのだ。結局、おまえに言えるのは、こんなにいつまでも家から遠ざかっていたのは、物事が変化し、簡単になり、もう隠れる必要がなくなるのを待っていたから、ということだ。昔ながらの南アフリカ人の解決法にとことんしがみつきながら。

アントンは何時間もそわそわとアパートメントの中をいったりきたりし、ヨーヴィル（ヨハネスブルグの地名）の町を裸木の枝ごしに見おろしたり、戸棚をあけたりしめたりする。なにかを探しているように見えるが、実はそうではない。気持ちはすでに固まっていて、今は一種の総ざらい、つまりは要約をしているだけだ。彼の所有物は、数点の服と本をのぞけば、なにもない。残りはすべて、彼よりかなり年上の女のものだ。彼は何日もこの数部屋でその女とともに、というより、女にたよって生活してきた。それが長すぎたことに、ふたりともしばらく前から気づいていた。

彼は女に手紙を書いて、台所のテーブルにそれを置く。最愛なるきみへ／聖霊に挑んでロシアンルーレットで勝とうとするのは、毒蛇に囲まれて長時間無事に過ごし、ギネス世界記録を破ろうとするのと同様の不幸な野心だが、おれの愚かな父親はそのせいで昏睡状態にある。おれは最悪の事態を恐れている。知ってのとおり、父親とおれは、母の葬儀以来口をきいていなかったが、そろそろ帰る潮時だと決断した。しばらく戻らないかもしれない／こんなことになって残念だし、他にもいろいろすまなく思うことがある。もうひとつ最後の頼みもそのなかに含まれているのだが、できたら、金を貸してもらえないだろうか。図々しい頼みであるのはわかっているが、状況に免じてゆるしてほしい、うんぬん。まったく絶望的心情だがこの予想外の展開により、これまでの一切の借りを早々に返せるかもしれない。おれの口座の詳細はいつもと同じだ／ひどい男だが、それでもまだきみを愛している、A。

アントンは電話をかけまくり、車を出してくれそうな相手を見つけなくてはならない。知り合いのほぼ全員にさんざん頼ってきたため、彼らがそろって警戒し、うんざりしているのが口調から聞き取れる。車に乗せることに同意した男ですら、それなりの理由を持っていて、男はヨハネスブルグを出る幹線道路を走りだすと、さっそくそのことを持ち出してくる。こんなときに言いたくないんだけどさ、今、おれは尋常じゃないプレッシャーをかかえているんだ。だから、すごくありがたいんだがな、おまえが、その……

わかってる、とアントンは男に言う。金は全員に返すつもりだけど、おまえにはまっさきに返す、誓うよ。

この数カ月アントンは他のふたりにも同じ約束をしているが、いつも本気だった。だが今日は、この状況が本当に転換点になると感じられるので、いつも以上に本気度が強い。家を出たのはとんでもないまちがいだった。とすれば、戻るのが唯一の解決策だ。大事なのは、戻るかどうかではなく、いつ戻るかだ。出発点へ近づいていきながら、早くも彼は自分の未来が、手の下で熟れていくメロンみたいに、期待でふくらんでいくのを感じることができる。

その結果、世界が輝きはじめる。母親が死んでからプレトリアへ向かうこの道路を走るのははじめてだ。もう九年も前になる！　この変わりようを見ろよ。広大な茶色の草原がいきなり視界に飛びこんでくる。幹線道路沿いに新たな開発が進んで、オフィスや工場やタウンハウスが建ち並び、経済は発展し、土地の生命がふたたび活気づいている。ユニオン・ビルディングの新しい民主的な政府！　町へ入っていきながら、山稜を背景に神々しい砂岩のファサードが弱々しい冬の太陽に照らされているのが見える。マンデラは今あそこにいて机にむかっているのだろうか？　独房から王座へ、生きているうちにその変化を目撃することになるとは思ってもいなかった。あっというまにそれがあたりまえになったことが不思議に思われる。いつからこうなったんだ、まったく。

病院の正面入り口の外で車をおり、長い腸の中を移動するちいさな細菌みたいに、目的地までの道を見つけなくてはならない。最低の連想だと思うが、環境を考えれば妥当な想像だ。病院には常に悲しみに沈んだやつれた人々がすわっているが、彼らはただの見舞客だ。患者はもっと大変なことになっている。人がここにくる理由はただひとつ、本人か、本人に近しい人が病気か怪我をしたかのどちらかだ。こういう場所は陰々滅々としている。

なかでもＩＣＵは最悪で、緑っぽい深海のような薄暗さが支配するこのゾーンではどこにも窓は見当たらない。不安をかかえる陰気な人たちが外にも大勢いるが、いうまでもなく、ここには心配すべきことが一般病棟以上にあるのだ。アントンがアストリッドに気づくと同時に彼女もアントンに気づく。アストリッドの幅広の顔が驚きのためにさらに広がった。

よかった、きてくれたのね、アストリッドはアントンの耳元にささやいて、ぎゅっときつすぎるほど力をこめてハグする。腕をほどいたあとに、胸が悪くなりそうな香水の残り香が漂う。アントンはこの数年間二、三度アストリッドに会っていた。金銭的に助けてもらったし、彼女は家族と彼を結びつける鎖の輪でもあったのだが、あらためてその太りようには驚かされた。思春期のアストリッドは影も形もない。妊娠してから元の体型に戻らなくなり、今は、丸々とした小柄な夫ディーンとよく似た球形になっている。ディーンは会釈をしつつ近づいてきて、指の短い手を差し出す。元気かい、アントン、久しぶりだな。

見ろよ、オーキー伯父さんが大声をあげる。おいおい。なんとまあ。

そのおどけた口調には、甥の変わりようへの驚愕がにじんでいる。だがそのオーキー自身、肺気腫をわずらって、かつてのオーキーの抜け殻になっている。彼ら全員に変化が生じている。当然だろう。時はわれわれみんなの顔に歳月の流れをもたらす。

全員のうちでもっとも変わっていないのがマリーナ伯母さんだ。威勢のよさが多少影をひそめ、持ち前の自信がいくぶん薄れてもいる。アントンとしては、例の不和にさいして、マリーナ伯母さんが彼の父親の味方だったのを知っている。驚くことではないが、今日の彼女に闘う気がないことはすぐにわかる。みんなより長生きするはずだった——というのは避けがたい後知恵だが——かわいい弟が壮年にして斃(たお)れたのだ！　マリーナは泣き続けていて、厚化粧が流れ落ちている。アントンは伯母の頬に軽くキスをした。コールドクリームと塩気が混じり合った味がする。

そのあとは、これといってつけくわえることもなく、再会のシーンも終わり、彼らはそこに立っている。彼の到着は結局、放蕩息子の帰還といった、ちょっとした騒ぎにすぎない。誰もが前に見たことのあるドラマだ。たちまち手持ち無沙汰なムードが広がる。長い失踪から帰ってきたのに、まるでどこにも行っていなかったかのように、うわべはほころびひとつなく元通りだ。家族は流砂だ。

アントンは父親の容体にまだ意識を向けていなかった。すぐ近くにいるのに。ところで、実際はどうなんだ?

あまりよくない、とディーンがつぶやく。昨夜はしばらく呼吸がとまった。

でも今は安定している!

毒が動脈にまわったんだ、ディーンが言う。運の悪いことに。それがドクター・ラーフがわれわれに説明したことだ。マニはなんらかのアレルギー反応をおこして……

蛇のせいじゃないわ、マリーナがきっぱりと言う。弟を殺したのは説教師よ。

だけどパパは死んでないのよ、アストリッドが叫んで、身をふるわせる。どうしてみんな死んでるって言い続けるの?

会えるかな?

面会は一度に四人まで、十分間だけ。朝に一回、夜に一回ゆるされている。だが病棟担当の看護師がいる。頭を剃り上げた生真面目そうな女性で、アントンにたいして形式的な同情を示す。

息子さんですか? 怒っているような口調だ。一分だけ許可します。

彼はこれを悪い兆候ととらえる。先が短いのかもしれない。だが指示どおり看護師のあとについて、医療用マスクと手袋をつけ、陰鬱なブーンと音のする、洞窟めいた部屋に入る。静まり返った工場みたいな感じ。苦しむ肉体が横たわるベッドが複数台。父さんは遠くの隅にいる。ありとあらゆる管が体内に入っているが、救命のためではなくて、逆に、なにかの異なるシステムに力を供給するために体内から活力を吸い出しているような印象を与える。緑のシーツの下で、しわくしゃにされ、皮をはがれたものみたいに見える。裸ではないが、それに近い。おれの記憶にあるよりもっとやつれている。

やあ、父さん。おれだよ。アントンだ。

声に出してそう言ったのか？　いずれにしろアントンは、思いがけない感情の逆流に驚く。自分の中のなにかが父親の身を案じていることに気づいて、びっくりする。そう、おれの中のなにかが本気で心配している。

一分だけですよ、険しい顔の看護師が言う。

彼女は彼のまわりにカーテンをひくが、ベッドまわりをすっかり覆うには不充分だ。隣のベッドに黒人の男がいるのが見える。ミイラみたいに包帯を巻かれている。フルウールトは墓の中で憤慨しているにちがいない。病院の名前がまだ変わっていないことが信じられない。男が包帯の内側からうめき声をあげる。言葉とも言えないが、外国語でないとしたら、苦痛を訴える言葉だ。アパルトヘイトは廃止された、われわれは今や隣り合って、すぐそばで仲良く死んでいく。われわれが解決しなければならないのは生きていく部分だけだ。

やあ、父さん。アントンはもう一度言う。

次にそこにすわって、待つ。なにを？　返事はない。なにかしなければならないのはおれだ。だがやらなければならないこと、おれがここへきた理由、それがなんなのかおれにはわからない。

聴いてくれ、彼は父親に話しかける。おれたちをふたりだけにしたのは、おれがあんたになにか言うことになってるからだ。ごめんなさいと言うことになってる。だが、あんたがおれからその言葉を受け取ることはない。聞こえたか？

（聞こえない）

母さんが死んだとき、おれはどうかしてた。しばらくのあいだ本気で自分が母さんを殺したと信じてた。頭がまともじゃなかったんだ。だが、おれの言ったことは全部本気だった。あんたはおれの母親にたいして、アル中のクソ野郎だった。宗教に目覚めたあとは、しらふのクソ野郎だった。母さんに謝る義務があったのに、母さんが死んだあとですら、謝るのは母さんのほうだとあんたは思っていた。あんたは母さんを理解していなかったし、おれを理解していなかった。だからあんたにごめんとは絶対に言わないよ。聞いてるか？

いや、マニは聞いていない。マニにはなにも届かない。彼はそのシーンの真ん中に横たわっているが、彼にとってはなにも存在していない。病院も、ベッドも、カーテンも、息子も、話しかけられている言葉も間違いなく存在していない。それらは彼のいるところにない。だが彼がどこにいるかを説明するのはさらに困難だ。

光がいまだ照らしたことのない地下トンネルを想像してほしい。彼自身の岩盤の割れ目、父さんがこもっているのはそういった場所だ。彼の血に入った情熱（パッション）、いや、毒（ポイズン）が彼をそこへ追いやった。そしてさらに遠くへ追いやるだろう。邪悪な煙、有毒な夢に乗って運ばれていく。声という最後のゆらめき、最後の燃えさしに伴われて。なんだって？　なにも言っていない。おれはそういう無意味な存在なんだ、だったんだ。ときおり抑揚のない言葉のようなものが口から漏れるが、よくわからないまま消えてしまう。おれの人生。その歳月。影のなかの影。真実は砂つぶほどしかない。そして退場。

ヘルマン・アルベルタス・スワートは一九九五年の六月十六日、朝三時二十二分に息をひきとる。待合室はからっぽだ。彼の家族は全員自宅のそれぞれのベッドにひきとって、夜明けに向かっていびきをかき、おならをし、もぐもぐいい、寝返りを打っている。彼の臨終に立ち会った唯一の人物、ワヒーダという名のイスラム教徒の看護師が、コーランの一節を密かに詠唱する。インナー　リッラーヒ　ワ　インナー　イライヒ　ラージウーン。だがこの介入がマニの魂になんらかの効果をもたらしたかどうか、それはわからない。

その知らせは一時間後にアストリッドに伝えられる。ぐっすり眠っていたところをノキアの、二週間前に手にいれたばかりで、まだ取り扱いに慣れていないいまいましい代物が鳴る音に起こされ、すべてのボタンの機能を知らないために、あたふたといたずらに時間を食ったあと、明かりをつけて、返答方法を見つける。その頃には、なんの知らせかアストリッドは気づいている。こんな時間にほかに誰が電話をかけてくるというのだ。彼女にできることは抵抗だけだ。そうすれば結果が変わるとでもいうかのように。まさか、そんなはずがないわ！　だがそれは本当だし、こうなることはずっとわかっていた。

アストリッドの夫は、このとき求められる態度はそれだと確信して、彼女をハグする。アストリッドは青ざめて弱々しく見える。だから彼は砂糖入りのお茶一杯が次なる正しいステップであると判断し、そそくさと下着姿でキッチンへ行き、お茶を淹れにかかる。妻が嵐のまっただなかにいることには気づかないまま。

そう。この瞬間のアストリッドは恐るべき強風に、形を持たないすべての力によって、形ある物体からむしりとられて運ばれていく。宙を飛びながら、アストリッドは空をつかみ、大声で叫ぶ！　気がつくと、廊下の突き当たりにあるドアが目前に迫っているので、ありったけの強さでドアをたたくが、力が出ない。

誰だよ？

兄の静かで穏やかな声。彼女がくるのを待っていたかのようだ。

アストリッドはあまりに非力で、ろくにノブをまわすこともできない。アントンは明かりをつけ、膝にノートを載せて、ベッドに起きあがっている。アストリッドがしゃべろうとしてできないのを、じっと見守る。

そうなんだな、と言う。

アストリッドはがむしゃらにうなずき、ベッドに身を投げてカバーを発作的に握りしめる。ようやくなんとかしゃべりだすが、見当はずれの言葉が出てくる。わたしたち、これで全員みなしごよ！

アントンは平静に彼女を眺める。別のことを考えているようだ。いつ？

いつ？　知らないわよ。病院からたった今電話があったの。わたしたち、父さんのそばにいるべきだったのよ！　なんで病院はわたしたちを帰宅させたの？

同じことだろ。

同じこと？　よくもそんなことが言えるわね。

兄がアストリッドをあきれさせたのは、これがはじめてではなかった。それは望遠鏡を逆にして兄を見るのに似ている。しかし彼の観点からは、アストリッドが急にとてもはっきり見える。わたしはつい昨日、父さんのそばにいた、とアストリッドは思っている。父さんは生きていて息をしていた。今はそうじゃないなんて、どうしてそんなことがありうるの？　だがアントンは妹の内面を、鐘の舌のように冷たく、くっきりとあらためて見ることができる。アストリッドが感じているのは彼女自身の死だ。それが父さんの身に起きうるなら、わたしの身にも起きうる、と思っている。この空虚な、〝存在しない〟という状態。アストリッドは恐怖にふるえながら自分の死を嘆き悲しんでいる。

お茶のトレイを持って廊下をうろうろしていた彼女の夫が見出すのは、こんな彼らだ。取り乱した妻が、予備の寝室で兄の足元に伏している。一方のアントン、ディーンの考えではかなりの変わり者であるアントンは、こともあろうに、ノートに何事か書きつけている。

（……）

昨夜アントンは自宅に帰るよりはと、アルカディアにあるアストリッドとディーンのみすぼらしい小さな家に泊めてほしいと頼んだ。帰る覚悟ができていなかったからだが、父さんのいない農場にはマリーナ伯母とオーキー伯父が滞在しているから、そっちにいたほうがよかった気もする。しかしまさにこの瞬間、誰もが呆然としているのをよそに、漠然としたなにかの中心に向かう引力を感じている。

大丈夫だよ、上の空でアストリッドの髪をなでながら、アントンはなだめるようにつぶやく。出ていくきっかけを選べるなら、今だ。

ええと、コブラに咬まれたんだっけ？　でもどうして？　世界記録には遠くおよばなかったじゃないか。たったの六日目だった！

妹はあきらかに慰められていない、というか、そんなジョークで慰められたりするものかと決意している。それでアントンは思い出す。このことを知らせるべき妹がもうひとりいることを。

アモールに連絡はできたのか？

なしのつぶてよ。だからそれっきりになってる。もう知らせることはなかったしね！　でもこうなったからには誰かが知らせなくちゃならないわ。

おれがやるよ、アントンは言う。番号を教えてくれ。この湿っぽいシーンから逃げ出す願ってもないチャンスだが、彼は自分の中にこの知らせを末の妹に伝えたいという嘘偽りのない、だからこそ興味深い欲求があることを意識する。あとでよく考えるために、日記にメモしておこう。とりあえず、ここから出よう。今では家族全体が目覚めている。七歳の双子ニールとジェシカは母親の嘆きを感じとって、悲しそうにそろってめそめそ泣いており、ディーンはみんなに落ち着くよううながしながら、おろおろと歩きまわっている。アントンは電話のある書斎に引っ込む。そこは静かだ。真冬のもっとも寒い時間帯である夜明け前ということもあって、凍りそうな寒さだ。時間も早すぎる。ロンドンではまるまる二時間は早い。だが、この知らせの性質上、とりわけ悪い知らせは、伝えられることを望み、ウイルスみたいに広まっていきたがる。

三回の呼び出し音で、眠そうな男の声が答える。明瞭かつ歯切れのいい、いかにもな英語である。アントンは誰を探しているかを伝える。

あいにくアモールはもうここには住んでいない。一カ月前に出ていった。

どこにいるかご存知ですか？　緊急の用なんです。

おたく、誰？　声の主の眠気が覚めると同時に、冷たく鋭くなった声が言う。今、いったい何時だと思ってるんだ？

アモールの兄のアントンです。起こしてしまって悪いけど、重要なことなんですよ。

兄さんがいるなんて、彼女は一言も言っていなかった。

それは興味深いな。しかし、おれが兄である事実は変わりません。

こうしよう、アントン、彼女が連絡してきたら、あんたから電話があったことを知らせよう。本当にあんたが兄さんなら、きっと彼女は電話する。

アントンは息を吸い込む。父親が蛇に殺されたと伝えてください。長い沈黙が続き、雑音が入る。

もしもし？　聞こえてますか？

ふざけてるのか？

あなたが言わんとする意味では、違います。

そうか、悪かった。口調がやわらぐ。

どうして？　あなたはおれの父親に会ったことがないんだから、謝ることないでしょう。アモールに自宅へ電話しろとだけ言ってください。

数時間後、アモールは農場へ電話をかけるが、電話のそばには誰もいない。電話は鳴り続ける。さびしい音は、見える範囲には解決法もないまま、寸分違わぬ間隔で繰り返されることによって、いっそうさびしさを増す。向こうでは鳴り続けるベル、こちらにはアモール。遠くから彼女がその状態を引き起こしたのだ。

一分後、彼女はあきらめる。しばらくのあいだすわっているが、やがてもう一度電話をかける。応答がないことはすでに承知の上だが、今回アモールは他のなにかを求めている。耳に甲高い呼び出し音が伝わってくると、無人の部屋や廊下がまるで目で見ているように眼前に浮かんでくる。あの奥まった場所。あの装飾品。あの敷居。目をつぶって、耳をすませる。渇望と嫌悪が胸の奥でせめぎあう。どうしてこんなに複雑になってしまったのだろう？　かつて家は、いろいろなものが嵐のようにぶつかりあう場所ではなく、たったひとつの大事なものだったはずなのに。

　アモールはしばらくぶりに農場のことを考えた。彼女が学んだのは、というより、ずっと知っていたのかもしれないが、前進したければ振り返らないのが最善、ということだった。南アフリカを出国してから彼女がしたことは、ひたすら前進し続けること、言いかえると、すくなくとも動き続けることだけだった。方角もよくわからないまま、部屋を変え、都市を変え、国を変え、人びとを変えて前進し続けた。そのすべてがみるまに移り変わる風景のようにぼやけて通りすぎてゆく。それは自分でもとめられなかった。

　だが、どうやら彼女はとまったようだ。ほら、じっと動かない。アームチェアにすわってすすり泣いてはいるが。そばの窓からは、地球の裏側にある異国の通りが見渡せる。その一切がにわかに静止してじっと動かなくなったような気がする。どうしてか、逆さまの状態で。わたしはここでなにをしているんだろう、と彼女は思うが、たぶん、口に出しては言っていない。もう少女ではなく、女性だ。身体つきが変化している。二、三の特徴だけは今も昔と同じで、足の傷痕もそのひとつ。目立たなくなってはいるが、まだ見える。なぜか、今、その古傷が過去からの合図のように、うずいている。

　その同じ日の夜、アモールは南アフリカへ帰る機上にいる。帰ることは行動というより、不意をつかれたことから生じた状態に近い。その唐突さは最後のちいさなピースにいたるまで、強度の脳震盪(のうしんとう)、衝撃の一種に似ている。避けられないだけでなく、耐えられないことでもある。アモールは機内で眠ることができず、チャドの上空十キロメートルで午前三時に調理室付近を行ったりきたりしている。人の人生はなんと平凡でなんと奇妙なものだろう。そしてなんと微妙なバランスを保っていることだろう。自分自身の最期が目の前に、足元にころがっているかもしれないのだ。この飛行機が今から一瞬後に爆発して百万個の燃えるかけらになるかもしれない。

そうはならない。数時間後、アモールはタクシーの後部シートにすわって農場へ運ばれていく。よりよい生活を求めてコンゴから最近やってきた中年ドライバーのアルフォンスと交渉して、特別料金を設定した。彼はこのルートを選ぶべきではなかった。町をよく知らないため、中心部の通りで渋滞に巻き込まれ、フランス語で謝り続けるが、彼女は気にしない。遅れてむしろほっとする。ふたつの場所、しばらく前に後にした場所と、まだ到着していない場所のあいだにいる感じは悪くない。

タクシーの窓から見える景色はいささか驚異的だ。自分の無知を自覚してはいたが、ちょっとしたお祭りムードだ。昨日がソウェト蜂起（一九七六年に起きた反アパルトヘイト暴動）から十九年めの祝日「青年の日」だったせいと、ラグビーのワールドカップ準決勝が今日、南アフリカとフランスのあいだでおこなわれるからで、歩道は人びとでごったがえしている。町の中心部がこんなふうに見えたことは一度もなかった。大勢の黒人が、まるでここが彼らの町であるかのように、さりげなくぶらついている。ほとんどアフリカ人の町のようだ！

だが農場へ至る道にさしかかると、建物はまばらになり、色褪せてすりきれた古い地面が、都会のペチコートの下から見えてくる。昼は骨張ったきらめきをたたえ、硬質で明るい空から光を注いでいる。みな馴染みのある光景だが、タウンシップを過ぎ、農場がはじまる地点で、視線は大きくて醜い教会の尖塔のてっぺんへまっすぐ向けられる。いまだにショックをおぼえ、不法に侵入された気持ちになるようだが、それはアモールが家を出る前からすでに建っていた。〈ハイフェルトの啓示の第一集会〉と呼ばれているがなにが、アルウィン・ジマースに啓示されたのかは、誰にも一度も明かされたことがなかった。にもかかわらず、教会の外には相当数の人びとがいて、讃美歌の音が空気を覆っている。

変化が起きているかもしれないとアモールは身構えるが、ほかに変わったところはなさそうだ。ゲートも、砂利道も、黒焦げのよじれた木がすぐに目を引く小丘の頂きも、変わっていない。留守中も、頭の中で、夢の中で、帰っていった場所だ。

家のまわりにごたごたとまっている車の様子は、どことなく見覚えもあり、昔の不穏な一瞬が記憶の中でうごめくが、とっさには思い出せない。やがて記憶がよみがえる。母さんが死んだ九年前のあの日の記憶。あれから、ずいぶんとたくさんの変化があった。わたしの身体も、わたしの国も、わたしの意識も変わった。そのすべてから、可能なかぎり遠くへ、必死に逃げたけれど、過去はちいさな爪をたててわたしをひきずり戻した。

ここでとめて、とアモールは言う。私道の一番奥。彼女はアルフォンスにタクシー代を払い、木々を遮蔽物にして家の横へまわり込み、誰ともしゃべらないですむように、裏口から入る。ところが、キッチンで兄に出くわす。ふたりとも死んだように動かない。

あれ、こいつはまた、とアントンはようやく下手くそな南部訛りで言う。アモールちゃんじゃないか。

アントン。

そのあとの沈黙のなかで多くのことが起きる。

正直なとこ、おまえとはほとんどわからなかったよ。

ふうん、兄さんは変わらない。

それはまるごとの真実ではない。アントンは昔から痩せていたが、さらに肉が削ぎ落とされて、基本的骨格だけになったように見える。髪の生え際がすこし後退して、額の古傷が以前より目立つ。しかしそれ以外の見た目はもとのままだ。中身は変わったのかもしれないが。

ここは彼らが抱き合うところなのだが、どちらも動かず、その瞬間はすぎる。

おかえり、アントンは言う。もちろん、状況はもっとよくなるだろう。

そうね、よくなると思う。

人生の現実において状況は常によくなるというのがアントンの見解なのだが、今の彼は異常な憤怒ではちきれそうだ。彼はつい一時間前に到着したばかりなので、アストリッドが言ったアルウィン・ジマースの霊的／資本主義的プロジェクトとやらのためにジマースに与えられた農場の一画へはまだ足を運んでいなかったし、アストリッドの説明もまともに受け止めていなかった。あそこにあのぞっとする教会がうずくまっている様子はまるで、まるで、だめだ、なにかにたとえることさえ不可能だが、とにかく彼は猛烈に腹をたてていた。さらに、家に入ってみると、父親が彼の部屋を倉庫代わりに使っていたことがわかり、ありとあらゆるところにがらくたがつみあげられていた。このとき、彼は爬虫類パークにあった備品一式、本、写真、チラシ、ガラスの目をしたトカゲのぬいぐるみ一匹が詰め込まれた段ボール箱を両手にかかえている。顎でアントンはそれを示す。

おれの寝室を整頓しようとしてるところさ、と言う。

どうしたってわざとやったとしか思えない。他にもスペースならたっぷりあるってのに、父さんはおれを埋めたかったんだ。すこしずつ。アントンは彼自身を掘り出し、段ボール箱／物体を、ひとつずつガレージへ運びおろして、放り投げているところだった。ベッドや机や椅子といった懐かしい家具が徐々に姿をあらわし、子供時代の地勢図があきらかになってきた。道のりはまだ遠い。

わたしの部屋はどうなってるの？　アモールは訊く。あそこもガラクタでいっぱい？

おまえの部屋？　いやいや。出てったときのままだ。

彼がそれを知っているのは、むろん、のぞいてみたからだ。

わかった。じゃ、一休みしてくる。

だが彼女は動かない。ふたりともぼんやり突っ立っている。

ここにずっといるつもりか？

わからない。まだ着いたばかりだし。

ふうん、ロンドンに男を捨ててきたか。おまえに兄貴がいることを信じようとしなかったぞ。

そう、アモールは頬が熱くなるのを意識する。ごめん。

あいつ、誰なんだ？

誰でもない。（ジェイムズ）ただの知り合いよ。

ああ、初恋か。いつも心にじんとくる。なら黙っているがいい、世界を股にかけた謎の女よ。リュックサックを二階に運ぶのを手伝おうか？

世界中これを持ってまわってるの。自分でできるわ。

アントンは神経質な笑いに口をゆがめて、二階へあがっていく妹を見送る。いやはや。数年背中を向けていたら、スフィンクスが魅力（ミンクス）ある女になるとはね。驚くべき変貌だ。変わり者のおれの妹は、昔からどこかの誰かのようだった。

アモールはというと、無表情を装ってはいるが、偶然の数秒間で胸の中が激しくかきまぜられたように感じる。兄はいつも鼻が利いた。廊下を進み、次々とドアの前を通りすぎて、自分の部屋へ向かう。彼女に判断できるかぎり、すべてが前と同じ状態を保っていたが、あらゆる表面に薄い埃の層が積もっていた。しばらくのあいだここに掃除の手は入っていなかった。リュックサックを床におろし、立ったまま室内を見まわす。あわてて荷解きすることはない、まだいい。着地の瞬間へ急ぐ必要はない。未だに移動中で、未だに家なしだという幻想を片付けずにおこう。

だがじきに階下へ行かなくてはならない。彼女が恐れている瞬間だ。でもシャワーを浴びて服を着替えれば多少は気分が落ち着くだろう。バスルームの鏡に映った自分を見て、本当にこれがわたしの顔かとアモールは不思議な気がする。最近、何度かきれいだと言われたが、本気にしていない。アモールという名前に返事をしていた、脂性の太った少女の記憶が強すぎる。でもあの少女は別人——わたしじゃないみたいなわたし——に成長した。すくなくともわたしの中にはあの少女が生きている。

アモールはいつも自分の見た目を正しく判断できず、似合わない服やヘアカットやネックレスや香水を選んでばかりいる。彼女の解決策はシンプルに徹することだ。一番自然なのは、化粧も、アクセサリーも、期待される女っぽい身振りも排除し、ありのままの自分を見せることだ。裸がもっとも真実に近い解決策のように感じることもあるが、あいにく、その状態で外へ出るわけにはいかない。常に覆うことが必要だ。シャワーを浴びて身体を拭くと、アモールはブルーのコットンのワンピースを着る。サンダルをはきたいが、傷のある足を、特に欠損部分のある足をさらしたくないので、代わりに戸棚から普通の靴を選ぶ。長い髪は、邪魔にならないよううしろで結わえておくほうがいい。こうすると、全体に質素で飾り気がなく、感じがよく見える。

にもかかわらず、アモールが入っていくと、その外見が、客間に集まっていた人たちのあいだに物理的といってもいいような、池のさざなみにも似たざわめきを引き起こす。おおっ、これは驚いた。

見違えたよ！　信じられる？　そばに寄って目を細め、息をのむ者たちの中で誰よりも興奮し、あっけにとられているのは親戚の女たちだ。

んまあ、ずいぶん痩せたじゃないの！　マリーナ伯母さんは瞬間的に失意の底から立ちあがり、ぎゅっと抱きしめて、姪がどのくらい痩せたのかこっそりチェックしてみる。わたしたちであんたを太らせなくちゃね！　チキンパイをおあがり。

肉は食べないのよ、アモールは伯母さんに思い出させる。

いまだに？　いやだ、とっくにそんなことは卒業したかと……

マリーナは姪が確たる理由もなく何年も前にベジタリアンになり、大人たちを驚愕させたことに、あらためて怒りをおぼえる。あのろくでもないバーベキューからずっとだ！　共産主義者の感傷のように、レイチェルが死んだあたりから家族間に生じたぎくしゃくした雰囲気が、今や国全体に広がったようにマリーナには思える。

動物は痛みを感じないのよ、と彼女は説明する。わたしたちのようにはね。

そのまま続けてもよかったのだが、このとき、衛星のように室内を旋回していたもうひとりの姪が、いきなり地球に落ちてくる。

アモール、アストリッドの声はほとんど聞き取れないぐらいちいさい。なんてこと！

アストリッドにとっては最大級のショックだ。化粧でも隠しきれない内面の葛藤の気配がその顔ににじんでいる。どうやったらこんなふうになれるの？　わたしの妹だなんてありえない、そうじゃないなら詐欺師よ。

信じられない、アストリッドは言う。だって見てよ。あんたの髪。あんたの肌。

ふたりは指先だけで互いをつかみ、ちゃんとしたキスではなく、とがらせた口先だけのキスをして、抱き合う。だがそれでもアストリッドはアモールにさわらずにいられないし、もしも双子が喧嘩をはじめて彼女の代わりにわめいてくれなかったら、本気で泣き出していただろう。おかげでアストリッドは双子の腕をつかんで、人で混み合っていない場所へひきずっていくことができ、結局そこでこらえきれずにさめざめと泣く。ディーンがあとを追ってくると、彼女はふたりの子供を二重の非難よろしく、彼の腕の中に突っ込む。ここにいたってアストリッドは、あんたも役に立つことはあるのね、とわめくやバスルームに駆け込んで鍵をかける。

アストリッドは便器の前にひざまずく。今日は指を使うまでもない。何度やってもぞっとするし、不自然だし、慣れることのない行為であり、おまけに、もう効果もなく、体重は増える一方だが、やめられなくて、胃液のせいで歯はぼろぼろだし、こんなことはやめなくちゃ、やめなくちゃ、やめなくちゃ、でもこの瞬間は、あのミルクタルトを残らず平らげた自分にはふさわしい罰なのだ。どうしてやめられないの。アモールと並んだら見るも無惨だ。ああ神様、昔はデブで、セクシーって言葉とは無縁だったのに、どうしてあの子はあんなふうになれたの。家を出ているあいだに何かが起きたんだわ。

アモールは人混みから離れて客間をそっと抜け出す。みんなに挨拶はしたが、そこで求められる雑談はこなせない。気力がない。心底会いたいと思っている相手を探して、キッチンに退却する。

サロメ／アモール。

彼女たちは努力もしないで、自然にハグを交わす。温かな手、力強い腕。そっと身体を揺らす。そして離れる。

元気ですか？

わからないの。今日、この質問にたいするはじめての正直な返事。

おやまあ、困ったこと。

サロメは著しく老けこんで、肌の皺が深くなり、とりわけ口と目のまわりの皺が目立つ。失意の表情が足の裏の固いタコのように、サロメの顔をぶあつく覆いはじめている。あいかわらず、靴をはいていない。この家の中で、サロメは靴を絶対にはかない。

気の毒に、とサロメは言うが、その意味を説明してもらうにはおよばない。とはいえ、マニの死を悼んでいるわけではない。マニは常に敬意をもってサロメに接したわけではなかったし、ミセス・レイチェルが死んでからは一度も家の問題を持ち出さなかった。だが、それは今後変わるかもしれない。

（あたしを助けてくれますか？）

声に出して言われたわけではないが、まるで実際に訊かれたかのように、アモールはそれを聞き取る。ロンバードの家の問題、母親の最後の願い、父親の約束。たったひとつのようでいて実際は複数の問いは、世界中アモールにつきまとい、通りで見知らぬ人間にしつこくからまれたり、袖をひっぱられたり、大声で金をねだられたりするのと同じように、そのときどきで彼女を悩ませた。いつかは答えなくてはならないとわかっているが、そのいつかがなぜ今日でなくてはならないのだろう？

もっと話しあいましょう、とアモールはサロメに言う。

居間が騒がしくなり、大声が聞こえてきて、彼女は気を取られ、いそいでキッチンをあとにする。沈痛な集まりであるはずなのに、隅にあるテレビがついていて、音量はちいさいが、そっちへじわじわと人びとが寄っていく。やけに空気がぴりぴりしているのは、ダーバンが土砂降りでワールドカップの試合が中止になりそうだったからだ。嵐は依然おさまらず、キングス・パーク・スタジアム上空では雷が鳴っているが、ゲームはついにおこなわれ、ぐちゃぐちゃの破滅的ぬかるみの中、二つのチームが剣闘士さながらにぶつかりあい、もつれあう。

愛国的な祭りのムードが漂い、選手の大半が白人であるにもかかわらず、国全体がスプリングボクス（南アフリカ共和国におけるラグビーユニオンのナショナルチームの愛称）を応援する。土砂降りもなんのその、大観衆が見守り、そこには黒い顔も多数まじっている。咆哮する巨大な一体感にとりこまれずにいるのは困難だ。われわれ全員がひとつになる。民主主義の一年！　オーキーでさえ、ひとつにはクリップドリフト（南アの高級ブランディ）のせいとはいえ、熱くなっている。彼が新しい南アフリカを真剣に考えているかどうかはわからないにせよ。だが、世界中が熱狂するスポーツの大会に参加できるのは悪くないし、そのことはオーキーも認めざるをえない。遠い国からきたやつらに一泡吹かせてやるチャンスだし、それにわれわれは一週間前にはサモアのへなちょこどもを粉砕したのだ。

しかし、マリーナ伯母は認めない。誰がテレビをつけたの？　今、本当に必要？

オーキーはためいきを漏らす。なぜかいつも世界に願望を潰されているように思えてならないが、ここは逆らうべきではない。彼はテレビを消す。

マニが実に不都合なときに死んだのは確かだ。この試合に勝てば、今日から一週間後には決勝戦だ。葬式の段取りをなりゆきで引き受ける格好となったアストリッドは、日にちが重要であることに、突然気がつく。決勝戦と葬式が重なるのはまずい！　参列者の数が激減するだろう。

別の考えかたもあるぜ、とアントンが言う。ケータリングの費用を節約できる。

苦悩の発作が消え去って、アストリッドは普段通り体力を回復し、平静になっているが、まだ兄の

言い草にびっくりするだけの気力はない。タブーを与えたら、そんなもの壊してやる、とアントンは
考える。聴衆がいるかぎり、いつもそんなふうだった。今日はアントンにすごくいらいらさせられる。
彼は居間の隅でこの十五分ばかり、少数の聴衆を前に、あるテーマ、つまり、アルウィン・ジマース
は父親の死に責任があるということを、くりかえししゃべっていた。殺人といってもいいほどの責任
ですよ。
　おおっと、ディーンが不安そうに言う。殺人は言い過ぎだな。ディーンは会計士で、爬虫類パーク
の経理をしており、正確な事実を重要視している。マニは蛇に咬まれた。それは事故だった。
　この場合、蛇は一匹だけじゃなかったのよ、マリーナ伯母はつぶやく。
　マニは同意したんです。契約書にサインしたし、考えられるかぎりの予防策をとっていました……
それが事実であることはわたしが断言できますよ、と言ったのはマニのビジネスパートナー、ブル
ース・ヘルデンハイスだ。カイゼルひげを生やした年配の男で、悲しそうな表情を浮かべ、真面目で
静かな口調で話す。彼が今日、特別に農場まで出向いてきたのは、この話をし、全員の考えに食い違
いがないことを確かめるためだ。家族による訴訟ほど〈スケーリー・シティ〉に不要なものはない。
われわれはしかるべき解毒剤を用意していたし、すべては規則どおりにおこなわれていた。マニの場
合、よくない副作用が起きてしまった。どうすることもできなかった。
　コブラの咬創（こうそう）にたいするよくない副作用ねえ、アントンが言う。それほど予測不可能なことじゃな
いでしょ。いずれにしても、あのガラスの檻の中でおやじはなにをしていたのか？　人前で自分の信
仰を試していた。そして、あきらかに失敗したわけだけど、いったいなんのためか？　教会の資金集
めのためだ！　蛇との共生で世界記録を作ろうとしたんだよ！　毒蛇の巣でサタンと取っ組み合って

いるわれらが狂信者に資金を！　ライオンのねぐらに入ったダニエル（旧約聖書ダニエル書より）みたいに！　正気の沙汰じゃない、狂った考えだ、エセ牧師を応援するための、欲深な、ばかげた行為だよ。おやじが自分で考えたことじゃない。

ブルースはアントンの言わんとすることをとらえて、そうかもしれないな、と言う。それが遺族の望むことなら、牧師のせいにしても問題はない。考えてみれば、気の毒なマニが操られていたという主張は一理ある……

しかしね、ディーンが当惑して言う。やはりマニの選んだことではあったわけでしょう？

それは忘れたほうがいいわ、アストリッドが言う。彼女はアントンに話しかけている。彼の知らない問題があるのを知っているからだ。法律上、アルウィン・ジマースが葬儀をとりおこなうようになっているのよ。

どういう意味だ？

彼が父さんを埋葬するってこと。

アントンはちょとやそっとでは驚かないが、この突然の情報はショックだ。え、嘘だろ。

いえ、本当。

だめだ、とんでもない。あのフォールトレッカーのまじない師がおれの父親を埋葬するなんて、やるのならおれの死体を、この表現まずいけど、乗り越えてからにしろ。

ところが今、みんなはアントンを見て、頭の中でなにかを考えている。

なんだよ？　アントンは言う。なんなんだ？

ええとその、ディーンが気まずそうに言う。まだあるんだよ。きみには弁護士の女性と話をしてもらわなくちゃならないんだ。

弁護士の女性って？

家族おかかえの弁護士が最近引退し、その娘が弁護士事務所を引き継いだのだ。シェリーズ・クーツは三十代後半、潰れたウシガエルみたいなその美しさはいやでも目にとまる。彼女が弔問に訪れているのは、彼女の父親とマニが長いつきあいであったせいもあるが、ある重要なメッセージを伝えるために、マリーナ・ラウプシャーが今日の参列を求めたためでもある。

メッセージってなんです？

それはですね、女性弁護士は言う。ご家族の長年の不和に関する説明をお聞きになりたくないのは承知していますが……

不和じゃない。意見の不一致ですよ。母親の葬儀の頃の。

不和、意見の不一致、なんとでもお好きにどうぞ。

弁護士と気むずかしい長男は居間を出て、マニの書斎にひっこんだ。ちいさな室内の大部分を木の机が占領しているため、彼らは隅に押し込められた格好になる。彼女のあらゆる動きがバングルと真珠のぶつかりあう柔らかなちりんという音によって強調され、この静かなサウンドトラックを背景に、弁護士は効率のよさそうな黒のブリーフケースから書類を引き抜いて膝に載せ、緑のマニキュアを塗った爪の先でそろえる。特定の一ページ——父さんの丸っこい署名がしてある——が目下、問題になっている文書らしい。

アントンの膝が弁護士の膝にうっかり触れ、彼はぐいと脚を遠ざける。失礼。新鮮味のない反射的欲望がほどけていくのを彼は意識する。彼女の怠惰な傲慢さと、人工宝石をあしらった読書用眼鏡の奥の小石みたいに冷たい目には、どこかそそられるものがある。さらに、今から告げようとしているニュースを楽しんでいるらしく、そのプロらしい鎧（よろい）に残酷さのかすかなひび割れが入っていて、アントンは変態じみた欲望をおぼえる。おれを痛めつけてみろよ、ベイビー、耐えてみせるぜ。

彼女は淡々と文書を声に出して読んでから、眼鏡をはずして文書を下に置く。期待をこめてアントンを見る。

クソ・あり・えない。

それがあなたの選択ですね、あきらかに。彼女は言う。おわかりでしょうが、拒否したら、お父さんからはなにひとつ相続できませんよ。その点の指示はきわめて明瞭です。

ずいぶんと卑劣だな。そんな内容、そもそも合法なのか？

この書類はわたし自身が作成しました。完全に合法であることは保証します。遺産贈与に関しては、お父さんがなんでも好きな条件を設定できますから。

アントンははじかれたように立ちあがる。出ていくのかと思ったが、そうではなくて、彼の中を流れる名付けようのない不安にかきたてられ、残された狭い空間をいったりきたりし、机からドアまでの短い距離をうろうろする。

弁護士はアントンを眺め、その苦悩ぶりに興味をそそられる。理解できませんね、とついに口を開く。謝れば済むことです。ただの言葉じゃありませんか。どうしてそれほど問題なんです？

あんたは弁護士だろう。言葉がすべてであることを知ってるはずだ。

法廷ではそうかもしれませんが、ここではあてはまりません。誰にもあなたの声は聞こえませんよ。

アントンは歩くのをやめて弁護士をにらみつける。積み重なった抵抗をくぐりぬけて出てきた声は、喉をしめつけられているかのように力ない。あんたにわかるのか……だが最後まで言うことができない。言葉が尻すぼみに消える。この執拗な精神的苦痛、容赦のない渇望……なににたいする渇望だ？　それをどう表現したらいいのか。おまえは自分がなにを望んでいるのかすらわかっていないんだ、アントン。

代わりに彼は指を折って非難の内容をあげていく。ひとつ、あいつの教会のために与えた土地。おつぎは、あいつがおれの父親を埋葬すること。さらに、あいつが財産の受益者であるとあんたは言う。そして今度はおれがあいつの前で頭を下げなくちゃならない。あの男の欲深な図々しい手がふれない場所はないのか？

すべて、あなたのお父さんが望んだことです。

おやじは操られていたんだ！　おれがこうむるこの不利益も、あの盗人が計画したにきまってる。

アントンがいきなり椅子に腰をおろすと、布の継ぎ目から埃が噴き出す。無理だね。悪いが。

あなたがたのあいだの揉め事がなんであるにせよ、と彼女は言う。お父さんはあなたを見捨てたわけではありません。ここで煙草を吸ってもかまいませんか？　彼女は窓に近づき、細長い磁器のホルダーにメンソール煙草をさし込んで火をつけ、立ったままふかしながら、横目で彼の様子をうかがう。完全に切り捨てることもできたのに、あなたにチャンスを与えることを望んだのです。

おれに恥をかかせるためさ。

そんなふうにしか見られないのですね。

おれがどう見ようと、それが事実だ。おやじは聖書の罪と罰についてそれなりの考えを持っていたし、信じてくれ、あのときおれはそこにいた。自分がなにをしているかわかっていた。ゆるされるためには、まずへりくだらなくてはならない。だからって、あのペテン師の前に膝をつけというのか！冗談じゃない、その一線だけは越えられない。

彼の言うペテン師、アルウィン・ジマースは先頃独立してからはずいぶんと押し出しがよくなった。このところ主はジマースにやさしかったし、十分の一税（教会に納める金）を定期的に払ってくれる裕福な信徒たちもいる。今や彼にはぽってりと肉がつき、新しいチャコールグレーのスーツははちきれんばかり、袖口と襟から肉がはみだしている。頭髪もいい具合の銀色になっていた。というか、毎朝やさしくブラシをあててくれるレティシアからそう聞かされている。もちろん、自分でそれを見ることはできない。今では視力はすっかり失われていた。つまり、ほとんど盲目であり、暗がりで影がひとつふたつ動いている程度にしかわからない。金を注ぎこんで、黒に近いレンズの新しい眼鏡を買った。大きな四角いフレームの手触りも心地よい。もちろん、一番の新しい獲得物である、しゃべる腕時計も。

ビーッ、ビーッ、時計が言う。時刻は十一時三十分です。

すまないね、とジマースは訪問者に言う。スイッチを切っておくべきだった。

アントンは魅了されつつもぞっとする。この男のすべてが彼の目にはグロテスクに映る。大きくて、無骨な、声を出す時計がこれまた醜怪だ。もう一度時計にしゃべらせたいが、あと十五分は待たなくてはならない。

彼らは牧師の新しい家の居間にすわっている。ムークレネウクにある陽の当たる北向きの部屋で、ロックガーデンに面している。アルウィンと彼の配偶者、失礼、侮辱するつもりはないのだ、妻ではなく妹は、神が彼の繁栄を願ったおかげで、オランダ改革派教会の裏のじめついたちいさな家からだいぶ前に引っ越していた。たくさんの変化があった。彼はもうみずからを牧師とは呼ばず、最近は精神の指導者を名乗り、顧客たちの、ええと、つまり、信徒たちということだが、彼らの救済においても、全員のためになる、もっと耳に心地よい解釈を広めている。牧師は世俗の物品や個人的所有物——どんなものであれ——に過剰な関心を寄せたことはなかったが、いやはや、それらは実に人生を快適にしてくれる。

目下、展開しつつある場面についても、彼はすっかりくつろいでいた。前もって助言されていたので、アントンがここにいる理由はわかっており、この復讐の甘露をとことん味わうつもりでいる。

今日の砂糖は三杯だけにするよ、ジマースはお茶を注いでいるレティシアに告げる。

彼女はお茶をかきまぜおわると、ふたりをしゃべらせるために引っ込む。とはいっても、必要とされた場合にそなえて、後退したのはドアのそばの椅子までだ。両膝をしっかり閉じ、餌をついばむ鳥のように、すばやく、人目を忍んで、お茶をすする。

謝りにきました。アントンは牧師に言う。

なにを謝るというんだね、きみ？

（よく知ってるだろうが）九年前のあなたにたいするおれの口のききかたを、です。どうかしてたんです。本気で言ったんじゃありません。

アントンは練習をしなければならなかった。考慮のあげく、そこまですることはなかろうという気もしたが、鏡の前で表情を消すことまでやってみた。軽い笑顔からのぞく歯が、本心を押し込めている。

ああ、いや。牧師／精神の指導者は、ずいぶん昔のことだ、と言う。

それでもです。

神はすべてをお赦しになる。彼は瞬間的に自分と創造主を混同する。もう水に流そう。わかりました。アントンはほっとするが、この男はこの時がくるのを長いこと考えていたのだろうと思う。妹に背中を向けたまま、サングラスは罠ではないかと半ば疑いつつ、顔をしかめてみるが、牧師はぴくりともしない。

父なる神は忠実な息子以上に放蕩息子を愛しておられるのだ、と牧師は言う。

不当だとおれはずっと思っていました。でもそれが世の中というもんです。

主は決して不当ではない！　さあ、アンドリュー、わたしとともに祈ろう。

放蕩息子のアンドリュー、またの名アントンは、牧師のようにひざまずくことがどうしてもできず、椅子にすわったまま前かがみになって、懇願しているように見せようとする。目は最初から最後まであいたままオレンジ色のカーペットを見つめていて、そのあいだに、天にまします全能の神に感謝の言葉が捧げられる。さまよえる小羊が群れに戻ったこと、頑なな心をやわらげ、怒りを謙虚さに変えたこと、などなどにたいする感謝の祈り。そしてアントンは心の中で激しく懊悩する。火と氷を同時に感じる。あんたは嘘をついているし、おれも嘘をついている。おれは迷ってなどいないし、穏やかでも、謙虚になってもいない。おれの心はあんたたちふたり、父親でもなんでもないふたりにたいして、硬いままだ。これまで以上に硬い。おれは狼であって、小羊じゃない。おぼえておけ。

ビーッ、ビーッ。十一時四十五分です。

おお、すまんね、お祈りの最中に、と牧師が言う。スイッチを切っておくべきだった。

それからまもなくアントンは、自分のちょっとした屈服行為から逃げるように、猛スピードで父親のメルセデスを走らせている。やれやれ、終わった、弁護士の女性は正しかった、二枚舌はわけないことだ。口の中が苦い。いや、本当のところ、味はしない。弱さには風味がないから。

肝心なのは金だ。人の運命を形づくる抽象概念。番号が打たれた紙幣は一枚一枚が謎の借用証書だ。それ自体はただの紙きれだが、数が多ければ力を発揮し、いくらあっても足りない。アントン、力はおまえを救ったのかもしれない。おまえを国外へ逃がし、願望を手の届くところに置いてくれた。名誉を挽回するのに遅すぎることはないが、数がふたたび増えるまではしばらくかかるだろう。そのあいだは防御体制をかため、調査し、進みつづけなくてはならない。

彼はATMで車をとめる。さして期待していなかったが、予想に反して、口座に金がふりこまれていた。二千ランド（日本円にして一万七千円ほど）。大金ではないが、雀の涙でもない。どうして彼女はいつもこんなにやさしいのだろう？　熱い涙で目がうるんでくるが、ふと、今回はおれに帰ってきてもらいたくないから金をくれたのかもしれないと思う。女にたいする精神的卑屈さとは関係なく、アントンは薄汚れた紙幣を財布にすべりこませる。感謝するよ、おれの身体でそれをあらわすことはないにせよ。あとで勇気があるときに、電話しないとな。だが、実際に彼が思い浮かべていたのはデジレだ。

さらに、もう一カ所立ち寄る場所がある。車はウィンクラー兄弟葬儀社のすぐ外の駐車スペースまできており、まさにこのとき、父さんの埋葬の準備がおこなわれている。その気があるのなら、父親の見納めをするには今日がよいだろうと言われていた。その問いかけへの返事が、彼にはわからない。死んだ父親と最後に一度親しく語り合いたいか？　そんな交流からおれたちのどちらかがなにを得るというんだ？　葬儀社というより市役所のように見える低いレンガの建物の外に車をとめている今ですら、合点がいかない。

次の瞬間、心が決まって、アントンはエンジンをかける。徐々にちいさくなるその音が近くの部屋に侵入する。そこでは三兄弟の最年長者であるフレッド・ウィンクラーが、すでに二時間にわたってマニに取り組んでいる。基本的なことはすべて終わり、穴という穴は漏れを防ぐために掃除されてふさがれている。臨終とともに解放されるものはたくさんある。この世に登場したとき同様、退場するときも失禁やら唸り声やらが生じるのだが、それは誰にも言ってはならない。証拠の一部は洗い流される。罪を隠すために。どんな罪か？　死の罪だ。くだらんことを言うな、フレッド、罪などない。おまえが提供しているのはサービス、それだけだ。彼の死んだ父親は、やはりフレッド・ウィンクラーといったが、三人の子供たちにこの葬儀屋というビジネスは一種の世襲なのだ、そうでなければ誰もやらんと教え、その昔、フレッドにこう言った。遺体が安らいでいるように見せなくてはだめだ。故人の家族が見たいのはそれ、愛する人が安らいでいることなのだと。たわごとだ。家族が本当に見たいのは、愛する者が生きていることだ。彼らはマニが眠っているだけだと信じたがっている。安らいでいたいのは、家族のほうなのだ。

最善を尽くせ。使える技はごまんとあるじゃないか。くぼんだ頬には脱脂綿を詰め込み、たるんだ両端はにかわで固定する。どれも巧妙なごまかしだ。フレッドは繊細なたちで、絵描きにだってなれただろう。それとも、ホモセクシュアルなのかもしれないが、絵筆に代えて彼は化粧筆を死体にふるう。白粉（おしろい）とチークで何が隠せるか、実に見事だ。香水はむろんのこと、壁のちいさな鏡つき戸棚に彼はノーブランドの香水瓶をいくつも保管している。人間は生きているときですら臭いが、死後はもっと臭い。マニの場合は特に脚の傷が問題だ。蛇に咬まれたせいで、ひどいことになっている。顔でなかったのは幸いだ。できることはあまりなく、ズボンに工夫をこらして隠すので精一杯だ。遺体が棺におさまるかぎりは、それでよしとする。

マニの最後の容れ物はまだ選ばれていなかったが、このデリケートな手続きは目下、煉瓦二個分隔てた営業部門で進行中だ。故人のふたりの娘がそこでフレッドの末弟と相談をしている。汗っかきで太っちょで、金髪は薄くなりだし、ズボンがぱんぱんのヴァーノン・ウィンクラーがカタログに載っている取り扱い製品を彼女たちに見せている。カタログといっても実際は、ドットマトリックスのプリントアウトと安っぽいインスタント写真を透明ファイルに納めたリング綴じのフォルダーだ。

こういう備品、気に入らないのよねえ、アストリッドが言う。どう思う、アモール？

アモールはためいきをつく。本当にそんなことが重要なの？

備品とおっしゃいますと？　ヴァーノンがたずねる。お花のことですか？　これらのものは考慮していただかなくていいんです。お客さまには別のカタログからコサージュをお選びいただきますから。

花じゃないのよ。取っ手よ。こういう安っぽいプラスチックの取っ手はいやなの。

アストリッドはぷりぷりしているが、怒りをあらわにするには悲しみが深すぎる。たとえ父さんに葬儀に関するポリシーがあったとしても、彼女はこのしかつめらしい顔をした犯罪者どもによって請求された、つきつめれば、ただの木箱の金額に怒り心頭なのだ。彼女はここにいたくない。この灰色のカーペットが敷かれた、これまた箱みたいなオフィスにはデスクがひとつと隅に電話が一台ある。電話は頻々と鳴る。埋葬が必要な新しい死体が常にあり、悲しみには際限がなく、実際、剝き出しの壁ぎわにごたごたと置かれた背もたれの真っ直ぐな椅子のふたつには、若いカップルがすわって手を取り合い、身も世もないようにすすり泣いている。

取っ手は交換できます、ヴァーノン・ウィンクラーは言う。彼はこの非難がましい姉にうんざりしているが、きれいな妹の存在にすっかり元気づき、女は静かなのが好みだし、想像が羽ばたいて、いや、やばい、ここで妄想するのはやめろ、このズボンじゃえらいことになる。一度人前で恥をかいたじゃないか。

すったもんだのすえに、アストリッドは最高級のウブントゥ（ズールー語で「他者への思いやり」といった意味）というブランドの棺を選ぶ。ちょうど今は大人気で、時代にマッチしたタイプですよ。カタログには、磨きこまれたメランチ（フタバガキ科の広葉樹）材特有の温かみのある光沢と、アフリカの広大な開かれた自然にふさわしいたっぷりとした寸法であると説明されている。裏にクッションの付いた蓋の中央にはズールーの伝統的ビーズ模様があしらわれ、内部は心地よいキルト仕様で、色はサバンナを思わせる繊細な色調でしてね。銀色の本格的なシンプルな棒状の取っ手は地元の製品で、これもまた感じがいいですよ。

感じがあまりよくないのは、外出中ほとんど口をきかない妹の態度である。実のところ、アストリッドが妹を連れてきたのは意見を聞くためなのだ。なんのために連れてきたのかわかりゃしない。

ごめんね、とアモールが言う。取っ手みたいなものに、はっきりした意見を持ってないの。

その発言は皮肉ではなく、アモールは世間の些細な仕組みには実際に無知なのだが、アストリッドは言う、ふーん、あたしの世界はつまらないと思っているならあいにくだけど、いつだって誰かが取っ手について決断しなけりゃならないのよ。

アモールはそう言われてじっと考えこむ。姉さんの世界がつまらないなんて思っていないわ、とようやく言う。

これは車内でのことで、アストリッドのちいさなホンダで農場へ戻るときの会話だ。町はずれは渋滞している。ふたりのあいだの空気がやわらいで、ラジオ七〇二から騒々しくて威勢のいい音楽が流れてくる。アストリッドにとってはさんざんな日で、子供たちは早朝からめちゃくちゃをやらかし、ディーンも彼女のTバックショーツに手を伸ばしてくるし、今は棺をめぐる長いひとこま。だが、それは今日だけではなく、あるいはこの数日ですらない、本当のところ、アストリッドは長いこと不調を感じていた。何年も。

本当はね、彼女は口調を一変させる。わたしだって思っているのよ、自分の世界がつまらないって。

アモールは耳を傾ける。

どうしてこんなことになっちゃったんだろう、アストリッドは言う。

なぜ彼女は好きでもない妹にこれを打ち明けているのだろう？　アモールには心情を吐露してもいいのだと思わせるなにかがある。かつては、まるで脳に損傷でもあるかのように、ぼんやりして鈍い感じだったのに、今はそれどころか寡黙で、思いやりがあって、知性すら感じさせる。アモールは、人には言えないことも打ち明けられる相手だ。

わたしたち避妊具を使わなかったのよ、それで、妊娠しちゃって、わたしったら分別ある行動をする代わりにディーンと駆け落ちして治安判事裁判所へ行って、それでボンッ、今に至るってわけ。母さんと同じよ！　自分がなにをしているかなんて考えなかった、ただやっちゃった。わたしの身体がした、とも言える。頭はまるで働いていなかったのよ。それで今はふたりの子持ちで、くたくたで、もう若くもきれいでもないって感じてる。

アストリッドは顔をしかめる。なによ、この前方の渋滞？　警笛を鳴らす。わたしはディーンを愛してる。つまり、彼のことは好きなの。いやになったというわけじゃない。でも、わたしたちはすっかり変わってしまった。

アモールは思慮深くうなずく。（彼と別れたいのね。やだ、ちがうったら！　なんで別れるのよ？）アストリッドがフロントガラス越しに将来をじっと考えこんでいるうちに、信号が変わる。でも、わたし浮気したの、ささやくようにいう。

アモールはまたうなずく。誰と？

うちに警報器を取り付けにきた男。

そのことを想像すると笑わずにいられない。本当？

ええ、本当。アストリッドも笑う。思いがけなく自分の罪をしゃべったことで気分が軽くなっている。事実、彼女はそれをそんなふうに、つまり、罪だと考えていて、ゆるされたいと思っている。浮気相手の警備会社の男ジェイク・ムーディはカトリックで、告解が自分の逸脱や不貞を清めてくれるという説明に彼女は魅了されていた。この浮気も？　アストリッドは知りたがった。そうだ、この浮気もだ、まだ告解はしてはいないが、と男は言っていた。

要はね、アストリッドは気がつくとしゃべっている。要は、彼がディーンとはあまりにもちがっているってことよ。すべての点で！　名前さえ……男らしい(ムーディ)（ジェイクはジェーコブ／ヤコブの愛称で、ヤコブは創世記32章で天使と格闘している）、わかる、わたしの言う意味？　それにすごく情熱的。本当に気分屋で、異常に嫉妬深いのよ、彼の嫉妬深さが恋しいわ……

要はね、彼女はアモールに言う、わたし、まだ未練があるの。彼に電話をすることを考え続けてるのよ。

でも、彼女はしゃべりすぎだった。不意にアストリッドは不安をおぼえて、片手で口に蓋をする。なんでこうなったの？　妹は司祭じゃないのに！

今の話は内密にしてよ、アストリッドは指の隙間から声を押し出す。わたしがあんたに言ったことは、誰にも内緒だからね！

もちろん、アストリッドは言う。どうしてしゃべるはずがあって？

アモールが本気なのは見ればあきらかで、アストリッドは束の間、冷静さを取り戻すが、家に着くとすぐに内なる動揺を吐き出そうとバスルームへこもらずにいられなくなる。今日という日は、本気で自分を裏返しにしたい。判断を誤った、哀れなアストリッド！　自分を一番苦しめている思い、すなわち、自分と妹の立場がなぜか逆転してしまい、自分のものであるはずの軌道にアモールがのっているという思いを吐き出すことができない。

それは事実ではない。いずれにせよ、アモールはそんなふうには見ていない。彼女もささやかな苦悩をかかえていて、そのせいで疲弊しているが、彼女はそれについては語らないし、人からたずねられることもなく、苦悩が表面化するのは、たいていひとりでいるときだ。たとえば、そのあとすぐ、小丘のてっぺんで岩に腰をおろしたとき。アモールの好きな場所、死にかけた現場だ。どうして彼女はくりかえしそこへ足を向けるのだろう？

彼女の目を通して眺めてみよう。すべてが記憶にあるよりずっとちいさく、小丘自体もかなり低く、焼け焦げた木はただの枯れ枝だ。ロンバードの家の屋根は下のほうに見える幾何学的な形で、ほとんど人目につかない。

それでも色彩は刃物のように彼女を貫き、空は広大で偽りがない。眼下の農場は無限に広がって、丘陵や、家畜の囲いや、野原に溶けこみ、その向こうの茶色いところと渾然一体となっていて、彼女は世界のとほうもない大きさを実感する。彼女だってすこしは世界を見てきた。農村地帯は以前と同じに見えるが、その上には法律が積み上がっている。人びとが作り、大地にいろんな角度で置いた目に見えない法律が、ずっしりとのしかかっている。それらの法律は今、変化している。自分は同じ場所に戻ってきたが、そこはもう同じでないということを、それが目の前の景色の一部であるかのように、感じることができる。

父さんが母さんにした約束について、家族は、もちろん、なにもしなかった。母さんが死んでからは、アモールをのぞけば、誰もそのことを口にしなかったし、その後もずっと話題にならなかった。アモールは今、考えている。話したいと強く思っている。父さんの遺書にその問題をきちんとするという文言が記されていることを彼女は信じている。いや、望んでいるだけかもしれない。だが、遺書が読みあげられる前に、家族みんなの意見が一致すればそれが一番だ。

その晩、食堂で全員がテーブルを囲んでいるときが絶好のチャンスだ。だからアモールはそのことを訊こうとする。実際、今にもしゃべろうとする。まったく罪のない個々のシラブルが口の中でスタンバイする（サロメはそろそろ家を持てるかしら？）……外から見てみよう。室内の様子は和気藹々（あいあい）としており、友好的な明るさに満ちていて、暖炉には火が焚かれ、家族が食事に集っている……そのような質問が害を及ぼすはずがない。暖かな部屋にその問いを送りこんでごらん、驚くような返事があるだろう。

うわっ！　その衝撃はやわらかなパンチのようで、家族は恐怖の叫びを漏らし、いっせいにふりかえる。アモールの質問は発せられることなく、床に落ちる。だが、音を立てたのはそれではない。ほかのもの、いたって物質的ななにかが外から猛スピードでガラス扉に衝突したのだ。

なんだろう？　ディーンが怯えたように叫ぶ。コウモリか？　いや、鳥だ、あのハト（ピジョン）どもはえらくばかだからな、とオーキーが言う。あれは母の魂だわ、とアストリッドは支離滅裂なことを考える。

どうして夜に飛びまわっていたのかしらね？　マリーナは知りたがる。きっとポーチの明かりにひきつけられたんだわ。

ピジョンではなくダブ（ピジョンは公園などによくいる灰色のハト。ダブは白く、平和の象徴などにされる）が一羽、スレートの上に羽をぐしゃぐしゃに乱して仰向けになっている。片方の鼻孔から細い血の糸が垂れている。ちいさな生き物のちいさな死。片足の爪がこわばり、痙攣する。ちいさな体が冷たくなる。

かわいそうに、埋めてきてよ、とアストリッドが夫をせきたてる。目に入らないところへ持っていってほしがる。ディーンは言われたとおり外へ出て、翼の先をこわごわつかんで鳥を持ちあげる。埋めるのに適当な場所を捜し、トゲのある木の下に使っていない花壇を見つける。両手で穴を掘り、鳥を放りこむ。穴を埋める。すこしのあいだその場に立って、自分がまだ少年だったときに死んだ父親のことに思いをはせる。鳥が彼をその記憶へいざなったのだ。ひとつのことが別のことを呼びさます。すべての出来事はすくなくとも記憶の中ではつながっている。

鳥はちいさな墓の中に横たわっているが、地面のすぐ下なので、二、三時間もしないうちに、小丘付近に住みついている二匹のジャッカルのうちの一匹に掘り返される。トージョーが死んでからジャッカルたちはすっかり大胆になり、家が寝静まるとあたりをうろつきまわって、獲物をあさる。白ハトは思いがけないごほうびだ。土の中から血の臭いがたちのぼり、片翼の先端にだけ人間のにおいがついている。二匹のジャッカルは甲高く気味の悪い叫び声をあげながらそれをひきちぎり、ついにたまりかねたアストリッドが、窓をあけ、うるさいと叫ぶ。

二匹は暗いなかを遠ざかり、影と影を縫い合わせるようにして、自分たちだけの小道をたどって小丘の麓（ふもと）へ向かう。彼らにとってあたりは明るく、空中はメッセージにあふれている。遠くの足跡や出来事。送電塔のそばで足をとめ、頭上の電線を伝う電流の音に警戒して、鼻面を空に向け、ふるえる咆哮で応じる。

サロメは自分の家、もとい、ロンバードの家でその声を聞くと、いそいでドアを閉める。兆しや先触れを信じる彼女にとって、ジャッカルの吠え声は凶兆だ。なにかの悩める魂がさまよっている。そのとらえどころのない流動的な動きで一カ所から別の一カ所へと移動するさまは、まるで実体のない生き物のようで、さえずりにも似た不気味な鳴き声はあの世からの声を思わせる。

ジャッカルたちは谷底を早足で横切り、北の幹線道路の方角へ向かう。だがそれよりずっと手前の、自分たちの縄張りぎりぎりのところで立ちどまる。境界線を示すため、自分たちの体液を使ってマーキングを新たにする必要がある。ここから先にわれわれはいる、と小便や糞できっちりと記すのだ。

今、彼らは東へ移動して、自分たちのサインが薄れてきたもうひとつの前哨基地をめざしている。だがすこし行っただけで、この場所に最後にきたあと、それはほぼ正確に二十四時間前なのだが、あることが起きていて、急に立ちどまるはめになる。

地面が口をあけ、骨の異臭がしている。土が掘り返されたときに地面が吐き出す臭いは、人間の鼻ではわからないが、セグロジャッカルにとってはそのかぎりではない。ああ、それが奇妙な言葉でしゃべっている。地面にあいた傷は大きくて生々しく、掘った者たちの臭いもそこに残っている。金属でできた彼らの鉤爪の先端、汗や唾や血も同じように臭うが、彼らの姿はなかった。これは試し掘りなのだろう。仕上げるために明日戻ってくるのだろう。

彼らは翌朝戻ってきた。つなぎを着て、スコップをかついだふたりの若者。凍てつく空中に彼らの息が白く浮かぶ。まだ早い。日が昇ったばかりだ。墓石の影が地面にぼんやりと延びている。ジャッカルたちはとっくに姿を消し、ほかの生き物たちが代わりにあらわれている。一匹の毛虫が身をくねらせて葉の上を這っている。ミーアキャットが一筋の煙のように、芝生をこっそり進んでくる。カブトムシが羽をぱたぱたさせ、一瞬静止し、ふたたびぱたぱたさせる。

ルーカスとアンディレが掘り続ける。人は鳥ではないから、ジャッカルが掘り返してしまうような浅い墓に投げ込むわけにはいかない。とはいえ、深さ六フィート、成人男性のサイズの穴を掘るのは重労働だ。ましてや地面に霜がおりていればなおさら。寒さで身体が金属みたいに冷たいが、彼らはそろって喘ぎながら汗をかいており、アルウィン・ジマースがやってくると、一休みできることにほっとする。

ジマースがきたのは文字通り、感触をつかむためだ。彼はここで葬儀をとりおこなうことになっている。教会なら万事問題はない。どこもかしこも平らだし、感覚的になじんでいるからつまずく危険はない。だが地面がでこぼこのここでは話が違う。そしてマニはオランダ改革派の葬式を要請していた。精神の指導者の気分が少々落ち着かないのは、カルヴァン派（オランダ改革派もカルヴァン派の一派）の方法をもう忘れているからだ。

ルーカスとアンディレは半分まで掘った墓穴の中でスコップによりかかり、泥道をのろのろとやってきて、家族の墓地の鋳鉄製のゲート付近に停車したトヨタカローラを好奇心まるだしで見守っている。ハンドルを握っているのは女っぽい男で、もがくように降り立ったところを見ると、男っぽい女だ。白いブラウスに、意味ありげな長めの茶色いスカート、フラットシューズをはいていて、盲目の不機嫌な牧師を助けるためにいそいで車をまわりこむ。

そっちの腕じゃない、レティシア！　牧師は重苦しい息を吐く。何度言えばわかるんだ？

ごめんなさい、アルウィン、ごめんなさい……

叱責と謝罪がふたりのあいだで切れ目なく繰り返され、それぞれが嫌悪しつつも、自分たちの演じるその役割を楽しんでいるように見える。この場合、兄と妹は、はるかに根深いもつれた関係のてっぺんにのっているただの名称にすぎない。こうして彼らはでこぼこの地面の上でよろめき、からみあい、錆（さ）びついた鋳鉄製のゲートをくぐり、墓石のあいだをやってくる。傾き、朽ちかけた、というのは墓石のことで、このふたりのことではないのだが、彼らもまた彼らなりに傾き、朽ちかけている。今どのあたりだ？　アルウィン・ジマースが大声をあげる。もう目の前よ、レティシア・ジマースが答える。

地中にあいた長方形の穴の中からルーカスとアンディレは彼らが近づいてくるのを見守っている。

もう着いたか？

ええ、アルウィン、今着いたわ。

ここがわたしの立つ位置か？

ええ、そこがあなたの立つ位置よ。

ジマースは空気のにおいを嗅ぎ、領地をひとわたり眺める君主のように、顔を左右にふりむける。

そこにいるのは誰だ？　膝の近くに気配を感じて、牧師は突然呼びかける。

おれたちです、だんな（バース）。

誰だ？

アンディレとルーカスです、だんな。

しゃべっているのはアンディレで、ルーカスならだんなという言葉は使わない、すくなくとも今はもう。彼には矜持のようなものがあり、いや、それは嫌悪かもしれないが、なかば地中にもぐっているのに、なぜかその白人の二人組を見下しているようだった。一方のアンディレはしきりに頭を上下させて卑屈な笑みを浮かべている。可能なら、自分をすっかり埋めてしまいそうだ。

うちに帰ろう、レティシア。もう充分見た。

ええ、アルウィン、彼女はおとなしく答えるが、ほかの言葉を言いたいというどす黒い欲望が胸をよぎる。それ、どういう意味、アルウィン、なにも見えやしないくせに。彼女はしばしば残酷な衝動に駆られるが、それを押し潰している。でも、彼女自身に関係のある衝動は別だ。長いスカートと袖の下にはレティシアの自傷行為の跡が残っている。

ふたりの白人は車に乗り込んで走り去り、ふたりの黒人は掘り続ける。実はこの幕間劇にはなんの目的もなかったし、なくてもわれわれとしてはかまわなかったのだが、四日後、兄妹のカローラが戻ってくると、同じことが繰り返される。だが今度はカローラのうしろに霊柩車がついている。元々のデザインを多少変更した黒のボルボだ。後部のウブントゥの棺にマニ・スワートの遺体を納めたボルボは、町からずっとジマース兄妹のあとについてきて、今、泥道で揺れたり傾いたりしている。

ウィンクラー兄弟葬儀社という名称が、車のうしろのドアに創造性のない白い文字でステンシルされており、フレッド自身がハンドルを握っている。実際よりはるかに老けて見える男で、三十七歳なのに頭は完全にはげあがり、顔の輪郭も大きな口ひげ同様たるんでいる。下着のシャツとパンツがきつすぎ、それが眉間のいらだたしげなたてじわとなってあらわれている。上に着ている平均的な黒のスーツは、彼が創造性のかけらもない男であるいい証拠だが、ドライクリーニングに出してからしばらくたつので、彼自身の汗の臭いや、もっと暑かった日々に付着したほかの臭いが、運転中に汗臭さを発散しているフレッドの鼻孔にたちのぼってくる。

後部の棺からかすかな腐敗臭も漂っている。あるいは気のせいだろうか。蓋がきっちりしまっているから、ありえないが、それでも鼻は臭いを嗅ぎとっている。もしや、手に残留物でもついているのか？　この農場主の葬式がうまくいくことをフレッドは願っているし、自分の所属するアルウィン・ジマースの教会にとっても重要であることを知っている。実際、フレッドはこの精神の指導者のために相当尽力しているのだ。彼らは互いの利益のために結託している、と言えなくもない。もちろん、神の御心（ディオ・ヴォレント）にかなえばだが、主がわかってくださることは当てにできる。心の奥の魂が純粋であるかぎり、主はその御名において多少の利益を嫌悪なさるわけではない。

フレッド・ウィンクラーはときどき、自分の魂が体内に鍾乳石のようにぶらさがっているような気になる。いや、洞窟のコウモリのように、もっとゆるみがあって、ぶらぶらゆれている。灰色がかった黄昏時（たそがれ）、自分はいつか自由になって飛ぶことがあるのだろうか？　あるまい、と彼は思う。

墓地のわきに車をとめる。すこし早いが、数人の会葬者がもうきている。アルウィン・ジマースとその妙な妹が近くに車をとめた。

美しい日ですな、と牧師は空へ顔をあげて、言う。日差しを感じ、霜がとけていくのが感じられるが、本当は、空模様など頭にない。先に控えていることが気がかりなのだ。油断ならない展開になりそうだから。この家族。主はわたしを試すために彼らを送られたのだ。何年も前の、名前をまた忘れてしまったが、あの息子とのいざこざ、そして今、彼らは父親の死までわたしのせいにしたがっている。父親の信仰心が不充分だったとしても、わたしのせいではない。必要なのは、次の二時間をつつがなく切り抜けることだけだ。彼らを寄せつけないため、追悼の辞で好印象を与えることができた、と思う。彼らを服従させることができた。金は人間のもっとも醜い面をあらわにする。遺憾ながら、彼は何度もそれを見てきた。実に嘆かわしく、実に不必要なことだ。事実、人間は金儲けや経済活動の繁栄を祈ってきた。

憂鬱な気分が晴れてきたとき、マリーナ・ラウプシャーが模造真珠をふるわせて近づいてくる。ただならぬ興奮ぶりで、牧師は彼女がなにを望んでいるのか聞き取れない。いや、聞き取れはしたのだが、信じられない。

なんですと？

棺をあけてください。

しかし、なぜです？

弟が中に入っているか確かめたいの。

むろん中にいるのは弟さんですよ、牧師は叫ぶ。突然マリーナに負けないぐらい、ヒステリックになる。きまっているではないですか。

だが彼女は譲らない、今日はひきさがらない。マニが死んでから、彼女は頭が錯乱しているのを感じている。そして、先週トイレで読んだ週刊誌に、ヨハネスブルグ郊外の怪しい葬儀屋の小屋で、腐敗した死体が積み上げられているのが発見されたという記事を見つけた。同じ棺が再利用されていた、とか、葬儀の場で遺体の取り違えが多数あった、とか、二、三の例では二体がひとつの棺に押し込められていた、とか、そういったことを、完全に真に受けたわけではなかった。そのときは動揺するあまり便秘になった。しかしマニが死んでからは不安で頭がいっぱいになった。棺の中にいるのが弟でなかったら、どうしよう？　弟がほかの誰かと一緒だったら、どうしたらいいの？

弟さんしかいませんよ、とフレッド・ウィンクラーはひげを逆立てて抗議する。わたしが今朝この手で蓋を閉じたんです（正確には、ヤブラニがそうするのを見守っただけだ）。

とにかく、もう一度あけて。

しかるべきスクリュードライバーを持ってきたかどうか、わかりませんし。これは棺を閉じたままおこなわれる葬儀だったはずですが。

そうよ、でも自分で見なくちゃ気がすまないの。今すぐあけて！

妻の言うとおりにしてくれ。マリーナの夫が、人質にでもされたような口調で、目立たない場所からせきたてる。彼はこの騒ぎが終わることをひたすら願っている。

スクリュードライバーを持っているかね？　アルウィン・ジマースが誰にともなく訊く。

フレッドは道具をいれている仕切り、棺のうしろを手探りする。自分の過失が発覚するのをもう確信して、うろたえるあまり過呼吸になるが、ああ、やれやれ、しかるべき道具が手にあたる。

さっさとやりたまえ、と精神の指導者ジマースが命じる。誰にも見られるなよ、頼むから（フォー・クライスツ・セイク）。

洟水のように神を冒瀆する言葉が飛び出すが、もう引っ込みはつかない。全員が、牧師自身は特に、聞かなかったふりをする。フレッド・ウィンクラーは下を向いて反時計回りに、時間を巻き戻すように、スクリュードライバーを回しながらひたすらネジを見つめている。イエスはラザロを死からよみがえらせた。ラザロは臭かったのだろうか、と考える。すると、棺からまぎれもなく甘い腐臭がたちのぼってくる。車の後部の窮屈な布張りのスペースにその臭いは顕著だ。蓋がはずれると、一段とすさまじくなる。食べ物、なかでもいたみはじめて、溶け、腐りだした食べ物のことを頭から追い払え。

吐くなよ、ここではだめだ。ごまかす余地はない。息をとめて、トンネルの中を行くように、あらわれてくるものに集中しろ。顔、それ以上でもそれ以下でもない、その調子だ、目は閉じられ、口はすこしあいて、横を向いている。形は問題ないが、色がなにやら変だ。それに身体のサイズが……ひどい見た目だったんです、フレッドは急いで言う。これよりずっとひどかったんですよ。ずいぶんと手を尽くしました。しかし、身体が腫れあがっていたし、血管が妙なことになっていた(脚を見てください)。

このとき、アストリッドの双子が霊柩車のあけはなたれた後部の前をぶらぶら通りすぎ、祖父であって祖父でない死体がそこに横たわっているのを見る。死というものの真実を目の当たりにしてショックに固まるニールとジェシカ・ドゥ・ヴィスはアストリッドにつかまえられ、ひきずられていくが、そのひとこまは全体の混乱の中にたちまち呑みこまれる。蓋を閉めて、とマリーナは滑稽な口ひげを生やした葬儀社の男に命令し、彼は喜んで従う。

マリーナは弟のみてくれに、自分が見たのが本当にマニならば、すっかり落ち込んでいる。あれはおおむね弟らしく見えたが、やっぱりそうではないのかもしれない。じっと考えこんでいるうちに、あの箱の中に見たのは膨れあがった他人の可能性がぐんぐん高まってくる。

もう一度あけて!

霊柩車のそばを離れて五分としないうちに、彼女はけたたましく戻ってきた。フレッド・ウィンクラーは最後のネジを締めはじめたところで、墓場の臭いはようやく消えていた。

ああ、よさないか、マリーナ、クソ、絶対だめだ!

オーキーはうんざりしていた。完全に、全面的に、百パーセント、スワート家のたわけた言動はもう我慢ならん！　また棺をあけたいだと！　義弟がまったくもってばかげた死に方をしてから、彼は妻が理解できない。

　この瞬間は彼女も夫が理解できない。オーキーがすくなくとも彼女を怒鳴りつけたのは実に久しぶりだったから、突然、夫の新たな一面を見た思いがする。これが夫なの！　人生の半分以上、結婚している相手なの！

　ごめんなさい、オーキー、今日のわたしはどうかしてるのよ。

　いいんだ、ぼくのペンギンちゃん、たちどころに彼はやさしい口調になる。薬は飲んだのかい？　フレッド・ウィンクラーは最後のネジを回す。幾分、正気が戻ってきた。冬の寒気のなか、彼は病人のように汗をかいている。実際、病気なのかもしれない。

　まだ彼は解放されない。棺が最終的に地中におろされてはじめて、立ち去ることができる。長々と続く式のあいだ、満杯の膀胱と、きつすぎる下着のパンツに耐えながら立っていなければならず、そのあいだ、今日にかぎっては牧師に戻った精神の指導者が、マニ・スワートの品性と信仰にたいし、うわっつらの称賛で塗り固めた大仰な演説をおこなう。

　全員がたたずむ墓地の落ち着かない一画で、参列者は自然に牧師を囲む三つの輪を形成していた。内側の輪は家族、二番めの輪はつきあいのゆるい友人や同僚で、彼らのほぼ全員が、考えてみると、マニが教会で知り合った人びとだ。ロレインといういかつい身体つきの年配女性もそのひとりであり、パーマとカーディガンを愛する彼女は、この五、六年、マニの地味な愛人だった。今日、彼女が泣いているのはもちろんマニが恋しいからだが、彼が常々、きみと結婚すると約束していたのに、その一歩を結局踏み出さないいまま、こうなってしまったからだ。このささやかなひととき、ロレインの登場をゆるそう。というのも、彼女はまもなくこの場を去り、ここに群れているほかの生きている者たちは、ささやかな形見——頃合いを見てふたたび言及されるであろう——を別にすると、ロレインがいることをあまり喜んでいないからだ。

彼らの一歩うしろには、数人の農場の使用人がいる。国内に広まる新しい豊かな精神と足並みをそろえた結果、彼らは家族の墓地に入ることをゆるされたのだ。だが、むろん、彼らがここに埋葬されることはない、絶対に！　この場所は血縁者専用である。農場労働者のための公的な埋葬地はない。土地に縛られない季節労働者だからでもあるが、長年ここに暮らす労働者でもそれは同じだ。最後には、彼らはみないなくなる。

自然な死もあります、とアルウィン・ジマースが参列者に語りかける。しかし不測の出来事で命を落とすと、不正義が起きたように感じられるのです。この死は正されるべきだと。牧師は見えない目で聴衆をにらみつける。不測の出来事が父なる神の意図であると受け入れるのはむずかしいのです。ここに不測の出来事はありません。サタンがエデンの園で蛇の姿をしていたことを忘れてはなりません。だったわけではありません。そんなものはないのです。アダムとイブの堕落も不測の出来事は地上に最初に生まれた人間を堕落させ、彼らの子孫たるわれわれを追放しました。しかし、兄弟姉妹よ、これさえも主の御心の一部なのです。なぜなら、最終的にサタンのこのたくらみは敗れ、そのかぎりにおいては、サタンも役割を演じているだけだからです。最後、本当の最後には、すべての不測の出来事には意味があるのです！

盲目の牧師は大げさな弁舌をふるった。美声がシロアリの塚と草叢（くさむら）のあいだを曲がりくねって消えていく。昔から口が達者で、うたうように言葉が出る。彼を超えるなにか、もうひとつの原動力が憑（ひょう）

依して、本物のインスピレーションに打たれる瞬間がある。どうかそれが主イエスでありますようにと念じるが、ときどき、違うかもしれないと不安になる。四十年前、ふと魔がさして、アルウィン・ジマースと妹は、不幸にも近親相姦の罪を犯した。どちらも二度とそのことを口にしなかったが、彼はときどき説教壇から声に出して告白したい衝動に駆られる。こうした日には、実際にしゃべってしまいそうで恐ろしい。だがそれはまずい。別の話、われわれ全員が賛成できる話をし続けるのだ。どの話かはわかるだろう。救済と、ユーモアと、再生、赦しについての話だよ。真のキリスト教徒なら、姉妹とやったりしないし、そんなことすら考えない。

ビーッ、ビーッ。十時半です。

ああ、失敬、と牧師は言う。いつもスイッチを切るのを忘れてしまってね。

みんなが笑ってざわつき、注意が散漫になる。牧師もどこまで話したかわからなくなる。死を前にしてもまことに寛大だったマニを語ることで締めくくりとするつもりでいたのに、話の接ぎ穂がつかめない。そろそろ終わらせる頃合いだ。あせって、最後のためにかねて用意していた軽い冗談を口にするが、反応がない。キツネにつままれたようなどんよりした沈黙が聴衆のあいだに広がる。牧師は手をたたいて人びとの注意を喚起し、マニが生前立ちあげた基金への寄付は、後援の部分はもう望めないものの、今後も可能であることを全員に思い出させる。寄付金は全額、ええと、寄付金は世界の恵まれない場所で善行に励む慈善団体に送られます。

葬式が終わり、必要な挨拶やらなにやらがすんだ今、この草原地帯にいることがますます心許なくなって、集まった人びとはふたたびひとりでにほどけていく。大きくて明るい冬の空の下、ゲートの外へ急ぎながら、おのれのちいささを実感し、宇宙と自分のあいだには緩衝地帯がないのを意識する。

フレッド・ウィンクラーはやっと小便ができる。小走りにすこし離れ、墓地と、そこからだらだらと出ていく人びとに背中を向け、彼らの存在を忘れる。なんたる解放感！　熱く黄色い尿の描く曲線ほど、臍の緒でつながったような一体感を男と大地のあいだに芽生えさせるものはない。しばしのあいだ、放尿の感覚だけがある。しずくを切るまで。

フレッドが霊柩車に引き返すと、最後の会葬者の姿が小道から消えようとしており、ふたりの黒人が早くも墓穴を埋めている。急ぎ足でそのそばを通りながらうなずきかけると、ひとりが返事をする。どうも、だんな。おれもずいぶんと変な仕事をしているものだ、とフレッドは車に乗り込みながら、自己憐憫でなくもない感慨をおぼえる。おれは人びとに消える用意をさせる。そして人びととともにおれの仕事はすべて消えていく。

細長くて黒い車が走り去ったあと、アンディレとルーカスは労働を再開する。穴は掘るより埋めるほうがずっと楽だが、骨折り仕事であることに変わりはなく、人間は額に汗して生きることを運命づけられている。すくなくとも、一部の男は。一部の女もだ。どうやらそんなものらしい。このあたりの誰もがそう思っているようだ。なにを期待しているんだ、革命か？　穴が埋まると、彼らはシャベルで地面をたいらにしたあと、茨の木の下に腰をおろして一本の煙草をかわりばんこに吸う。

ルーカスはアンディレにじゃあなと言って、ロンバードの家へと小道をたどる。おれが住んでいる家。中心のなにかがはずれてゆがんでいるちいさな建物。部屋は三つ、床はコンクリ、割れた窓。二段あがったところに玄関ドア。敷居をまたぐ。ただいま？　自分の声が返ってくる。母親は不在だ。めったに家にいない。ほかの女、丘の向こうの白人女の子供たちの世話をしている。時間と沈黙に満ちた日差しの中で埃の粒子が回転する、つながった三部屋に彼をひとり残して。

ルーカスはバケツを持ってポンプへ水を汲みに行く。裏口の外で、ぼろぼろの赤い下着のパンツ一枚になり、ぼろ布で身体を洗う。そのあとしゃがみこみ、太陽で身体を乾かす。細長い黒い身体には筋肉が隆起し、背中一面にピンク色の傷跡がジグザグに走っている。そこにはある個人的な過去の出来事があるのだが、それをたずねるほど彼のことはよく知らない。

ルーカスはぱりっとした街着を着て、出かける用意をする。割れた鏡のかけらで自分の表情を時間をかけて観察する。怒りや自尊心は見当たらないし、傷ついた孤独感も見えない。代わりに彼は官能的に垂れたくちびると、くるんとカーブした長い睫毛にほれぼれと見入る。

近くのタウンシップ、アッテリッジヴィルに出かけて、知り合いの女の子を訪ねるつもりなのだ。香水をつけて颯爽と歩きだす。白人たちが集まっている農家の裏に広がる芝生の端をよけて通る。死んだ男の送別会みたいなものをやっている。ルーカスはもちろん男の名前を知っているが、その名前は、それがあらわす人間からはかけ離れているように思われるし、今では、男は人間らしくない気がするし、権力もない気がする。

ルーカスが通りすぎると、家から権力者の息子が出てくる。やあ、ルーカス。こんにちは、アントン。もう大人同士になって、お互い、どう呼びかけたらいいのかよくわからない。

最近はどうしてるんだ?

この農場で働いています。

勉強する計画じゃなかったか? 大学は?

いいえ、それはできませんでした。学校でトラブルに巻き込まれて退学して、卒業しなかったんで。

ルーカスは肩をすくめ、にやにやする。

だからここに戻ってきて、働いてるのか？　待て……今からどこへ行くんだ？

町へ。

どうやってそこまで行く？

大通りまで歩きます。それからヒッチハイクで。

アントンはウイスキーらしきもののグラスをつかんでおり、もっとよく聴こうとするかのように身を乗り出している。温かな気分が彼をやさしく楽天的にし、他人の問題を解決したくなる。送らせてくれよ、とアントンは言う。話がしたいんだ。

いや、いいですよ。

乗せていくよ、な。一分、待っててくれ。

アントンは家に入り、二階でキーを探しまわり、予想外に手間取る。やっと見つけて外へ出たときには、グラスはほぼからになり、ルーカスは出発したあとだ。道の先にちいさな後ろ姿が見える。そうかい、なら勝手にしろ。アントンはその後ろ姿にむかってグラスをあげ、飲み干してから草叢に力いっぱい投げつける。澄んだカシャンという音がして、束の間、溜飲をさげる。

芝生の上の集まりにまた入っていくのはいやだ。ずっとデジレのことを考えていて、葬儀にきてくれと頼む勇気がなかったことが悔やまれる。だがそれはおかしな考えだ。なんといっても葬式は社交上のハイライトではないのだから。しかし招待を断るのはむずかしいものだし、実はそれが狙いだった。いずれにしろ、今となってはもう手遅れ。かえってよかった。ひどい体たらくだからな、アントン、酔っ払って、いじけているから、誰であれ人と話すのは名案とはいえない、とりわけ、一言も告げずに置き去りにして、噂によれば、心がこなみじんになったという別れた女はもっとも不適切だ。

さらに、後方にいるお祈り一筋の連中のなかに入っていくのも、おえっ、願いさげだ。

テラスにはレティシア・ジマースと教会のボランティアたちによってお茶とサンドイッチが用意され、参列者たちが芝生の上をうろうろ動きまわっている。二階から見たら、帽子とセットした髪と禿げ頭があてもなく旋回しているばかりだ。皺になりにくい合成繊維の服を着たレティシア自身が細長い架台式テーブルのうしろでせわしなく動きまわって、お茶をついでいる。お茶を淹れるのは彼女の得意技だ。彼女は湯気越しに、クンシランのそばでみずからを諌めている兄にわびしい笑みをむける。

ビーッ、ビーッ、スピーチのクライマックスで鳴るとは！

今、アントンはマニの寝室にいて、きょろきょろしている。偽りの涙の塩がまだ乾かぬうちに（『ハムレット』第一幕第二場）おれはここで父親のものを嗅ぎまわっている。靴下に金が突っ込まれていた。ありがたく頂戴するよ。あの電気髭剃りも見てくれがすごくいいな。だけど、なんだ、あの不可解な物体は？

アントンは父親のベッドのわきからその謎めいたものを手に取る。ひっくりかえし、においを嗅ぐと、焚き火のような古いにおいがわずかにする。甲羅か、爬虫類か、たぶん亀の甲羅だ。父さんはいつも冷血動物に取り憑かれていて、哺乳類、なかでも人間はあまり得意じゃなかった。甲羅を元の場所に戻したとき、ショットガンが目に入る。モスバーグのポンプアクション、じいさん（エゥパ）から父さんが相続したもので、誰も手をふれてはいけないことになっているが、無骨で、醜くて、魅力のないそんなもの、誰がほしがるっていうんだ。たぶん家宝なんだろうけど。

アントンはそれをつかみ、かまえ、重量をはかる。本物だ。ああ、確かに。人の銃を自分のものだと主張するのは、その人を自分のものだと言っているのも同じだ。それがフロンティアの掟だ。ふん、ばかばかしい、そんな考え、おまえ以外に誰がメモするんだ、アントン？　だが彼は武器によって興奮し、彼の中のなにかが高ぶり、恐れている。ショットガンはマジックだ。大きな音で、ちいさな男の息の根をとめる。

庭にいるジマース牧師のちいさな姿に窓から狙いをつける。ズドン！　見ろよ、やっこさん、足をばたつかせて花壇にうしろ向きに突っこんだぞ。いや、あいつは生かしておいてやろう。どっちみち、銃に弾は入っていない。でも、つい昨日、銃弾の箱をどこで見たか思い出す。アントン自身の部屋で、ごみに埋もれていた。

そこへ行って、父さんがやっていたように弾を込める。カチャ。そのとたん、テラスから大きな悲鳴が聞こえ、騒がしくなる。窓に駆け寄るが、自分の目がほとんど信じられない。アントンが武器を両手に摑んだまさにそのとき、ヒヒの大群があらわれたのだ。夢にしたってありそうにない光景だが、偶然はすべてありそうにないことで、それこそが偶然の本質だぞ、アントン。とにかく、毛むくじゃらの物騒なごろつきどもは、まちがいなくそこにいて、サンドイッチを勝手に食っている。おれの父親の葬儀で！

われわれは原始人から進化して文明人に至ったわけだが、その高みを維持するためには戦わなくてはならない、さもないと、野生にひきずりおろされる。アントンは軍を脱走して以来はじめて武器をかまえた。発砲したのもはじめてだった。あの日以来、自分との合意によって彼はじっくり考えることをやめ、今も考えていない。衝撃的な威力、揺れ、反動がたちどころになじみ深くて刺激的なものになる。走りながら、何度でも繰り返したくなる。ズドン！　またズドン！　弾着範囲が広大であるかのように、銃声が同心円状に広がっていく。

ヒヒはとっくに逃げ去っていた。最初の一発は狙いが高すぎてはずれたのに、狂ったようにちりぢりになった。悲鳴と騒ぎは鎮まり、そのあと静寂が訪れた。今アントンは家から遠く離れた草原にいる。その静寂に深い満足をおぼえながら、自分の土地をざくざくと踏みしめて歩く。怒りが熱い突風のように、体内を吹き抜けている。間違えるなよ、おれは帰ってきたんだ。

裏の芝生に集まっていた人びとは動転していた。無理もない。最初はヒヒたち、次がショットガン。あたりは大混乱の一歩手前だ。ほどなく数人の客が暇乞いを告げると、やがてそれがひと続きの流れになる。アントンが引き金を引いたあと、間を置かずに全員がいなくなった。

からっぽになったテラスはなぜか前より広く感じられ、ちらかったゴミが意味ありげな雰囲気を帯びる。残ったのは、後片付けをしているレティシアともうひとり年配の白人女性だけ。おっと、台所の流しで皿やカップを洗っているサロメを見過ごしてはいけない。彼女は日曜の晴れ着姿だ。葬儀で着ていたもので、というのは彼女も葬儀に参列していたからだが、なぜそのことが前に言及されなかったのかはわからない。そう、彼女はいた。最前列というわけではないが、家族のすぐうしろに立っていた。

そしてもちろん家族もまだここにいる。誰もまだそれぞれの自宅に帰りたがらない。家は大きくて、全員を収容するゆとりがあるし、三人の子供たちがそろったのは実に久しぶりだった。このように、人間は悲しんでいても、感傷的になれる。死がいかにわれわれを結びつけるかという証拠だ！ もっとも、明日の昼時に弁護士がマニの遺言を伝えにここへくるのも事実で、さっさとひきあげないのはそれがもうひとつの理由かもしれない。

翌日の午後、シェリーズ・クーツはフェイクファーのコートをはおり、帽子をかぶっている。毛皮が必要なのは、陽光きらめく冬の日でも、最近決着した離婚手当の一部である、オープントップのスポーツカーに乗っているからで、離婚は彼女を孤独にはしたが、懐を潤沢にした。シェリーズはあきらかに自然なポジション、つまり食堂のテーブルの上席に腰をすえ、コートを脱いでから、さもあたりまえといった感じで、名刺を、今日はゴールドのマニキュアをした二本の指ではさんで、当然渡すべき人びとに渡す。シェリーズ・A・クーツ（文学士　法学士）。プレトリア大学卒。

　彼女がここにいるのは、マニ・スワートの遺言の内容を家族に説明するためであり、それはいたってシンプルだ。今日、出席できない受益者はふたりだけで、ふたりとも謝罪を伝えてきた。ひとりは牧師、もとい、精神の指導者ジマースで、教会の用事で手が離せず、もうひとりはミス・ロレイン・ラウで、彼女は自分は出席するのにふさわしくないと感じている。それを聞いて、心にもない抗議のつぶやきが起きる。彼女は父さんの愛人だったのよ、もちろんわたしたちは承知しているわ、われわれはみな文明人だ。ところが、ロレインがすくなからぬ金額を受け取るとわかると、全員が押し黙る。

　マニには事業利益と、そこらじゅうにごちゃごちゃと資産があったことが判明する。彼にやる気を与えていたのは〈スケーリー・シティ〉だけではないが、爬虫類パークは毎月驚くべき巨額の金を生み続けている。しかし、謹聴謹聴、重要なのはここだ。ひとつ。こうした多様な資産はある財団によってコントロールされており、その唯一の管財人は、今あなたがたに話しかけている人物である。ふたつ。爬虫類パークからの収益は、マニのさまざまな他の収入同様、追加の総目録を見ればわかるが、月一度、財団の受益者全員に均等に支払われる。三つ。財団の受益者は〈ハイフェルトの啓示の第一集会〉――以後はマニの教会とする――、マニの妹のマリーナ・ラウプシャー、ここにそろって出席しているマニの三人の子供たちであり、アントンも、不適格と判定されかねなかった些細な、ええと、障害物をとりのぞいたため、さいわい、そのひとりにかぞえられる。

四つ。農場そのもの、彼らが今この瞬間にすわっている家のみならず、家が建てられている土地、過去三十年にわたって大量に買い占められた、他の隣接するさまざまな小区画／土地もそこに含まれるが、それらは財団の管理下にはない。マニは農場を自宅／避難所／基地として、前述の三人の子供たちに、彼らの誰かひとりでもそこに住むことを望む者がいるかぎりは、そのまま残すつもりでいた。経済的に緊急を要する場合をのぞき、その一部を売ることはゆるされず、売却のさいも、三人の子供たちの文書による全員一致の合意をもってのみ認められる。

退屈と紙一重のプロフェッショナルな態度で、ミズ・クーツは目をむくような、あのゴールドの爪で書類をきちんと整える。このときには、全員がその爪に注目していた。この女は権力のかたまりだ！　彼女は彼ら全員を軽蔑の目で眺める。まるで高いところから見おろしているかのように。なにかご質問は？

半分眠っているように見えたアモールがのっそりと立ちあがって、ひとつ質問をする。あの、サロメは？

なんですって？

農場で働いているサロメです。

この瞬間まで、部屋中の誰もがぼーっとしていた。だがこのとき、音叉がその場の隅で叩かれたみたいに、全員に震えが走る。

あんな昔の話、とアストリッドが言う。あんた、まだあのことにこだわってるの？

あれはとうの昔に片がついたのよ、マリーナ伯母さんが言う。いまさら蒸し返すつもりはありませんよ。

アモールは首を横にふる。片などついていなかった。わたしのお母さんが死んだとき、サロメが土地を所有することは不可能だった。でも法律が変わって、今は所有できる。

できるわよ、アストリッドが言う。だけど、サロメが所有することはない。ばかなこと言わないの。お父さんの遺言にサロメの名はないの？

あるわけがないでしょう？　マリーナ伯母さんがぴしゃりと言う。姪をつねってやりたいが、あいにく、もう大人のアモールにそんなことをするわけにもいかない。

どなたのことです？　弁護士が訊く。話が見えないんですが。

母はサロメに、彼女が住んでいる家とその土地をあげたかったんです。父はそうすると約束したけれど、これまで与えられていませんでした。

シェリーズ・クーツは目の前の書類をぱらぱらとめくってみせるが、その中身は彼女自身が作成したに決まっている。そのあいだ、マリーナ伯母さんは胸の谷間からティシューを一枚ひっぱりだして折り紙のように広げ、そこへ猛然と涙を流す。涙を拭きながら、彼女は集まった面々に言う。あなたがなんと言おうと気にしないけどね、自分の主義主張はともかく、普通は家族の側に立つものでしょう！　マリーナが何を言わんとしたのかは不明瞭で、すくなくとも居合わせた面々はよくわかっていないが、彼女は最後通告を突きつけたかのように、苦い満足をおぼえている。元の場所にティシューをしまい、それと一緒にあからさまな感情も乳房のあいだに深くしまいこむ。メイドに土地をやりたがるなんて！　とんでもないわ！

とにかく、とシェリーズ・A・クーツ（文学士　法学士）が言う。ここには言及されていませんね。

そのことについては、わたしはなにも知りません。
ほらごらん、それで決着がついたかのようにマリーナ伯母さんが言う。
じゃ、これで、とオーキーが言うと、ただちに全員が立ちあがってドアのほうへ歩きだす。数分前からすでにその方角に行きたくてたまらなかったのだ。会合ははじまったのが遅く、予定より長引いた。つまり、急がないとエリス・パークでのキックオフを見逃しかねない。

南アフリカ！　かつてその名前は当惑の種だったが、今ではそれが意味するのはほかの何かだ。まさに、われわれは重力にさからう国民なのだ。今日、われわれはヨハネスブルグで開催されるラグビーワールドカップの決勝戦に出場し、国全体が浮かれている。ボクスvsオールブラックス（ラグビーユニオンのニュージーランド代表の愛称）、世界の人びとの目が熱くわれわれを見つめている。午後の一時、通りから人影が消え、ビールは買いだめされ、そこらじゅうの顔という顔が発光したように輝いている。居間でも台所でも裏庭でも、レストランやバーや広場でも、人びとはひたすら試合だけを見ている。どんな性格的欠陥だか知らないが、ラグビー・ファンでない連中ですら、今日は見ている。

農場でもそれは変わらない。労働者たちの小屋では木箱の上に白黒テレビが据えられ、集まった視聴者の前で映像がときどきちらつく。そしてロンバードの家では、サロメが眉間に皺を寄せて、展開する試合をじっと見ている。ルールを知らない彼女にとっては、すべてが騒音とおおがかりな見せ物だが、それでもひきつけられるものがある。彼女のうしろの戸口、隣の部屋とつながっている半分あいたドアからは、ルーカスですらポケットに両手を突っ込んでしぶしぶ注意を払っている。

母屋の雰囲気は意気消沈と興奮の奇妙な混合体で、それが吐き気を誘引する。アルコールも助けにはならない。試合の緊迫度とぞくぞく感があまりに強いので、家具をひっかきたくなるほどだ。われらがボクスはがんばっている。あの肉の山ジョナ・ロムー（当時のオールブラックスの選手）に突破をゆるさない。だがこっちはまだトライもしていない。ずっとドロップキックだけ。勝利と敗北の僅差をめぐって接戦が続く。奮闘の背後にあるのは意志の力と完璧に団結した肉体だ。全力を注ぎ、唸り、投げるが、大いなる渇望もある。メンバー総がかりで闘うラグビーは結局は精神力の野外劇であり、延長に突入すると一センチ一秒がものを言う、そう、言葉など存在しない。そしてジョエル・ストランスキー（当時の南アフリカ代表のスタンドオフ）がやってのける！　われわれの勝利！　この瞬間ほどすばらしいものはなさそうだ。誰もが飛び跳ね、ハグしあい、通りでは見知らぬ他人同士が浮かれ騒ぎ、車が警笛を鳴らしてライトを点滅させる。

だがそのあともっとすばらしいことが起きる。緑のスプリングボクスのジャージーを着たマンデラがフランソワ・ピナール（当時の南ア代表のキャプテン）に優勝カップを渡すためにあらわれたのだ。あれはすごかった。神々しいぐらいだ。握手をするマッチョなボーア人と老いた革命家。誰がそんなシーンを想像できただろう。ああ。あの瞬間を思い返す人間はひとりにとどまらない。わずか数年前マンデラが刑務所から出てきてこぶしをつきあげたとき、あのときは誰も彼の容貌を知らなかった。今ではそこらじゅうにマンデラの顔がある。たった今そうしているように、サンタクロースみたいにわれわれみんなに笑いかけている、厳しいけれどやさしい、親しみの持てるおじさんの顔。われわれの美しい国のために涙をこぼさずにいられようか。われわれみんながこの瞬間、陶然とする。

しかし、アモールはどこだ？

さあ、さっきまでそのへんにいたけど……

誰がその質問をして、誰が答えたのか、すべて霧の中だが、それも質問があったとしての話。だが、アモールがこの世紀の瞬間、近くにいないのは確かであり、彼女はこっそり部屋を出てどこかへ消えている。考えてみれば、彼女はそもそもここにいたのか？

やれやれ、ほっときましょうよ。アモールがこれを分かち合いたくないなら。

こう言ったのはまちがいなくアストリッドだ。あるいは、マリーナ伯母さんかもしれない。最近の彼女たちはほとんど同一人物化しているが、いずれにしても、これは彼女たちだけの心情ではない。この瞬間を味わいたくないなら、ほうっておこう。見た目がいかに変わろうと、アモールは相変わらず家族と親しく交わらない。そのことはアストリッドとマリーナだけでなく、誰にとってもあきらかだ。昔からあの子はおかしな子供、いや、おかしな娘だった。

このときアモールは二階の自分の部屋にすわって、先刻の会合のことや、なにが言われ、なにが言われなかったか、そのすべてにおける自分の立場について考えている。その状況には中心がないようだし、ひとつひとつを切り離しにくいので、答えを求めるちいさないくつもの疑問がもつれあっているように感じる。階下でわめき声と口笛が湧き起こり、自分の名前が呼ばれているのが聞こえる。すこし離れた労働者たちの小屋でも同様の大騒ぎが起きているが、歓喜の噪音は、知らない言語のスピーチのように彼女から遠く離れている。

今夜はそこらじゅうでパーティがはじまり、浮かれ騒ぐ人びとのざわめきがタウンシップから風に乗って聞こえてくるが、ここ、農場ではしゃぎすぎるのは場違いな気がする。こんなにすぐは。飲むのはいいとして、音楽は、死者に敬意を表してひかえめにしよう。とはいえ、雰囲気は間違いなく陽気であり続ける。少なくとも数時間はそうだろう。そして翌朝はもちろん、国中が頭蓋骨の複雑骨折さながらの二日酔いで目をさます。スワート家の人びとも同じだ。彼らはアルコール同様、欲と苦悩ではちきれそうになっている。憂鬱と退屈の中間の、どんよりしたよからぬ雰囲気が家を覆っているが、空は澄んでよく晴れ、すがすがしい風が吹いている。

今、ここにいるのは誰だろう？　答えはもはや明確ではない。一晩泊まったさまざまな人たちは総じていらだっており、さっさと帰りたがっている。家のそこかしこにそわそわした落ち着きのなさがちらついている。儀式はすべて終わったのに、どうしてわれわれはまだここにいるんだ？

階下でさよならの言葉が交わされ、家族はようやく異なる方角へ動き出す。彼らをひとまとめに吸い込んだ強力な掃除機は、今、裏返しにされて、ふたたび彼らを吐き出し、アストリッドとディーンは双子とともにアルカディアにある自宅へもどり、マリーナ伯母さんとオーキー伯父さんはメンロ・パークの自宅へ、アモールとアントンだけが農場に残る。彼らの背後で死のもたらす虚無感が縮みはじめる。激しい感情と長時間共存できる者はいない。くたくたに疲れてしまう。説明できるあらゆるものは、無害でもありうる。マニの悲劇的退場は家族の愉快なエピソードになるときがくるだろう。信じられる？　うちの熱狂的クリスチャンのパパったらね、毒蛇でいっぱいのガラスの檻の中で暮らしても、神が自分を守ってくれると思っていたのよ、でも、あはは、間違っていたの。

マニを咬んだ蛇は若い雌で、この瞬間は爬虫類パークのタンクの中で展示中だ。毒で膨らみ、ねばついた物質の詰まった固い外皮、鱗に覆われたむちっとした不快な姿を見るがいい。もしもどこかの田舎道をだらだらと這っていたら、毒蛇と言うだけで叩き殺されそうだ。

なぜそれがまだ生きているわけ？　アストリッドはわけを知りたがる。

それはアストリッドの思いつきだった。マニの仕事場を三兄姉妹で訪れる。父さんへの敬意でもあり、絆を深める練習のようなもの。葬儀から二週間が過ぎて、アストリッドの罪悪感は強まっている。

彼女は父親にとって期待はずれだったし、心から父親に感謝したことがなかった！ 今後罰が下る場合に備えて、埋め合わせをしておきたいが、どうすればよいのかわからない。

マニと〈スケーリー・シティ〉を共同経営していたブルース・ヘルデンハイスが彼らを案内している。悲しそうに息を吐き、眉を寄せて、言う。まあ、蛇ですから。

人を殺した蛇よ、とアストリッド。犬が人を殺したら、処分されるんじゃない？

ええまったく。ブルースは無愛想な堅物で、不必要なことや想像力にはあまり左右されない。犬じゃありません、蛇です。誰でも蛇は咬みつくと思っています。誰でもあの蛇には毒があると知っています。コブラであることに罪はありません。

もしくはネズミでも、ゴキブリでも、バイ菌でも、そこに罪はない。あなたはあなたであり、たとえネズミであることがあなたの運命だとしても、あなたであることに変わりはない。それはどうしようもないことなのだ。ガラス越しに嫌われることが運命なら、この先もあなたは嫌われるだろうし、今、くだんの蛇をじっと見ているアントンとふたりの妹の目には、嫌悪と畏怖が浮かんでいる。嫌われるものはなんであれ怖れられもし、そのことは多少の慰めになる。蛇が彼らの視線にさらされてピクッと動き、眠りを求めてずるずると岩陰に見えなくなったのも無理はない。

この遠出は妙に退屈だった。スワート家の三兄姉妹は爬虫類パークをぶらぶらとまわって、タンクの外から殻の硬い冷血動物を眺める。本当にこの事業がわたしたちの生活の糧なの？ だが、そうなのだ。ここはオープン初日からずっと大盛況だった。まさにこの瞬間も、さらに二台のバスが外にとまり、学校の遠足でやってきた多様な人種の子供たちの一団を吐き出している。すべてが実に心温まる、実に気の滅入ることだ。

コーヒーはいかがです？　簡易食堂の前を通りながら、ブルースが言う。彼はマニの子供たちに気詰まりなものを感じていて、それを隠そうともしない。彼らが断ると、安堵感も露骨に見せる。出入り口で、ブルースは挨拶する。お会いできてよかったですよ、いつでも立ち寄ってください。ここはずっとなくなりません。悪いものには平安がないってね。（旧約聖書イザヤ書四十八章二十二節より）

そのあと兄姉妹はメルセデスに乗り、アントンの運転で農場へ帰る。自宅に戻ってから毎日ハンドルを握っているせいで、今や暗黙の合意によってメルセデスはアントンの所有物のようになっている。レキシントンを辞めさせれば、その分、費用が浮くと彼は考えている。だが、使用人を農場から追い出すのは卑劣だとも考えている。タウンシップに住まわせて、毎日通ってこさせようか。賃借人や不法定住者に有利な新法はどうも信用ならないし、連中に土地の所有権を主張させるわけにはいかない。父さんの統率力が衰えていたせいで、整理しなければならないことが農場には山積みだし、ここに住むのが彼とアモールだけなら、すべての仕事を誰がやることになるのかは火を見るよりあきらかだ。

電柱をかぞえて、三本めになったら、しゃべっても大丈夫だろう。一本、二本、三本。

わたし出ていくことにした、とアモールは言う。

ロンドンへ？　アストリッドがあかるく言う。

ううん、明日ダーバンへ行く。

明日？　ダーバン？　どういうこと、休暇で？

ううん、住むために。

住む？　姉と兄は驚いて妹を見つめる。これまで行ったことがあるのだろうか？　ダーバンに知り合いがいるのか？

友だちのスーザンがいるの。看護師として働いている。一瞬遅れてアモールは付け加える。わたしもやってみようかと思ってるの。

なにを？　看護師を？　アストリッドは信じられずに金切り声をあげる。だけど、あんたに他人の面倒をみられるわけがないでしょ！

どうして？

アストリッドは答えようと心中もがくが、やがて過去の記憶が返事を与えてくれる。あんたは自分の面倒だってろくにみられないじゃない！

何年も自分の面倒は自分でみてきたわ。

すこし間があくが、アントンは正しい問いを探りあてる。一体どうしてそんなことをする？　農場にいて、父さんの信託基金から毎月収入をもらうことだってできるんだぞ……

うん、そうね、アモールは言う。それは考えた。だけど、行く必要があるの。

すごく単純で、すごく明瞭だ。彼女にはひとつの目的があり、それを公表したまで。アモールは明日、よりによってダーバンへ行って看護師になるつもりでいる。

やってみればいいさ。だって、いつでも帰ってこられるんだから、とアントンは言う。

うん。アモールは同意のしるしにうなずくが、目は窓の外へ向けられている。

アストリッドは無言だが、意地の悪いせりふが胸の内に浮かぶ。驚くようなことじゃないわ、この子は自分のほうがわたしたちより上等だと思ってるのよ。ふん、距離を置きたいなら、そうしたらいいわ。

翌日、アントンは長距離バスが出る駅までアモールを送っていく。彼女はリュックサックをトランクに入れ、兄の隣に乗り込み、息の合ったふたりとはいかないまでも、並んで風景の中を走っていく。ふたりのあいだにあまり会話はない。アモールはいったん降りてゲートを開閉し、ドライブが再開される。目指すは冬の午後の長く青白い中間点のどこかにある町だ。

取るに足りない土地だしな、突然アントンが言う。

まるで以前の話をまた持ちだしてきたように、何のことかアモールはすぐに察する。取るに足りないなら、どうしてサロメにあげないの？

父さんが望まなかったからかな。

でも母さんは望んだ。それに父さんもそうするって約束したわ。

おまえはそう言うけどな。その約束を聞いた者はほかにいないんだ。

でもわたしは聞いたのよ、アントン。

道路がタイヤの下からしゅるしゅると繰り出してきて景色をうしろへひっぱっていく。

サロメの待遇はそんなに悪いと思うか？　アントンはようやく言う。

そんなによくはないわ。

彼女には家がある。死ぬまでそこに住めるんだぞ。おれたちでそれを正式なものにすることはできる。サロメは生涯あそこにとどまる権利を持つという合法的な書類を作成する。それで充分じゃないか？

だめ。アモールは首を横にふる。自分と同じものを見ていながら、アントンの頑固なことに魅了される。

仕事に関しても同じことをしてやれる。雇用を保障し、年取って引退したら年金を払う。頭の上にはむろん屋根だってある。どうだ？　そこまで言える人間は多くないぞ。

わかってる。

おれたちがそれを全部やっても、なにかが変わる保障はない。この前サロメの息子のルーカスに会った。父さんが彼の学費を払ったのは知ってるだろ。ルーカスは頭がいいと思ったからだが、結局、彼は最終学年を終えられなかった。なぜかトラブルに巻き込まれて、落ちこぼれた。今は農場で労働者として働いている。

アモールはうなずく。うん、そうだってね。

わかるだろ、人は与えられるものを必ずしも生かせるわけじゃないんだ。チャンスがすべて好機じゃない。チャンスは時間の無駄ってこともある。

そうだけど、アモールは言う。でも約束は約束よ。

バスはすでに駅の外でエンジンをかけて待っている。数人の乗客が外に並んでおり、その全員が、アントンの目には、薄汚れて絶望し、ろくに金も持っていないという共通項で結ばれているように見える。生活に困窮し、運に見放された者だけがこの方法で旅をするのだ。彼は思いもよらず妹が不憫になって、別れを告げようと車を降りる。

ほら、取っておけよ、と数枚の紙幣を差し出す。

いいの。大丈夫。だが、アモールは突然彼をぎゅっとハグし、アントンも気がつくと、ハグを返している。長いこと絶えていなかった接触だ。

アントンが鷹揚な気分になっているのは、家を出る前にグラス一杯のワインを飲み、ようやくデジレに電話をかける勇気をふるいおこせたからだ。よく回る舌の先からこぼれおちるしかるべきせりふも見つけた。自宅に戻ってからずっときみのことを考えていたんだ、失われた歳月のあいだもずっと。長く続く無断外出（AWOL）のあいだ、一度もデジレと話をしていなかったので、嫌味やののしりが返ってくると思っていたし、それも当然だと覚悟していたが、デジレは彼の声を聞いて喜んだ。いや、それ以上だった。こっちにこられない？　行けるよ、行けるし、手をふってアモールと別れたらすぐにでも行くつもりだ。再会の麝香の露が早くも彼の身体をしめらせる。

別れ際、のぼせあがって寛大になっていたアントンは、妹に言う。なあ、サロメの家のこと、おれたちでどうにかできるよ。

本当？

ああ、彼は微笑する。ここは南アフリカ、奇跡の国だ。計画を立てよう。

最後の乗客がバスに乗り込み、運転手が出発しようとしている。アモールはためらうが、アントンは手をふって彼女を乗せる。忘れるなよ、帰りたくなったらいつでも帰ってきていいんだぞ！

ゆっくりと動き出すバスの色付きガラスの窓からアモールは兄を見つめる。片手をあげ、片方にかしいでいる風変わりな姿。踵（きびす）を返すと、彼はさっさと車に乗る。町がきたない茶色の川のように彼を呑み込む。

アモールはシートに深くすわり、帰国以来はじめて幸福を感じる。サロメは家をもらえるだろう。洞窟の入り口から石がひとつとりのぞかれた。細い日光がガラスごしに彼女を温め、都会の乾燥した金色の丘陵がゆるやかな滝のように後方へ過ぎていく。さよなら、鉄道駅、バイバイ、フォールトレッカーのモニュメント！　タイヤが彼女の下でごとごと言う。そのすべての中心で鼓動する巨大な心臓のように。サロメは家をもらえるだろう。アモールは目を閉じる。

アストリッド

アモールが病院から戻ると、留守番電話にアストリッドからのいらついたメッセージが入っている。あんたが普通の人間らしく携帯電話を持っていたらどんなにいいかしれないわ。電話ちょうだい、話があるの。

姉の声から、急を要する話でないことがうかがえる。自慢話か、もったいぶっているだけだ。アストリッドにとっては重大事でも、アモールには今、電話をかけるだけの気力がない。あとにしよう。

アモールには一日のうち自分のために確保しようと努めている時間があって、シフトが終わったあとの一、二時間がそれだ。朝でも夜でも、同じ儀式をする。バスタブに湯を満たし、縁に置いた蠟燭に火を灯す。それから看護師の制服を一枚ずつ脱ぐ。いつも正しい順番で脱ぐよう気をつけているのは、一連の流れを間違えたら、また服を着て、はじめからやり直さないと気がすまないからだ。温かな湯に身体を伸ばし、室内の明かりが変化していくあいだ、しばし彼女は自分自身を忘れることができる。つまり、つらく長かった一日を含め他の一切が消えてなくなるほど完全に自分自身になることができる。でも、今夜は落ち着かない。なにかがすべての中心でぶつかりあって耳障りな音をたてている。

しばらくすると、スーザンが帰ってくる。黒いショートヘアのがっしりした女性といったところだろうか。その頃にはアモールは風呂から出て、化粧着姿で夕食を作っている。たいした熱意もなく彼女たちはキスをする。

ふたりがキッチン・テーブルで食べているあいだに、またアストリッドが電話をかけてくる。隣の部屋で不満いっぱいの口調がひびく。どこにいるのよ、まったく？　一日中ずっとかけてるのよ。電話して、話があるの。

出ないの？　スーザンが言う。

アモールは首を横にふる。それだけの動作も重い。あとでかけるわ。

なにかあったの？

知らない。

また患者を失った？

ええ。でもめずらしいことじゃないわ、でしょ？　ＨＩＶ病棟で働いてたら。

そうね、スーザンは言う。そんなにめずらしいことじゃない。

食べているあいだ、彼女はアモールの片手を握っている。彼女たちはそれきりしゃべらないが、これまで何度もそうしてきたように、手をつないでいるだけで会話が続いているかのようだ。スーザンは以前はアモールと同じ病棟で働いていたが、二年前に気分がふさぐという理由で辞めた。最近は大手企業で健康コンサルタントをしている。アモールの仕事が彼女にとってよいとは思っておらず、仕事の代償が明らかなのに、彼女が続けている理由がスーザンには理解できない。

今ではふたりのあいだにほとんど会話はない。ふたりは事態が移りゆくあの段階に達しており、どちらもそれを知っているが、その話もしない。でも、テーブルの上でつないだふたつの手には今も深いやさしさがある。

テーブルがあるのは、ダーバンのベレア地区にある慎ましい二寝室の家だ。スーザンの家である。家のたたずまい、そこでの生活の様子には、地に足のついた、不変の落ち着きがある。リビングルーム、そこでアモールは食後まもなく姉に電話をかけたのだが、そこには使い古されたソファがあり、へたったクッションがのっている。カーペットや棚の本も古い。しかし、この部屋にアモールのものはひとつとしてなく、不変なたたずまいも借り物だった。前はそんなことは意識にのぼらなかったのに、近頃はますます考えるようになっている。

アストリッドはすぐに電話に出る。いらいらしている。どこにいたのよ？　何度も何度もかけたのに……

勤務中だったの、とアモールは言う。

アストリッドが聞こえよがしに不快げなため息をつく。金持ちと再婚して以来、働くということを彼女は不快に思っている。それが単純労働である場合は特に。家庭を切り盛りし、家族の世話をするのはうんざりだが、だからこそ、助けてくれる召使がいる。アストリッドには、妹が召使の人生を選んだように思える。一体、何のために？　自分を罰するため？

とにかく、あんたに言いたかったのは就任式のことよ。

え？

ムベキ大統領の就任式（タボ・ムベキは南アフリカ共和国第九代大統領。在任期間一九九九〜二〇〇八）。何週間も前に言ったでしょ、おぼえてないの？　わたしたちが招待を受けたこと。何でも忘れちゃうのね。

ああ、あれ、おぼえてる、とアモールは言うが、この瞬間まできれいさっぱり忘れていた。

アストリッドの現在の夫ジェイクはさる著名な政治家と協力関係にある。名前には言及しないし、軽率な言動はいらぬものだが、人気の高い、影響力のある男で、いうまでもなく黒人だ。今日ではそのことに価値がある。たまたま彼らは同じゲーテッド・コミュニティー（安全を確保し、資産価値を保つために周囲をゲートとフェンスで囲った高級住宅地）の隣人同士であり、どちらも資産形成の機を見るに敏であり、現に資産を築いている。犯罪率が非常に高い昨今、彼らはうなるほどの金を安全に貯めこんでいる。アストリッドとジェイクがそのビジネス上のつきあいを理由に招待されたのだとしたら、それが南アフリカのみならず世界の流儀であり、重要なのは誰と知り合いであるかに尽きるということだ。

就任式はアストリッドの人生のもっともスリリングな一日だ！　誰かれかまわず言いふらしてきたように、ユニオン・ビルディングに集まった群衆、彼らのファッションと帽子について、彼女はアモールにもしゃべりたくてたまらない！　有名人がたくさんいたんだから。あの俳優、名前はわからないけど、あんたも見たらきっとわかるわよ。それにフィデル・カストロにカダフィ！　有名人の大半は遠くて豆粒にしか見えなかったけれど、巨大なテレビモニターが用意されていたから、どアップで映ってたわ。

就任式の日取りは、南アフリカにおける民主主義誕生の十年目とぴったり重なるよう決められていて、雑多な人種が交じりあった楽しげな群衆の様子からは、誰もかれもがかなり……なんというか、かなり酔っ払っており、なぜか、かなり調子に乗っているのがわかる。なぜならば、つまり、はっきり言おう。ここにいるのはある理由から、自分の人生が気に入っている人びとだからだ。全員が金持ちだが、正しい側にいるかぎり、そんなことはどうでもいい。生の音楽、明るいアフリカの色彩、頭上を飛ぶ飛行隊とあいまって、壮麗豪華なショーは刺激的で高揚感をあおり、圧倒的多数の得票を獲得したばかりの党は、もちろんその祝祭に値し、余裕綽々（しゃくしゃく）で悦に入っている。

個人的にはムベキのことは知らないわ、とアストリッドは言う。彼には表情がふたつしかないみたいなのよ、気づいた？　ひとつは木彫りみたいに無表情で、もうひとつは眉をあげたびっくり顔。

リビングルームの窓から見えるちっぽけな裏庭が、薄暗いなか、さらさらとミステリアスな葉ずれの音をたてている。庭の向こうに町明かりと港の明かりが見える。夜は静かで、冷たくて、澄んでいて、空気は乾燥している。申し分のない秋の天気。このあたりでは一年でもっともいい時期だ。

彼の演説はすばらしかったわ、アストリッドは言う。ちょっと気が散っちゃったことは認めるけど、希望に満ちたメッセージはちゃんと伝わってきた。

それに合唱隊や楽団やそこらじゅうでお祭り騒ぎがあって……それはもう浮き浮きしてくる雰囲気だった。あんなに自由なプレトリアはかつてなかったわ、どうせあんたは気づいていなかっただろうけど……

でも大事な話はここからだ。アストリッドの声が、まるで隣にいるかのように、アモールの耳元に口を寄せているかのように、低く鋭くなる。集まりのひとつ、国立劇場でのディナー・パーティで、彼女はムベキをごくそばで見た。眉をあげた表情はさておき、彼がハンサムであることは認めざるをえない。さらにアストリッドはムベキが自分に注目したと思っている、つまりは、ほぼ確信している。彼女は妹にそう言う。

え？

ムベキよ。彼はわたしをそうね、六フィート離れたところから見たの。で、なんていうか、電気ショックみたいなものがわたしたちのあいだを行き交ったのよ。

へえ。アモールは言う。

わたしの電話番号を知りたかったんだと思う、とアストリッドは言う。大勢人がいたから無理だったけどね。そのなかに奥さんだっているかもしれないんだし。でも、知りたかったんだと思うわ。

うーん。アモールは言いよどむ。しあわせなのね、姉さんは。ほかにどんな言葉を加えたらいいのかわからない。アストリッドをうらやむことになっているのに、そうではないからだ。

だがアストリッドはすでに自分のちょっとした話題が空振りに終わって、会話が終わろうとしていることを察知した。まったくどうして話す気になったのか、自分でもわからない。妹ときたら社会的地位みたいなことにはまるで無関心なんだから。実際は、多くのことに無関心なのだ。ずっとそんなふうだったけど、昔は演技だと思っていた。

スーザンはアモールが寝室に入っていくと、もう眠っている。そうでなかったら、アストリッドとの会話をアモールは話していただろう。あるいは、黙っていたかもしれない。このごろはなにもかもスーザンに話すわけではない。必ずしも助けにならないから。だがそれでも、暖かな暗がりで同居人の背中に寄り添って横たわり、腕をまわして人間の心臓の鼓動を手のひらに感じるのは、深く、静かななぐさめだ。抱いているのが特にスーザンであることに、もはやたいした意味はない。ひとつの肉体、ひとつの存在というだけ。ひとりではないという。

なぜなら、朝になったら起きて、正しい順番で一枚ずつ制服を着て、病院へ戻らなくてはならないからだ。自分が働いている病院の病棟へ。そこでは毎日、文字通り毎日、病気の人や死にかけている人がさらに押し寄せてくる。彼らの要求に応じなくてはならないのに、応じられないのは、ふたつの表情を持つ人物、姉の電話番号を知りたかったのかどうかよくわからない人物が、彼らが病気だと本当は思っていないからだ。

スーザンは正しい。この仕事はアモールにとってよくない。そしてスーザンの言うとおり、アモールは、苦しみを探し出してやわらげるよう努めるという強迫観念に駆り立てられている。ほかならぬこの闘いには勝てないからだ。だったらどうして、いつもそこにある杭に何度も自分を突き刺すのか？ 自分を傷つけたいの？

だからかもしれません。たぶん、それが自分を罰する方法なんです。

アストリッドはそう言いながらも、それが真実でないのを知っている。半年ぶりで告解のためにひざまずいたとき、彼女は真実を語ることができなかった。

ほぼ一年間、アストリッドはジェイクのパートナーと関係を持っていた。今や以前にもまして名無しのままの、詳細を明かすにはおよばない、例の政治家だ。ちなみに彼女は自分たちがユニオン・ビルディングへ招待されたのは、ビジネス上の結びつきよりむしろこの関係のせいではないかとにらんでいる。でも考えてみれば、だからなんだというのか。好意には好意で報いるのが世の中の仕組みであり、このところジェイク・ムーディとその妻アストリッドにとって人生はきわめて順調だ。実際、彼女の夫は妻の浮気を知ったとしても、彼女に感謝すべきだ。

だがアストリッドが浮気をしているのは、夫の仕事のためではない。もちろん違う！ 実は、アストリッドは彼、すなわちくだんの政治家を抗いがたいほどセクシーだと思っている。彼がそばにくると彼女の鼻孔はひくひくし、身体が彼を激しく欲する。黒人にたいしてこんなふうになったことは一度もなかった！　とにかく、アストリッドとしては。それどころか、常々黒人は魅力がないと思っていたが、最近になって、彼らが自信を持ってふるまいはじめたことに気づいたのだ。ファッションもヘアスタイルも独特で、それが効果を発揮していることは認めざるをえない。さらに、黒人の男たちはとっくに盛りをすぎた太った女たちへの偏見がなく、平気でいちゃつくのだ。

それでも、黒人とのキスは考えたこともなかった。無理というものだった。この男があらわれるまでは。彼は特別だ。違う世界を見せてくれる。なめらかな黒い肌の下で動く筋肉の感触、じっと見つめる細い目。アストリッドの名前の第二シラブルにアクセントをつけるちょっとおかしな呼び方。とても硬そうで、白人のペニスみたいにピンク色でも脆そうでもないコック。ベッドわきのナイトスタンドに置いた金のロレックス。なめらかでやわらかな舌。

やめなければいけません。約束したでしょう！

わかっています、彼女は言う。それから急いでつけくわえる、でもどうして？

どうしてかって？　訊いたのはそちらですよ。自分がどこまで落ちたのか、わからないのですか？

どこから落ちたんです、神父様？　彼女は議論を吹っかけているのではない。神父のおおげさな口調が、教会の付属品と同じように装飾的な彼の言葉が好きなのだ。

正義の道からです、神父はためいきをつく。アストリッド。アストリッド。半年前に話しあったあと、あなたはこれを終わらせたのだと思っていましたよ。

はい、神父様。

神父は仕切りのうしろにいるので、姿は見えない。気配がするだけだ。だから声がすべてだが、今、その声が低くなったのに気がつく程度には、アストリッドは彼を知っている。親密さを示すしるしだ。

彼女の改宗と、それに続くジェイクとの結婚を取り仕切ったのは、バッティ神父だったし、そのときから、親しさは薄れていなかった。おまけに、彼女は半年前にここにきて、情事とそのあさましい波紋のすべてを包み隠さず告白し、神父はアストリッドにそれを終わらせると約束させていた。アストリッドはそのつもりだった。約束は心からのものだったのだが、彼女は果たさなかった。果たそうともしなかった。結局、その一歩を踏み出す覚悟ができていなかったのだ。だから彼女は教会に近づかなかった。今、起きている、よじれたふさ飾りのような罪悪感にまみれたシーンを避けるために。ここにきたのは間違いだった！

アストリッドがここにいるのはひとえに、アモールに就任式に行く話をしたさい、妹の声に否認を聞き取ったからだ。承認はアストリッドにとってとても重要なことで、神も最近では自分を認めてくださらないかもしれないと思うと、心が乱れた。

あなたとジェイクはふたりとも、あなたがたの抱えていた問題をわたしと分かちあいました、バッティ神父は言う。あなたはわたしに心を開き、なにがいけなかったのかを話してくれましたね。前にあなたと夫婦であった、ええ、ええと……

ディーンです、新たな罪悪感がアストリッドを痛めつける。ディーンは現在、新しい奥さんのチャルメーンとバリートで暮らしている。かわいそうな人、わたしはなんてことをしたんだろう。ディーンとの歳月をわたしは失いました、神父様。

それなのにあなたはここにいて、同じことを繰り返しているんですよ。

でも、同じじゃないわ！　なにが違うのかを考えると、また別の不安が芽生える。神父様、黒人との不倫はさらなる罪になるとお考えですか？

バッティ神父はほかならぬこの教区民について、複雑な矛盾した気持ちを持っている。彼は通常の改宗に必要とされる時間よりずっと長くアストリッドと過ごしたが、それは彼女が大半の人たちより強く心の支えを求めていたためだ。ティモシー・バッティの心にふと浮かんだのは、アストリッドの欲求は、投げ込むすべてを焼き尽くし、さらに欲しがるかまどのようなものかもしれないということだった。火を消すためには、厳しいアプローチが必要だと彼は判断する。

相手に関係なく姦淫(かんいん)は大罪です! 公教要理の授業でこのことは論じ合いましたよ、なぜまた思い出させなくてはならないんです? あなたはわたしに約束しました、そういう品行は以後慎むと。それはあなたの結婚における弱さのしるしなのだとあなたは言いました。そうではなく、あなたの弱さのしるしなのではないですか。

とうとうアストリッドはしくしく泣きだす。清めの瞬間はいつもこうだ。気質的に言えば、アストリッドはカトリックの教義にたやすく順応した。あるいはその逆だったとも言える。彼女の改宗は自然に思われた。新しい信仰、それを彼女は全身を包む一種の防水服として経験する。怖れや欲望に従う行動をとめるのではなく、あとで洗い流す方法を与えてくれるものとして。彼女は償いの行為を受け入れ、因果の時計はふたたびゼロにセットされ、指示に従います、これが最後です、迷うのは本当にこれが最後ですと神父に誓う。誓ったときは本気なのだ。

だが今朝のバッティ神父は寛容な気分ではない。これでは意味がありません、この際限のない後悔と繰り返しは。あなたはやめなければなりません、今日、この日に!

わかりました、神父様。

本当ですか? 前回、あなたが聖体拝領を受けられるよう、このことにけりをつけなくてはならないとわたしは言いましたよ。

あれから聖体拝領は受けていません。

それが誇らしいのですね？　ティモシー・バッティは六十代で、若いときからこのゲーム、失礼、この職業についている。今や道徳上の発見はこちこちに固まった習性になって久しい。アストリッドの性格的な弱さについてはとりたてて心配していないが、彼女が自分の手の届かぬところへ迷い込む心配はしている。アストリッドの最後の告解は半年前で、神父が電話をかけても折り返し電話をよこさなかった。今は強く出るべきだ。今日、あなたの罪への償いはありません。

でも、わたしは告白しました！

これは真の告解ではありません。なぜなら、あなたはいまだ罪の状態にあるからです。あなたは悔いていない。

悔いています、神父様、でも、わたしは弱くもあります。この狭い小部屋が突然ひどく窮屈になり、アストリッドは息ができず、逃げ出したくなる。きっとけりをつけます、神父様、早く終わらせて外へ出たくて、彼女は言う。

様子をみましょう。バッティ神父は青白くて、薄いソバカスがあるが、その想像力は生き生きとした面を持っている。それがときおりアストリッドを彼の脳裏に呼び出した。すると常に現実よりは楽しい経験ができた。この聖職者はぽっちゃりしたご婦人が好みだった。自然な健康体のしるしとして。実際に、彼の手が彼女に触れることはありえない。だが、男は夢想するものだ。神はあなたの心をのぞいていらっしゃるのですよ、彼は悲しげにアストリッドに告げる。疑わないことです。自分をごまかすことはしても、主をごまかしてはなりません。

主をごまかすつもりなんてありません！

いいでしょう。それは大変よいことです。さあ、行って、自分がなにをしたか考え、あなたの結婚を正常な状態に戻しなさい。あなたの生活を惑わすこの歪みを取り除くのです。心の準備ができたらまた戻っておいでなさい。そうすれば罪の赦しを得られるでしょう。

入ったときよりずっとひどい苦悩をかかえたまま、アストリッドは告解室を出る。心の重荷をやわらげるための赦しの秘蹟はなかった！　情事を終わらせなくてはならないのはわかっているが、自分にそれができるとは思えない。恋愛にかぎらず、人間に共通するジレンマだ。覚悟ができていないのに神父のところへなど行くべきではなかった。告解室に入ったとき、彼女が何を望んでいたかはわからないが、この結果でなかったことだけは確かである。今や彼女は危機的状況に陥っている。

子供たちを学校へ迎えに行くまで、まだ二時間ばかりあるので、それまで自分をなぐさめるためにメンリン（プレトリアにあるショッピングモール）へ行くことにする。ショッピングモールにいると、いつも気分が落ち着く。ぎっしり並ぶ店、煮えくり返る溶岩流のようにゆるやかな乱気流に揉まれる人体の集団は、彼女を支え、包みこんでくれる。そこでは恐ろしいことはなにも起こらない。だが、彼女は一度、スーパーマーケットのペットフードの通路で男がひきつけを、心臓発作かもしれない、起こすのを見たことがある。想像してほしい、この世での最後の光景が一袋のドッグフードだなんて！　でもやっぱり、アストリッドが一番安全だと感じるのはショッピングモールなのだ。

彼女の怖れは時間がたってもやわらがなかった。どちらかと言えば、ひどくなった。黒人たちが国の支配権を得たときは、自分は激しく動揺するだろうと考えた。人びとは食べ物を買いだめし、銃を購入し、まるで終焉が到来したかのようだった。だがなにも起きなかったし、以前と同じような生活が続いた。寛容が幅をきかせ、ボイコットがなくなったおかげで、むしろ以前よりよくなった。始終身の安全を心配するのはむろんすばらしいことではないが、良い面もあった。それはジェイクのビジネスの繁盛を意味した。かつてないほど好調だった。そして自宅には、いうまでもなく、高所得層向けの警備保護が敷かれていた。

アストリッドは商品が山積みのカートを駐車場まで押していき、トランクに積み込む。どっさりと！　あんまり楽しいので、ときにはショッピングに行く理由をひねりだすこともあるが、買い物が終わって、駐車場から出る列に並ぶ頃にはきまって失望がこみあげてくる。ペパーミントドロップが歯にかちかちと当たるのを感じながら、ショッピングモールを出て、信号待ちをしている隣の車線に入る。

不注意になることは滅多にないのだが、告解室でのなりゆきにまだ思い悩んでいたアストリッドは、しかるべき注意を払いそこねた。見知らぬ男がいきなり助手席にすべりこんできた理由は、そうとしか説明できない。彼女はぎょっとして男を見る。あばただらけの顔だが、身なりはよく、落ち着いている。彼女が乗せてくれるのを待っていたかのように、ほほえんですらいる。景気はどうだい（ハウズイト）？　と挨拶代わりに言いながら、銃を見せる。

誰？　アストリッドは訊く。なんの用？

理不尽な問いかけではないが、ある意味、アストリッドはこの男を一生待っていたとも言える。

名前はリンディルだ。男は言う。運転しろ。

男の名前はリンディルだが、それは数ある名前のひとつにすぎず、ホットスティックスやキラーとしても知られている。そういうたぐいの人物だ。現在はここから遠くない場所に住んでいるが、住んだ場所は無数にあって、どこにも長居せず、束の間タッチダウンしては漂いつづけ、複数の身元と都市のあいだを、いやむしろ、身元と都市が男のなかを気流のように浮遊している。男に関して永続的なものはひとつもなく、長続きするものもひとつもない。

ようやく恐怖がアストリッドをとらえ、起きてはならないことが実際に自分の身に起きていることを確信する。

運転しろ、リンディルは言い、アストリッドは言われたとおりにする。

彼はこのヒステリックな白人女に関心はない。女は目的、すなわち、彼女がハンドルを握っているBMWを手にいれるための道具にすぎない。ちょうどそういう車を調達しろとの命令がくだったのだ。スティールグレーという色までぴったりで、女はたまたま運転しているだけ。悪く思うなよ。だが、女がこんなふうに泣いたり意味不明のことをしゃべったりするのをやめないなら、ある意味それは男にとって見慣れた反応なのだが、責任を取ってもらうことになりそうだし、その場合、容赦はしない。武器を女の脇腹にめりこませ、言う通りにすれば、危害は加えないと伝える。それが女の聞きたがっていることなのはわかっているし、ほとんどすぐに女はすこし平静を取り戻す。

人気のない脇道へ車を入れさせ、降りろと命じる。わたしをどうする気？　女が叫ぶ。黙れ、男は命令する。黙って、聞け。なぜ人間は自分がこれからどうなるのかいつも知りたがるのか？　まったくいらだたしい。女はネックレス、イヤリング、結婚指輪と、高価な宝石をつけており、男はそれらをソニー・エリクソンの携帯電話、悪くないやつ、もろとも取りあげ、女をトランクに押し込む。邪魔になる買い物袋は取り出して、道端に放置する。大量の食料品が、哀れなことに、無駄になる。女は赤ん坊のように薄暗い場所に丸くなっている。彼らはいつもそうだ。

男はこの車の運転を楽しむ。どっしりした重量感があり、コントロールしやすいのがいい。白人は人生を充分に楽しむこつを知っている！　今朝早くからビールを飲み、マリファナをふかし、ドラッグをやっていたせいで、今、男の意識は弛緩しつつ興奮している。不穏な混乱が駆け巡っているような気分だ。じきにあふれでそうだ。ここからそう遠くないところに訪ねたい女友だちがいる。あそこへ行くのもいい。意識がそっちへ向かったとき、トランクからどすんという音と呻き声がして、男は我に返り、やるべき仕事を思い出す。まだ終わっていなかった。車に乗り込むところを誰かに見られたかもしれず、今この瞬間にも彼を捜していないともかぎらない。配達をすませて、報酬をもらい、とっとと消えよう。

男はこれまでやり損なったことがない。回を追うごとに簡単になり、今ではなにも感じないほどだ。だがそれでも決定的瞬間には動揺する。男が抑制しなければならない性格上の弱点で、女がついに銃口を見おろして自分の人生の終わりを悟ったとき、激しいののしり声をあげたのは女ではなく、男自身だ。なにをぐずぐずしてる、臆病者、やれ、やれってんだ！　しかし、ほかのなにか、見過ごしていたものに目がとまると、口調ががらりと変わる。

そいつをよこすんだ、男はそれまでとは違う声で言う。

え？

ブレスレットだよ、よこせ、よこせ。

激しく震えているので、なかなか女はそれをはずすことができない。青と白のビーズでできているきれいなブレスレットだが、よく見れば、値打ちのあるものではない。がっかりする。男はそれをポケットにすべりこませる。ちりりん。もう充分だ。女を憐れみそうになるが、こらえる。目撃者を生かしておくわけにはいかない。悪いな、男は言う。次の瞬間、それは終わる。やかましく、突然、終わりがきて、女も終わる。

男はどことも知れぬ広大な駐車場の端にいる。前にもきたことのある場所だ。頭上にぬっとそびえているのは、未来のように空白で、何年も雨ざらしにあって色が薄れ、使われていないドライブイン・シアターのスクリーンだ。全体が埃をかぶって茶色っぽくなり、同じように茶色い風景のなかで女の色あざやかな服がこぼれた絵具のように目立つ。かつてはレジ係の事務所だったところの壁に女はもたれており、男は片足の爪先で女を暗がりの奥へ押しやる。それから車に戻り、急発進する。もっとも危険な時間、殺人行為のすぐそば。見られたくない瞬間。

男は命令をくだした連中のところへ車を届け、その他のちょっとした特典は自分用に取り置き、金をもらう。彼にとっては結構な額だ。仕事のあとは、近所の違法酒場で酒を飲むのが好きだ。アルコールのおかげで薄れてきた陶酔感が復活し、長い午後のよどんだ空気の中で、ふと男はポケットに手を入れ、奪ったブレスレットを見つける。とたんに女の顔がまざまざと眼前によみがえって、満月のように心の水平線上に昇る。哀れなアストリッド！　男は彼女の名前を知らないが、女の恐怖の一部が男にしみこんできて、それが根を張らないうちにせきとめて、踵で踏んづけなくてはならない。振り返るな。

男は安ピカ物とひきかえにときどきセックスをしている顔見知りの女にブレスレットをやる。だが女がそれをつけ、その青と白の色彩をみせびらかすように手をさっと動かしたとき、男は急に女に興味を失って、立ち去る。将来を見据えて。というか、すくなくとも目の前の地面を見つめて、リンディル／ホットスティックス／キラーは痕跡を残さず、肩をゆすって道路を遠ざかり、退場する。

アストリッドをあとに残して。今朝、彼女は生きていて、呼吸し、血液を体内に送りだし、さまざまな思考をめぐらし、意思を持ち、腕の内側に軽度の湿疹をかかえ、友人たちとディナーをともにする予定の人間だった。おそらく読者自身と似ていなくもない。今の彼女は壁にうずくまる毛髪と衣服のかたまりだ。もう手の施しようがない。時間をかけてよく見ないと、人間だとはわからない。

その老人は時間をかけてたっぷり見たあと、理解する。老人はぼろを着て、姿勢がゆがんでいる。この見捨てられたドライブイン、レジ係の事務所に、タール舗装から孤独なポールが並んで突き出ているこの場所に老人がいたのは偶然ではない。つまり、かつての事務所に住んでいるのだ。老人はここに寝泊まりしていた。ええと、一年か、二年前から。時間の流れは彼にとっては混沌としている。しばらくして、恐怖が芽生える。自分のせいにされたらどうする？　人びとは彼があずかり知らぬことをよく彼のせいにする。老人に判断できるかぎり、唯一の解決策はこれを通報する白人を見つけることだった。

町はずれに酒類販売免許のある安いモーテルがあって、老人はそこでときおり買い物をする。フロントの女支配人は、老人の話を聞くと警戒をつのらせる。間違いなく白人の女なの？　まあ、大変だ！　彼女は警察に通報し、すぐに青い制服の南アフリカの警官、オリファントとハンターの両刑事がやってきて、老人に事情聴取する。

それからどうなるかは周知のとおりだ。質問、メモ、殺しの現場へ出向くこと、そこでさらにメモが取られ、計測や写真撮影がおこなわれる。ここ、名もない場所のどまんなかですら、ちいさな人だかりができ、二、三人のジャーナリストや物見高い見物人が近所の農地からやってくるのを食い止めるのは不可能だ。

オリファントとハンターは野次馬を寄せ付けないよう最善を尽くす。彼らは真面目なコンビだ。だが、コミカルな効果を狙って組まされたような、対照的な体格に気づくと、真面目なだけになお愉快さが増す。いかめしい雰囲気を漂わせてはいるが、法と秩序に従事する他の警官たち同様、彼らもときには収入を稼ぐことについては創造的にならざるをえず、闇の部分に足を踏み入れることもある。しかし、ここでその話をする必要はないし、この場合は当てはまらない。そもそも、言及すべきではなかった。

本日、殺害された白人女性アストリッド・シャーリーン・ムーディの事件においては詳細な捜査が必要になりそうだ。そう考えたふたりの刑事は正しかった。しかし、死体を発見してふるえあがっている老人を徹底的に絞りあげ、心理的動揺をあおったあと、刑事たちは困惑し、もっぱら数字という形で詳細を記録するしかない。また算数だ！　ここからあそこまでの長い距離、男物らしき靴のサイズ、至近距離からの発砲。数字はたしかにある種の真実を教えてくれるが、その出所は簡単にくつがえされうる。

1. 年齢：オリファント53／ハンター38
2. 勤続年数：34／12
3. ウエストサイズ：48／34
4. IQ：144／115
5. 結婚回数：1／3
6. 子供の数：0／6

などなど。こうしたあらゆる相違点があるにもかかわらず、彼らは相棒として何日も過ごしており、こういう場合、人間は似通ってくることが多い。たとえば、結婚において、読者はそういう例を見たことがあるはずだし、もしくは、当事者かもしれないが、とにかく、輪郭はぼやけ、色彩は混じりあう。

アントンはそれに即座に気づく。あなたがたふたりは、と彼は言う。トムソンとトンプソンみたいだ（『タンタンの冒険』に出てくるふたりのインターポールの刑事）。いや、ちがうな。むしろウラジミールとエストラゴンだ（サミュエル・ベケットの『ゴドーを待ちながら』の登場人物）。わかりますよね、どういう意味か。

アントンにとっては幸運なことに、彼らはわからない。混乱して眉をひそめるだけ。この男はどこかおかしいのか？　こんなときに冗談を言うとは！　遺体安置所だぞ！　自分を誰だと思ってるんだ、警察官か？

しかし真面目な話、あなたがたはここでなにをしてるんです？　おれを逮捕しにきたんですか？

話がしたいだけですよ、ミスター・スワート。だが、まず身元確認をお願いします。

彼らがついていく必要はない。家族、もしくは親しい知人にとって、個人的瞬間であるべきだ。だからふたりの刑事は、哀れな鉢植え植物と、黒い床板、座部がへこんだ二脚のまったく同じアームチェアがある外の控え室で待つ。

そこには被害者の夫もおり、酔っ払いのようにへたりこんで、両手に顔を埋めている。ジェイク・ムーディは四十一歳、著名政治家と共同で民間の警備会社――繁盛している――を経営しており、ふたりの刑事はすでに事実としてそれを突き止めている。筋骨隆々、彫刻のような身体をした大男だ。ジムに足繁く通っているにちがいないが、今はろくに存在すらしていないように見える。それだけ衝撃が大きいということだ。妻の死を知って、肌でそれを感じている。だから、代わりにアントンに身元確認を頼んだのだ。

アントンは白衣の男、名札によればサヴェッジ、のあとから、長く冷たい廊下を金属のドアに向かって歩いていく。自分を小説の中の人物だと思え、とアントンは声に出して言うが、サヴェッジにうろたえた様子はない。わきへ寄って、アントンを先に中へ通す。とても礼儀正しい。だが冷却された死体を一体ずつ入れたスティールの抽斗の列があるものと思いきや、アストリッドは検死のために部屋の中央の金属台の上に横たえられている。むろん、シーツをかけられて。

これまでに死体を見たことは？　サヴェッジが金属台の向こう側からアントンにたずねる。そっけない口調だが、だまされるな、サヴェッジはそうやって相手を狼狽させるのが特に好きなのだ。

ない。つまり、ある、あるんだ。

どっちです？

かつて人を殺したんだ。気がつくとアントンは、会ったばかりのこの男に打ち明けている。もともとひどくくっつきあっている男の目鼻立ちが、このニュースにさらに収縮する。軍にいたとき、ひとりの女を撃った（だがそれは勘定にはいるのか？）。

彼女のことは何年も忘れていた。ところが、突然目の前によみがえり、アントンが放った銃弾の衝撃で倒れ、もう一度死ぬ。いつのまにか、ばかげたことに、アントンは泣いており、サヴェッジがカーテンを剝がす。いやつまり、シーツを。

おれの妹。そこに横たわって。死んでいる。間違えようがない。驚くべきことだ。間違いない。もう一度？

間違いない、アントンはあらためて言葉を押しだす。そう、妹です。

ほんのかすかなためらいとともに、サヴェッジはシーツをまたかぶせる。書類に何事か書き込む。

ここにサインを。ここにもお願いします。アントンはまだ泣いていて、涙の一粒が紙の上に落ちる。どうしてこんなにみっともないんだろう？　だが、しょうがない。サヴェッジが濡れたところを袖口でそっと拭く。

こういう瞬間は困難なものです、サヴェッジは言う。

アントンは身体を二つ折りにする。ああ、こりゃいいや！　こんなに笑ったのは久しぶりだよ、ひきつけを起こしそうだ。前はよくひきつけを起こしたもんさ。愉快な忘れられた芸術だ。ようやく笑いやむと、アントンは言う。ああ、サヴェッジ、きみは変わり者だな。

サヴェッジはむっとするか、すくなくとも面食らうかして、ぎくしゃくと廊下を先に立って歩きだす。死者のほうが生者より、気分にしろ、ユーモアにしろ、はるかに予測可能だ。人間の話は答えのない謎であり、そう思っているのは彼だけではない。そうはいっても、結果的に誰もが沈黙を求めているわけではないが。

刑事のひとりはサヴェッジの書式にサインをしなければならないが、もうひとりは被害者の兄と夫のあいだのやりとりを観察する。本人確認、お役所仕事対私事。ジェイクがようやく視線をあげると、アントンがうなずく。それだけだが、メッセージは伝わり、身体が小刻みに震え、号泣がひとしきり続く。こういう状況ではよくある反応だ。

落ち着きが戻ると、オリファント刑事はやるべきことに取りかかる。完全にまいっている夫に話を聞くのは無駄なので、もうひとりのほう、兄に注意を注ぐ。妹さんの死を願う理由のある人間はいましたか？　妹さんに敵はいましたか？

おれの知るかぎりはいない。でも、とすぐにアントンは付け加える。誰にだって敵はいるさ。

そうですか？

そう思わないか？

あなたの敵は誰です、ミスター・スワート？

ああ。彼は力なく手をふって、より広い世間を示す。敵なんか大勢いるよ。

この男は変人だ、それは間違いない。なにをしゃべっても、謎めいている。なにを言おうとしているのかも、刑事には半分も理解できない。子供みたいに泣きわめいたかと思うと、ばか笑いする。それにどうしてわれわれが逮捕すると思ったのか？　関与していたのか？

これは強奪事件じゃないのか？　今、アントンは我慢できなくなったように言う。アストリッドの車の？

確認に努めているところです、それだけです。強奪殺人には、あなたが思っている以上の動機が潜んでいることがあるんです。

ほんとか？

はい（ジャー）、オリファント刑事は言う。知ったら驚きますよ。

だがアントンはもう簡単には驚かない。そもそも、ときたましか驚かないし、彼を驚かせるのはほとんどが彼自身だ。ふたりの刑事もそれを目のあたりにしたばかりだ。今回の件ですか？　単純明快ですね。先週だけでもわたしに同行すべきでしたよ。いや、まったく、話してあげられる事件が山ほどありました。理由は何でもいいんです。南アフリカ人は楽しみのために殺し合う。ときには小銭とか、些細な意見の相違が原因なんてこともあります。射殺、刺殺、絞殺、焼殺、毒殺、窒息、溺死、撲殺／女房と亭主が殺し合う／親が子供を殺したり、その反対だったり／他人が他人を殺したり。死体は使い途のないくしゃくしゃの包み紙みたいに無頓着に捨てられる。そのどれもが命、というか、かつては命だったのに。そしてひとつひとつから苦悩の同心円が四方八方へ広がっていくんです、たぶん永遠に。

アントンはジェイクをまっすぐ立たせて歩かせなくてはならない。哀れな男はそれぐらい弱っている。大男は重たいし、死体みたいに力が抜けているので、大変だ。彼らふたりは親しくしていなかったから、突然の身体的近さがぎごちない。ジェイクの前腕に生えた剛毛がちくちくする。さあ、もうちょっとだよ。車のドアをあけてやり、持ちあげるようにしてジェイクを乗せる。ふーっ、指をはさまないよう気をつけて。

アントンは運転席側へまわりこんで、乗り込む。ジェイクは今日、車に乗せてくれと頼んできた。まさにこのとおりの展開を予想していたのだろう。おれ自身、ちゃんと対処できているのかどうかよくわからない。だが頼んでくるということ自体、ジェイクがいかに怯えているかってことだ。

どこか行きたい場所はある？

え？

つまり、自宅に送り届ける前に、ってことだけど。医者に行きたいとか？

ジェイクはすこし考えこむ。大きな額に努力が皺を刻む。シートに前かがみにすわっているのに、頭のてっぺんが天井を押している。それでも今日はなぜかちいさく見える。ようやくジェイクは言う。

教会。

　教会？

　そうだ。教会へ連れていってくれないか。司祭と話がしたいんだ。

　アントンはびっくりするが、それはジェイクも同じだ。ここ二年ほど、聖体拝領も告解もしていなかったが、精神的助けを求める必要性がどこからともなく湧いてくる。ジェイクのいる業界には卑劣な詐欺師が大勢いて、その何人かを彼は雇っている。彼は自分をタフガイだと思っており、確かにお人好しとは程遠いが、感じやすい性格上のこの一面を麻痺させないと、がっくりきてしまうだろう。ジェイクは週三回は運動をし、空手の黒帯を持っていて、チャールズ・ブロンソンやクリント・イーストウッドが悪党どもに暴力を加えるのを見るのが好きだ。自分はツイてると思うか、若いの？　さあやれよ、おれを楽しませてくれ。（『ダーティハリー』シリーズのハリー・キャラハンの台詞）

　だから、今、前のめりになってバッティ神父の前ですすり泣いている男と自分が重ならない。誰だ、このめめしいやつは、ティシューで洟水を拭きながら罰がどうのとめそめそ泣き言を言ってる男は？やれやれ、わたしらしい。

　神父も彼なりにショックを受けている。実際、考えてみれば、あの女性と最後に話をしたのは、殺人者を別にすれば、神父だった。そう思うとぞっとする。

　あなたの奥さんの身に起きたのは邪悪なことです。罰ではありません！

　だが、自分個人に関係があるように思えてならない。大柄でたくましい身体つきであるにもかかわらず、ジェイクは芯が弱く、なにが起きようとも自分は呪われているのだと長年確信していた。一例をあげるなら、アストリッドの離婚は神への侮辱なのではないかとずっと疑っていた。たとえ彼女の最初の結婚の誓いが神聖なものとは考えられなかったとしても。だから、遅かれ早かれ、自分たちはふたりともそのツケを払わねばならないのではないかと思っていた。その程度の信仰心ならジェイクにもあったのだ。

わたしたちが話しているあいだ、奥さんは救い主の腕に抱かれていることをわたしは疑いません、とバッティ神父は言う。このたぐいのもったいぶった断言はすらすらと口をついて出る。いつもそうだ。宗教的権限が耐えがたいものだった若者の頃からそうだった。だが今日、神父は不快な思いから気をそらすためにしゃべっている。

家内が生まれながらのカトリックでなかったことはごぞんじですね。彼女はわたしがそうだから、カトリックになったのです。

奥さんがそうなるよう、神がお選びになったというのですね。しかし、どんな道であれ、奥さんは目的地を見つけたのです。神父はいまだに不快な思いにとらわれており、それはどんどん大きくなっている。痛ましい出来事の直前に彼女にお会いしたのが信じられません。

どういう意味です？

昨日の朝、奥さんはここへこられたのですよ。

これは驚愕すべきニュースとしてジェイクの耳に達する。なんのために？

ああ、目が覚めたかのように神父は言う。告解に見えたのです。ひさしぶりのことでした。半年ぶりです。それにですね、と神父は付け足す。あなたはもっと長いこと教会にきていませんよ。

家内はなんと言ったんです？

それは教えられません、ジェイク。ごぞんじのとおり、告解室はプライベートな空間です。それだけでなく、聞き苦しい思いをしゃべる現場なのだ。神父は悔悛の秘跡を与えることなくアストリッドを立ち去らせ、彼女はその一時間後に死んだ！　わたしにのしかかっているのは、彼女の魂の重みだろうか？　わたしを強制的にしゃべらせないでくれ。ですが、と神父は声に出して判断する。そのときアストリッドがみずからの罪と闘っていたことは彼女のためになるでしょう。主は彼女にやさしくしてくださるでしょう！

みずからの罪？

わたしたちはみな罪をかかえています、神父はその話題を片付けるべく、あわてて付け加える。言うまでもないことです！

ジェイクは言う。家内が罪の赦しを得ていたのは大きな慰めです、たとえそのあと……

いえ、そういうわけではありません。これは善良な神父が避けたい話題である。誰にとってもそうだろう。だが、もう遅すぎる。

アストリッドは告解をした、とあなたはおっしゃった。罪の赦しを与えなかったのですか？

ええ、彼女は……その前にまず解決すべき問題をかかえていたのです。しかし、もうこれ以上はお話しできません、ジェイク。すでに話しすぎました。

この会話は教会の裏庭でおこなわれている。いや、教会の中、信徒席のひとつでのほうがありそうだ。ステンドグラスから差し込むやわらかな光がジェイクの顔にちらつく光輝を投げかける。だから、すこしして外へ出てきたときには彼はぼうっとし、やや平静を失っている。彼自身ではなくて、全然別人であるかのように。しかし、彼自身でないなら、彼は誰なのだ？　ジェイク、それともその名前を持つ詐称者は、正面の階段をよろめきおりて、車のボンネットにすわって待っている義兄のところへ近づいていく。

助けになりましたか？　幹線道路をふたたび走り出すと、アントンは訊く。不本意ながら、知りたくてたまらない。神父に話をすること。それが役に立ったのかどうかを。

その質問はジェイクには届いていないようだ。彼の目はそこにはない他のものを見ている。しばらくしてから、上の空の返事がかえってくる。死んだ日の朝、アストリッドは告解をしたんです。なんと言ったのかな？

わからない。教えてもらえなかった。

ふたりともすこしのあいだ、異なる角度からこの事実を熟考する。アントンはこの二年セラピーに通っており、その経験からでしか告解を理解できない。しかし肘を動かせばぶつかるぐらいの、すぐ隣にいる義弟の感じかたはまるで違う。なにかがジェイクに起きようとしている。彼は長いトンネルの中にいるようなものだ。そこでは音が震えながら波うち、現実世界は遠くに見える明るい輪。唯一確かなのは、今まで自分があらゆることについて完全に間違っていたということだけ。

ジェイクはフェアリー・グレンの8ホールのゴルフ場を囲むように造成された、警備の厳重な住宅地に住んでいる。到着のサインをし、ゲートを通過すれば、そこは魅力的な夢のような郊外だ。パステルカラーの家々、なだらかな通りに囲まれてときおり並木のある公園があらわれ、そのすべてがなにかを懐かしく思い出させるのだが、おそらくそれは決して起きなかったなにかだ。ジェイクの家はフェンスに近い、外界との境界のそばにある。アントンは私道に車をとめ、手を貸そうといそいで降りるが、もうその必要はない。彼の義弟はひとりで車を降りて、ふたたび普通に動きまわっている。

本当に助かった、無感動な声でジェイクは言う。彼は片手を差し出し、アントンはその手を握る。状況を考えれば奇妙なジェスチャーだが、ジェイクの精神状態は正常とは言えない。

大丈夫かい？　アントンは言う。つまり、おれに中へ入ってもらいたいかな？

いや。

そうか。アントンはほっとするが、車に引き返す前にまことに無神経な質問をしそうになる。そういう強盗防止の鉄格子って設置に大金がかかるのか？　アントンはもうすこしでそうたずねそうになる。こんなときにそんなことを訊くなんて、普通、想像できるか。だが、アントンの精神状態だって正常とは言えない。妹が死んで金属台に横たえられているのを見たのだから。農場へ車を走らせながら、熱いちいさな集中豪雨のように、また涙がほとばしる。ジェイクの家から町を避けて裏道を通る。長い、寂しい道路を泣きっぱなしでたどる。

あんなふうになるのは自分だとずっと思っていた。いまだにそうかもしれないと思っている。農場の窓に強盗防止の鉄格子を取り付ける必要がある。だからあんな質問が頭に浮かんだのだ。最近、悪質なトラブルがあった。タウンシップにもっとも近い東側で大規模な土地侵入事件があり、フェンスが切られ、目につく場所に掘っ立て小屋が建てられた。だけでなく、他にもひとつふたつある。ある晩、倉庫に何者かが押し入った。見知らぬ連中が小丘で祈りの集会を開いている。土地が侵略されている。彼らを追い出すのに警察を呼ばなくてはならず、暴力の脅しがあった。今に殺してやるからな、おい。待ってろ。喉を指でかき切るしぐさ。それ以来、アントンは父さんの古いショットガンを手放さない、万が一のために。草原へ行って数回練習のために発砲し、状況に対処している。家の周囲に電流の流れる柵をはりめぐらすことを考えている。そういったこと全般について、ジェイクと話をしなければならない、適切なときに。

　家に着いてエンジンを切ると、ここにいても、かすかに讃美歌のひびきが教会から運ばれてくる。おお、救い主よ、われを導きたまえ／この不毛の地をめぐる巡礼を。クソ一週間毎日毎日だ。午後の心地よい涼しさはすばらしいが、このときばかりは不快な寒気が地面の中心から湧いてくる。それともおれの中心からか？　玄関ドアがあけっぱなしになっている。いつも彼女に閉めておくよう念を押すのに、いつも無視される。だが今日は、中に入って彼女を見つけたらどういうことになっているのか想像がつく。

　ただし、妻はいない。車がない。よりによって今日もまた、あの瞑想のクラスに出かけたのだ。まるで中毒だ。例のルステンブルク出身のハンサムな若造に妻が割く時間の長さにアントンは苛立っていた。マリオだかマルコだか、そんなような名前で、まだ二十代で、一年間自分探しにインドへ行き、修行所でスピリチュアルな体験をし、導師に与えられたとかいうばかばかしい新しい名前、モティだかムティだかになって、真珠という意味らしいが、ここへ戻ってくると、退屈しきった怠惰な主婦たちがこぞって、その知恵だか、彼が腰布一枚で授業をする事実だかに魅了されている。なんだよ、まったく、『ジャングル・ブック』じゃあるまいし。そいつは奥さん連中相手に、町のいわゆる〈完全なる人間センター〉とやらで、瞑想とヨガを教え、彼女らの背骨の付け根で眠っているタントラ教（ヒンズー教シバ派の一派）の蛇の目を覚まさせているとか。なにが完全(ホール)だ、欠陥(ホール)人間の分際で。

　侵入者なら、今のアントンのように入ってきて、こっそり敷居をまたぎ、玄関ホールで立ちどまって耳をすますだろう。聞こえるのはキッチンのラジオの音だけ、アフリカの福音聖歌隊の歌のたぐいだ。サロメが皿を洗っている。それとも、たまには目先を変えて、テーブルにある真鍮の飾り物を磨いているかもしれない。そうだ、ぴかぴかに光るまで曇った金属をごしごしこすっている。ただいま（サラーム）、サロメ。おれのかわいい妻はどこだい？　答えなくていい。ちっ、クソめ、今日ぐらい、家にいられなかったのか？　おれのために？　おれがどこへ行くか、どんな目にあうのか知っていただろうが。だが、無駄だ。無駄だし、無駄だし、やっぱり無駄だ。しばらく堂々巡りする。

彼はリビングルームの酒のキャビネットに近づいて、ジャックダニエルをタンブラーに満たし、がぶがぶと一気に飲み干して、また満たす。言っておくが、いつもやってるわけじゃない。とんでもない。おれをなんだと思ってるんだ？　まだ夕方にもなっていない。とはいえ、誰が彼を責められよう？　彼はすでにつらい思いをし、まだこれからつらい思いをしなければならないのだ。

まずサロメだ。彼女にはなにも言っていなかった、まったくなにも。サロメは年を取り、心臓が弱っているかもしれないが、アントンはサロメを守ってやる必要のある子供のようにも思っている。サロメは年老いて、弱った心臓をかかえた子供だ。

サロメ、彼は声をかける。悪い知らせがあるんだ。

真鍮が陽気にちりんと鳴り、そのあいだに言葉がサロメの脳に入りこみ、いくつもふくれあがるイメージの中には耐えがたいものもある。すでに読者はごぞんじかもしれないが、人間をもっとも苦しめるのは、そう、心が思い描く情景だ。近頃は、あるいは久しく前から、アストリッドはサロメにそっけなかったが、それでも、アストリッドはサロメが我が子のように育てた白人の三人の子供のひとりであり、その思いが彼女の顔にあらわれる。サロメはすわりこまずにいられない、すでにすわっているのでなければ。

アントンはウイスキーをあおり、それですべてがすこし楽になる。今日はもう休んで帰ったらどうだい？

サロメはうなずく。もう若くはなく、六十歳に近い。このごろは肉より骨が目立ち、歩くのも遅い。長時間は歩けない。とりわけこんな午後遅い時間／夕方は心に広がる情景のせいで身体が重い。さあ、いいからお帰り、アントンはサロメの深い苦悩に気づく。彼女はゆっくり足をひきずるようにして小丘をまわりこみ、家へ向かう。つまりロンバードの家へ。過去の習慣が手がかりになるなら、アストリッドのために祈りを捧げるのはあきらかだ。残ったアントンは酒を注いではふたたび注ぎ、また注ぐ。メッセンジャーはいやな役回りだ。いつも人はメッセージによって傷つけられる。さあ、乾杯だ、苦痛をもたらす人間、アントンに。ひとりはすんだ、残るはもうひとり。

アモールは数年前にダーバンへ着いたあと一度電話をかけてきたきりだった。以来連絡をとるつもりではいたのだが、はじめにいくつかのステップを踏まねばならず、結局、アントンはそれをしていなかった。アモールと連絡を取り合うことへのアントンの無関心は、すこしずつ意志を持つようになり、断固たる無視に落ち着いていた。それからというもの、末の妹に関するニュースはアストリッドによってもたらされた。連絡を絶やさず、こまごました情報を伝える役目を、当然彼女は腹立たしい義務だと思っていたが、看護の仕事に就いていること、女性とつきあっていることを順を追って伝えてきた。どちらも、アントンからすれば、驚くにはあたらなかった。離れていれば、感動すらおぼえる。すぐ近くにいたら、面倒くさいが。

アモールが働いている病院の名前は知っているが、それだけだ。電話に出た受付に彼は告げる。いや、どの病棟かは知らないんです。そちらで見つけられませんか？　ちょっとお待ちください、受付は言う。今おつなぎします。受付はアントンを、やはりそうだ、予測通りのある病棟につなぐ。アモールの殉教意識には終わりがない。妹と話ができますか、シスター？　ごぞんじですよね、聖女アモールです。

はあ？

アモール・スワートを頼みます。

少々お待ちを。

メッセンジャーは待つ。病院内の物音がかすかな波となって耳に流れこんでくる。かなり時間がたってから、まぎれもないアモールの声が。もしもし？

もしもし、おれだ、アントンは言う。

アントン？

そうだ。聞いてくれ、残念だが、悪い知らせだ。

遠く離れた過去のどこかから、彼はショッキングなほど冷たく白いタイル張りのナースステーションにいるアモールだけに話しかける。白衣のアモール。みじろぎもせずに立ち尽くすアモールに向かって。

電話が終わると、アントンはふたたびグラスを満たす。恐れていたほど悪くはなかったが、彼の手はすこしふるえている。見えない相手が苦悩の表明を控えると、彼はありがたく思う。自分の人生に折り合いをつけるだけでも生半可ではないし、人生は平凡な苦悩の連続だ。苦悩といえば、そら、ようやく彼女が、おれのかわいい妻が、瞑想を終えて潑剌と帰ってくる。タイミングは完璧、と言いたいところだが、どうやら外はもうすっかり暗くなっているらしく、彼はどこか途中で一、二時間失ったようだ。もっとあとでも、もっと早くても、結局は同じこと。すばらしかったかい、きみ、モウグりといかしたバイブレーションを経験したのか？

彼女はまじまじとアントンを見る。酔ってるの？

ああ、ちょっとな。酔ってると言ってもいい。ほんの軽くだよ。神経をなだめるためだ、殺された妹の姿を見たばかりなんだ。

妻が両手で顔を覆うと、アントンの怒りは消える、というか、怒りは別のもの、激しい欲望に変化する。妻をつかみ、彼女もつかみかえし、一瞬のうちに彼らはキスをしている。唇と舌と歯でさながら嚙みつきあい、嚙みくだきあっているかのように。夢中になりながらも、彼はこの突然の飢えが今朝、金属台の上に見たものから流れでてきたのを知っている。妻に欲情するのは、彼女がひどく生き生きしているためだ。汚れて、取り乱した表情、ほどけた髪、熱く、力強い手足。もっと大きな疑問は、なぜ彼女がアントンに欲情するのか、ということだ。後退し、前進し、たたきあう。皮膚の下で暴力がうたっている。彼らがふれあったのは久しぶりだ。

やがて抱擁が解ける。だめ。だめ。やめて。これはよくないわ。彼女が身を引き離す。引き離すのはいつも彼女だ。わたしたちったらなにをしてるの？　悪いけど、でもできないわ。今は無理よ、だってアストリッドが……

オーケイ。アントンは言う。たちまち怒りが息を吹き返す。もういい。

だが、この瞬間に彼らのベッドルームへぶらりと入っていったら、熱烈なセックスの快感の余波に彼らが溺れている、と思ってもゆるされるだろう。半裸で、シーツにからまって、荒い息をついているのだから。今でも美しい夫婦だが、あきらかにもう若くはない。特に彼の顔は冷たい感じがするし、額のあれは古傷か？

デジレはもっとふわりとした女性で、かつては、といってもつい最近までは、さぞかし美しかったに違いない。しかし、退屈と不機嫌のせいで美貌はすさみ、眉間にはちいさな縦皺が刻まれ、下唇はすねたように突き出ている。なにかの酸っぱい芯に向かって彼女は縮んでいて、不満をかこっていたが、どうすればよいのかいつもわからずにいる。

ときには、農場が彼女を失望させる。結婚したとき、デジレは丘陵で水彩画を描いたり、広大な平原で馬を走らせたりすることを想像していた。そういった魅力的な夢をぼんやりと思い描いていた。毎日がこんなにも長く、ここがこんなにも殺風景で、死んだようだとは思ってもいなかった。車で町へ出かけたり、ルステンブルクへ遠出したり、とにかくすこしでも活気や色彩のある場所へ行くにも、理由が必要だった。話し相手もいない！　前は毎週ネイルサロンとヘアサロンへ行っていたのに、結婚生活ではそれが深刻な対立を引き起こした。くだらんことに使う金などない、とアントンは言うが、その本人がなににお金を費やしているか見たらいい。文字通り、ドブに捨てている。すくなくともデジレは見せるために金を使っている！　だが、最近、〈完全なる人間センター〉に瞑想のクラスを見つけてから、彼女は楽しんでいた。それは認めなくてはならない。モティは名前を変えた。彼女も名前を変えたいと思う日がある。名前が変われば、中身も変わるような気がする。

ときには、南アフリカが彼女を失望させる。みんなに尊敬され、恐れられていたパパが真実和解委員会（世界各国にあるが、ここでは南アのアパルトヘイトに対して設置された委員会を指す）の前に出て、あの最悪の必然的事柄を認めなくてはならなくなるなんて、誰に予見できただろう？　この国の問題は、デジレの意見では、過去を水に流すことのできない人びとがいることだ。

でも、それももう過ぎたこと、何年も前に終わっている。近頃では、義務を果たしていないのはもっぱら彼女の夫だ。かつてのアントンはとても魅力があり、ハンサムで、おもしろくて、彼には輝かしい未来が待っていると誰もが口をそろえたものだが、いまだにそれを信じているのはアントンだけだ。いつか農場／彼自身／彼の人生でやるつもりのことや、大金を稼ぐもくろみについて大言壮語するが、その可能性はさっぱり見えない。なぜかといえば、働きもせずに小説を書いているだけで、見せてもらった者がいないのだから、ひょっとしたら小説など存在しないのかもしれないが、ただ、鍵をかけたドアの向こうでキーを叩く音はする……そのあいだ、デジレはやたらに数ばかり多い無人の部屋部屋を歩きまわり、漆喰壁のひび割れや片隅の蜘蛛の巣を眺めている。わたしが言いたいのは、彼女、わたし、このデジレがそんなふうに過ごしているなんて、想像できるかってこと。ほんの昨日まではそこらじゅうの男に崇拝されるかわいい女で、よりどりみどりだったのが、どうしてこんな目にあうの？　ママンの警告に耳を貸さなかったせいで、今さら一からはじめるのはもう手遅れだけれど、卵巣が店じまいする前に新しいベイビーを作る時間ならぎりぎりある。でも、そっちの方面においてすら、ハハハ、何度も試してきたけど、いまだ幸運には恵まれない。夫に問題があるのはわかっているが、彼は検査を拒んでいるし、彼女が夫にもう触れたくないことがしばしばなので、どうしようもない。

デジレはアントンの両手を身体から持ちあげ、寝返りを打って仰向けになる。横になったまま、天井を見つめる。目のきわと唇に沿ってタトゥーでラインをいれようかと考える。そうすればメイクがしやすくなる。友だちの中には最近それをやった人が何人かいる。

ところで、アントンが言う。サロメに夜は休みをやった。アストリッドのことでひどく動揺してるからね。

動揺？　いいかげんにしてよ。あの年寄り、信じられないほどだらけてるわよ。

彼女にだって感情があるんだよ、きみ。昔は……

昔？　ほんとにもう、辞めさせるべきだわ。のろまだもの。若くてきびきびした人を雇うべき……

サロメはずっと前からここで働いてきたんだ。彼女自身、若くてきびきびしていたときから。

ええ（ジャー）、そうね。でもそういう時代は過ぎたのよ。

妻の冷ややかさに興奮して、アントンは彼女のうなじをかじりはじめる。なあ。スッキリしよう。

だがデジレは彼を押しやって立ちあがり、ブラウスのボタンをはめる。やだもう、お願いだからやめてよ。汗まみれじゃない。帰ってきたときはすごく穏やかな気持ちだったのに、今はこのざまだわ。

アントンは階段下のちいさなバスルームで股間をしごいている。クライマックスが近づいてくると、洗面台の上にあるシミだらけの楕円形の鏡に映る紅潮した顔が彼を見つめかえす。裏張りを塗り直せば、このシミもなんとかごまかせるだろう。オーガズムを感じつつ、その目で自分を観察する。分裂できる自分が興味深い。どちらもおれじゃないが、どちらもおれなのかもしれない。終わると、新たな疲労にぼうっとしたまま手を洗う。自己嫌悪がこみあげてきて、やらなければよかったと後悔する。やるんじゃなかった。だがやってしまった。ほとんど間を置かずに、欲望のスイッチがまた鈍く入るのを感じる。そうだ、欲望をそろそろ手放すときじゃないか、いや、デジレだ、彼女の名前がなんであるにせよ、デジレを手放すときだ。（デジレは英語のディザイアのフランス語読みで欲望という意味もある）

　主要道路を走る車のかすかなライトがUターンするために土地のからっぽの一画へ入ってきて、アントンの顔をさっと照らす。まさにこの瞬間、バックしてきたのは大型のジープ・チェロキーで、運転席にいるのは、ほかならぬ義弟ジェイク・ムーディだ。ジェイクはすくなくとも訪問のために立ち寄ったわけではなく、すぐに方向転換して反対側、町のほうへ戻っていく。

彼がこうしてもう何時間も車を走らせているのは、ひとりで自宅にいることを考えただけで耐えられなくなるためだ。わたしは妻に先立たれた男（ウィドワー）だ。彼は繰り返しそう考え続けている。妻に先立たれた男、その奇妙な言葉と、それが示す状況を受けとめようとしている。アストリッドのふたりの子供はすでに彼らの実の父親に引き取られ、家は一日にして、せわしなく騒々しい場所からうつろで閉塞感のある殻に変貌した。もっとも親しかった人間がいなくなった自宅の部屋部屋には音が反響しているが、なかでも一番やかましいのは彼の頭の中の部屋だ。それを静かにさせるために、ジェイクは車に乗った。そして太陽が沈み、明かりがともり、夜があらゆるものの中にしみこんでくるあいだ、ずっと車の中にいた。

今もそこにいて、ドライブを続けている。果てしなく流れる道路という黒い川。交差する道を繰り返したどっているうちに、わけがわからなくなる。町の中心を通り抜け、石の台座に立つポール・クルーガー（一八二五〜一九〇四。南アのボーア人政治家）の像の前を通過し、それから北へ向かって尾根を越えるが、ふたたび引き返してパーティのように煌々と明かりのついたユニオン・ビルディングの前を通る。町は濁った鍋の底でぐつぐつと煮えたっている。警備の厳重な、汚れひとつない各国の大使館が、鎖に通した宝石のように一列に並ぶ。そこを過ぎると、茶色の草地と葉を落としたジャカランダの木という現実世界がふたたびあらわれてくる。あらゆるものの境界が焼けてちぢれはじめている。

都市の東の周辺では遠くに見える家々が闇の中のちいさな光の火花を思わせ、ゆるやかに起伏するトウモロコシ畑がタコのできた手をこすりあわせるような、ざわざわという音をたてている。ジェイクは南へハンドルを切り、新しい開発地区へ向かう。いまだに建設中の不規則に広がった月の植民地のような、貪欲な中流クラスのための新興住宅地、道路も家も建設半ばなのに、もう塀で囲まれている。別の稜線が彼を導くのはより高級な地域で、セメントはとうの昔に乾き、芝生はすっきりと刈られ、なめらかに遠ざかっていく輝くような家のなかには、ホテルか大型客船のように大きいものもある。すべての家が塀と巨大なゲートで徹底した防御体制を固めており、外にだらしなくたむろする警備員たちは、ジェイクの会社の従業員だ。制服でわかる。

半分葉を落とした透かし模様の木々を抜けてファウンテン・コンパス・サークルへ。そこを一周、二周、三周すると、急に決心が固まり、一晩中彼を引っ張っていた、コンパスの真北のような、方角へ向かう。あてもなく走りまわっていたのは前奏曲みたいなもので、きつく締まっていく螺旋は一カ所に収束する。すなわち、ほんの今朝方、訪れた場所だが、あの訪問が今では深く暗い谷の反対側にあるように思われる。

ジェイクは教会のすぐ外の空いた場所に車をとめる。慎みのない建物だ。下からライトアップされて、はてしなく上へ、天国への旅を強調している。ここで動いているものはなにもない。例外は、戸口に敷いた段ボールのベッドで寝返りを打つホームレスの男だけ。ジェイクは車を降りて、重い足取りで教会のわきから裏手にある神父の家へ向かう。玄関ドアの上で光る希望に満ちた暖色の電球は防犯ゲートのせいでいささか寒々しく見え、周囲の電気柵は近くで漏電が発生したらしくちいさな青い閃光が飛んでいる。不運なヤモリが感電してフライにでもなったのか？　神は爬虫類には無関心なのかもしれない。

インターコムのブザーを押す。しばらく待ってから、もう一度押す。もう一度。

バッティ神父は眠くて頭がぼーっとしている。どなたですか？

わたしです、神父さん。

誰だって？

ジェイク・ムーディです、神父さん。迷惑かけてすみません。

夜中の一時ですよ、ジェイク。

わかっています、すみません。しかし、どうしても話がしたいんです。

バッティ神父は乳房の大きな女たちが出てくる楽しい夢から叩き起こされ、こんな夜中に慈悲の心を求められてうれしくないが、気遣う表情を顔に貼り付けて、ジェイクを中へ通す。居間へどうぞ。

ジェイクは神父のあとについて、ピアノと造花と、ちまちました装飾品を寄せ集めた大きな部屋へ入っていく。それについては、説明しないでおくのが一番だ。それらの物体の名前をあげるエネルギーはない。ただ眺めさせておこう。

すみません、ジェイクは繰り返す。ひどく遅い時間なのはわかっているんです。

おかけなさい。

彼らはそろって腰をおろす。ジェイクはソファに、神父は近くのアームチェアに。バッティ神父は、極東を訪問した信徒のひとりからのプレゼントであるバティック模様のガウンをはおっているが、タイガーストライプのパジャマがその下から見えていて、ふわふわのスリッパの上に青い静脈の浮いた痩せたスネものぞいている。ジェイクが同じ装いの神父を見ることは二度とないだろうが、逆もまたしかりである。

なにがあなたを悩ませているんです？　神父はたずねる。

神父さん、いくら告解室が神聖な場所とはいえ、この場合、例外を作ることはできませんか？

はい？　神父の意識は、砂地でふんばろうと回転するつるつるにすり減ったタイヤに似ている。なんの話です？

家内があなたになにを告白したのか知る必要があるんです。

ああ、そのことか。口をつぐんでおくべきだった。それはお教えできません、ジェイク。

神父さん、お願いします。

不幸な男は現にひざまずき、神父の膝に顔を押し付ける。やめさせるには、ひっぱって引き離さなければならない。湿ったしみがあとに残る。

いけません、バッティ神父は叫ぶ。お願いです！　まるで神父が嘆願者であるかのようだ。いいですか、しっかりしなくてはだめですよ。落ち着いて。

だめなんです。ずっと落ち着こうとしているんだが、だめなんです。ジェイクは乱暴にいきなり立ちあがったかと思うと、また腰をおろす。どうしても、どうしても知る必要があるんです。

神父はためいきをつく。厄介な瞬間だが、突然、単純になる。なにしろひどく遅い／早過ぎる時間帯で、神父に言い争う気力はないし、哀れな男は苦しんでいる。おまけに神父自身トイレに行きたくて、こちらは一刻を争う。ときには聖職者といえども人間だ。

あなたの奥さんは浮気をしていたのです、と言う。

ほら。すっきりした。神父はそれを口にし、言葉がつかのま空中を浮遊し、相手もそれを聞き取る。告げられたとたん、男の顔が変わるのが見える。もう傷ついているように見えない。怒っているように見える。神よ、お赦しください、と神父は言う。それとも、心の中で思っただけだろうか。だが、真実が最善である場合もある。

浮気？　ジェイクは奇妙な物体のようにその言葉を外側から見る。誰と？

いいえ、それは知りません。そこまで知る必要はわたしには――

頼みます、神父さん、答えの半分じゃ答えにならない。男の名前を教えてください。

教えられません、理由は単純、知らないんですから。奥さんは浮気を告白はしたが、相手の名前は言わなかった。キリストの聖なる血にかけて、それは本当です。さあ、もうお帰りになって休んだほうがいい。

闘争心がジェイクの外へしみだし、彼は目に見えてちいさくなる。一方が立ちあがると、彼も同様にする。受け入れることが心の平安ですよ、神父はジェイクを外へ押し出す／案内する。

知らないことをどうすれば受け入れられるんです？

確かにそうだな、とティモシー・バッティはようやく通路を引き返しながら思う。真実に服従するには真実を知らねばならない。だがもちろん、真実は人を動揺させることがある。いましがたの会話にあたふたしたために、神父は滑り込みセーフでトイレに間に合った。トイレを我慢するのは誰だっていやだろうが、腸が反乱を起こしているときはよけいにつらい。毎日のことなのに、腸の動きについて人がめったにしゃべらないのは不思議だ。基本的真実が下の出口から発せられているにもかかわらず、脳はそれを否認したがる。今、彼がしていること、すなわち、尻の穴を広げることを小説の登場人物はやらない、苦悩は口から漏らすほうがいいというわけだ。だがこれは自分が架空の存在ではないと確信するひとつの方法である。イエスは便器にすわったことがあっただろうか？　彼にはアヌスがあったのか？　聖書によればないが、無数のパンや魚を、もう一方の口での帰結がなくては、食べることはできない。それにしても、恥を知れ、ティモシー、そういう考えは神への冒瀆だぞ。どうして？　わからないが、間違いなくそうだ。

神よ、あの誤ちへ導かれた女性を赦したまえ、彼女は悔悛の秘跡を求めていた。そしてそれを拒否したことが不当な扱いだったとしたら、わたしをお赦しください。しかし、実際、女性の告解を適切に処理しなかったからといって、法をおかしたことになるのだろうか？　彼女を立ち去らせた彼は、ティモシー・バッティは、間違っていたのか？　トイレットペーパーに手を伸ばしながら、遅まきに彼はふとそう思うが、神はお赦しくださったと判断する。わたしは慈しみからしゃべったのだ！　彼女の夫にたいしても。あの気の毒な男は苦しんでいた。だから真実を伝えた。それが罪であるはずがない。神よ、この安堵を与えてくださり感謝します。かくして、悩める神父は神の前にひざまずき、ロシアのマトリョーシカ人形のように互いの中にはまりこむ。前後左右、上から下までぴったりと。

一方、教会の外ではジェイク・ムーディが車の運転席にすわっている。そう、まだ彼は立ち去っていなかった。眉間に皺をよせた、図体の大きな、赤銅色の肌の男。考えているように見えるが、なにを？　もうドライブはし尽くしてしまった。それが問題なのかもしれない。

ぴくりともせずに長時間すわっていたが、いきなりみじろぎする。教会の戸口にいるホームレスの男は、彼がエンジンをかけてためらいがちに走り去るのを見送る。なにかが変だった。ホームレスの男は異次元からあらわれる心霊体を察知する能力があり、あの男に貼り付いていたものを見て不安になる。

この地面の一画が、二ブロック向こうの店やレストランが並ぶ通りとあわせて、ここ数カ月間のホームレスの住環境だった。証明はできないが、かつての彼は高給取りで、注目や尊敬を集める身分だった。すべてがおかしくなるまでは。それがなんだというのか。彼自身、気にしていないように見えるし、時間は世界を押し流す川だ。家とそこにあったすべて／そこに暮らしていた全員と一緒に、彼は名前も失った。家族や友人たちは時間的にも距離的にも遠くに離れ、彼に正しい方角をさし示してくれるものはひとりもなく、思考があやふやになっても彼が何者なのか教えてくれるものさえいないが、執拗に「風に吹かれて」の出だしの歌詞をうたい続けているので、彼をボブと呼ぶことにしよう。ひょっとしたら、それが本名かもしれないし。

ボブはよく眠れないまま夜明け前に、鳥たちがさえずりはじめると同時に目をさます。教会の植え込みに小便をしてから、段ボールをたたんで花壇に保管する。教会の横に水道の蛇口があるので、そこで毎朝顔や身体を洗って、それから通りへぶらぶらと出ていき、一日がゆっくり動き出すのを眺める。

都市がすっかり目覚めると、二ブロック先の商店街へのっそりと歩を進める。コインを二、三枚、もらえるかもしれない。スーパーマーケットで働く親切な女性がいて、ときどき傷んだ果物をくれるし、とにかく、そこへ行けばゴミ箱をあさることができる。彼は腹ぺこだ。年がら年中、常に飢えているが、食べ物にばかり飢えているわけではない。

世間から締め出された人びとにとって、時間の進みかたは普通と異なる。一日のいくつかの時点における交通量にそれは似ている。地面を這う特定の影のように、あるいは、渇望の合図をする自分の身体のように進む。時間はゆっくりといつのまにか過ぎていくように思われるが、日々は急速に移ろい、まもなく自分の顔は変化して、もはや自分の顔ではなくなる。あるいは、前よりずっと自分らしくなる。それもまたありうることだ。

ボブがレストランのウィンドーに映る自分の顔をいぶかしげに観察していると、ガラスの向こうでなにかがパタパタと上下に繰り返し動いて、気をそらされる。支配人が彼を追い払おうとしているのだ。どこかよそへ行け、この不快きわまる不潔なやつめ！　支配人のまわりには邪悪な心霊体がまとわりついており、ボブはただちにガラスに映る彼自身になって、よろよろとその場を離れる。

道路をふらふらと歩きながら、捨てられた煙草を求めてきょろきょろする。一本も見つからず、代わりに廃棄されたばかりで新しそうな宝くじの券を拾う。運試しのつもりで角のカフェまで持っていく。つい期待してしまうが、ここはそういう話ではない。人生で絶えず耳にしてきた否定の言葉を、今また耳にする。はずれだ。おまえにやるものはなんにもないね。はずれ。腹いせに、ドアから外へ出る途中で棚から菓子をくすね、寄生虫みたいな心霊体に全身たかられている店主に見つかる。心霊体がいっせいに金切り声をあげ、甲高い人間離れした声でわめきだす。苦労して菓子を嚙みくだきながら、横道を急いで進む。逃げるつもりなのだろうが、そのあとすぐに警官に止められる。彼らが駆けつけてきたのか、それともたまたま通りかかっただけなのかは定かでない。バンにはふたり乗っている。身分証明書は？

よくある成り行きで、数分とたたぬうちに彼は車の後部にいて、同乗者は小便臭いごろつきで、金網が彼らと世間のあいだを隔てている。床にはちいさな心霊体がいくつかころがっている。さいわい無害だ。その奇妙な集団は、目に見えるのも見えないのもまとめて、さまざまな都会の景色が窓外を通りすぎるなか、漫然と数時間連れ回され、ようやく警察署に到着する。

留置場はどれもよく似ている。壁には名前や日付、祈り、卑猥な絵が書き殴られていて、鉄格子のはまったちっぽけな窓がひとつだけ高い位置にある。ホームレスにとって時間が異なる進みかたをするとしたら、ここでは時間はまったく進まない。彼は寝台のひとつに身体を伸ばして眠ろうとする。

どこかほかの場所にいる夢、過去の断片が彼のものではない生活と混ざりあう夢だ。おかげでしばらくのあいだ閉じ込められている状況を忘れる。

その晩は食事を与えられ、翌朝も与えられる。薄い粥とパン。外の世界でありつく食事よりましだ。朝食のあと、ポケットの中身を出せと言われる。所持金の六十二ランドと四十セントがすべて取り上げられ、これは罰金として没収すると言われたあと、外へ出される。早朝の光がちらついている。領収書がほしい、と彼は言う。

なんだと？　警官が言う。

罰金を払った。領収書がほしい。

失せろ、警官は言う。さもないと、またぶちこむぞ。

彼は軽くはねるような足取りで、失せる。悪い夜の歴史の中ではひどくない夜だったから、その件について、ひとつふたつ話ができそうだった、ああ、そうとも。彼がわが家と考えている教会まで引き返すのは長い道のりだが、彼に同行する理由はないし、考えてみれば、理由などそもそもなかったのだ。この不潔なぼろをまとった男はなぜわれわれの見る目を曖昧にし、共感を要求し、彼のものではない名前を使って、彼の話でわれわれの時間を無駄にしたのだろう？　注目されることに非常にこだわり、自己中心的で、おどろくほどエゴイストだ。これ以上、彼に注意を払うのはよそう。

旅の途中で置き去りにするのが最善だ。彼は静かな郊外の通りを行き、静かな郊外の家の前を通りすぎた、とだけ言っておくが、その家には見過ごしやすいちいさな真鍮の看板が出ており、サイコセラピストの応対をうたっている。彼女は六十がらみの女性で、銀色のショートヘア、身だしなみは申し分なく、膝にノートを載せている。この瞬間、彼女が話しかけているのはなかなか興味深いクライアントのひとり、三十代後半の、御しづらい問題をかかえた男性だ。彼は今週恐ろしい悲劇に見舞われたのだが、この出来事すら、彼はいつもの自己陶酔的被害、つまりは、彼の破綻した結婚のプリズムを通さないと考えられない。

正直なところ、と彼は今、妻に関してしゃべっている。以前は愛していたんです、すくなくともそう思っていた。セックスが判断を鈍らせているんですが、最初は愛していたんだ、そう思います。時間がたつにつれ、罪悪感と義務と責任だけの関係になってしまった。

ふーん。あきれた言い草だこと。悩みまでが凡庸だわ。彼女はページにメモをする。なんと書いたのか彼は見ようとするが、サイコセラピストは見えないようにノートを傾けている。無力。おれのことをそう考えているのか？　不能、と書いている可能性もあるな……どっちも本当だ、ときどきは。だが、おれの弱点についてしゃべるのはごめんだ、とりわけ、サイコセラピスト相手には。できれば、この女を感心させたい。セラピストから魅力的だと思われたい。

彼らが向き合ってすわっているのは、鳥たちがしきりにさえずっている裏庭へとつづく趣味のいいしつらえの部屋だ。罪悪感はさておき、義務と責任は結婚において当然のものじゃありません？　大人としての責任ですよ。あなたの罪悪感は、自分が責任をきちんと果たしていないと思っているせいじゃありませんか？

そうじゃない、彼は言う。罪悪感をおぼえるのは、別れたいからだ。

別れたいんですか？

わからない。そう。ときどきは。

義務と責任は両方向に作用します、とサイコセラピストはいう。奥さんがあなたの期待に応えていないと感じているようですね。

そうだ。いやちがう。そうなのか？　結婚の話を持ちだしたのは彼なのに、そのことについては考えられないし、考えたくない。実のところ、彼にとって結婚とは、言うならば、親にさからい、トラブルを起こし、彼の善意をぶちこわす第三のいたずらな存在をふたりの人間で作り出すものだった。しかし、彼が単純なことに怒っている今、そういうことは複雑すぎる。あのいまいましい瞑想クラスが彼を悩ませている。デジレは彼と悲しみを分かち合うべきではないか。これはアストリッドが死んでから最初のセラピー・セッションだし、なんでおれたちはこんな話をしてるんだ？　おれは妹について話したいんだ。

もちろんですとも。折り合いをつけるべきひどい出来事です。

いやええと。実はもうひとり、好奇心もあらわに彼を見る。もうひとり妹さんがいるんですか？

彼女はノートをおろして、好奇心もあらわに彼を見る。もうひとり妹さんがいるんですか？

ええ、もちろん。話したことがあったはずですよ。

だがそうではない。これまでのセッションでアントンが彼女の名前を口にしたことは一度もなかった。彼女がどんなに取るに足りない存在か、いや、その正反対かもしれなくて、彼女がいかに大事な存在であるかも、話したことはない。以前は気づかなかった。おかしなことに、いかに彼が無知だったかの証だ。しかし、アモールはすぐにでもやってくるはずで、それがアントンを動揺させていることは、彼の不安の強さからもあきらかだ。

どうしてそんなに心配しているんです？　なんといっても、あなたの妹さんなんでしょう。赤の他人じゃあるまいし。

ええ。しかし、そういうことじゃないでしょう？　妹のことはわかっているし、結構な過去があるんですよ。

もっと話してください。

だが、なにも言うことはない。意識をそこに絞っても、どんな過去なのか彼にはよくわからない。普通の家族の問題ですよ、兄姉妹間の緊張ってやつ。なにがアントンをそんなに悩ませているのだろう？　彼に言えるのは、自分とアモールが正反対のように思えるというだけだ。

なにについて正反対なんです？

そこが問題だ。双方のあいだには境界線が、裂け目が、大きなギャップがある。しかし、その相違がなにで、どこにあるのかはまた別問題だ。それにたいする答えはなく、というより、彼の中にはない、というより、今日はない。はっきりしているのは、これから妹に会うという予定が、不安をあおり、平静を失わせ、そして避けようがないということだ。

アモールは葬儀のためにやってくる。アモールを空港まで迎えにいくことに同意したのは、じつにじつに驚いたことに、彼女がいまだに運転免許証を持っていないためでもある。もっとも、彼女も神経質になっているに違いない。アモールは二晩だけ滞在して、礼拝と通夜と死者のためのミサに参列したあと、翌朝はダーバンへ戻る予定でいる。仕事をそれ以上休めないから、と言うが、いやいや、理由はそれではない。彼女もここにいたくないのだ。必要以上に長居をしたくないのだ。

アモールの乗った便が遅れ、余分に一時間、彼はいらいらさせられる。現政権の威信をかけた広大な新空港をあてもなくうろついて、われわれがいかにコスモポリタンであるか、いかに贅沢ができるか、を見てまわる。感心したことは認めなければならない。ムベキはそのろくでもない弱点がなんであれ、女たちをわくわくさせるコツを心得ている。レジをちりんちりん鳴らすコツをだ、くそっ。しかし空港に関してはむやみに畏れることはない。面白みのない没個性的なホールはそこにいる人びとを人間とはいえないものにする。すくなくとも、遠くから見れば。

近づいてくる最後の瞬間まで、彼はアモールに気づかない。髪が最後に会ったときよりうんと短くなって、サイドが白髪になりはじめているが、本当の変化はそれではない。アモールが美しかったことや、彼女が引き起こした快いショックをアントンはおぼえていたが、あの生き生きした輝きはすっかり褪せていた。もうあの頃の若さはない。われわれの誰もがそうだ。減光装置がゆっくりと働いている。三十一歳。平凡な容貌とまでは言わないが、それに近づいている。空港で見かけるありふれた顔にすぎない。

やあ、シス。／こんにちは、アントン。そのあとのちいさな沈黙のなかで、最年長と最年少の兄妹は、新たな、慣れない空間を隔てて見つめあう。アストリッドがいつも接着剤の役割をはたしていたのだ。とすると、今は何語で話せばいいんだ？　アモールは彼にふれる動きをしないし、彼も応えない。まるで前もってふたりのあいだに合意があったかのようだ。とはいえ、そのそっけない控えめな態度にも親しさはある。

アモールが手荷物として持ってきたのはちいさなリュックサックだけだ。旅は身軽に。今朝、飛行機に乗ったとは思えないほど身軽だ。ダーバンの空港までスーザンが車で送ってくれたあと、次の一歩を踏み出せるかどうか急に自信がなくなって、しばらくのあいだ、彼女はその場に突っ立っていた。だが、どうやら踏み出せたらしい。踏み出せたのだ、現にこうしてメルセデスのアントンの隣にすわって、農場へ向かっている。

アントンは昨夜の半分近く、まさにこの瞬間を、この長いドライブを、どうやりすごそうかと気を揉みながら過ごしていた。車の中は逃げ場がない。しゃべり続けるか、沈黙を通すか、選択肢はふたつだけだ。彼は前もって考えておいた。自分を卑下する薄っぺらで、愉快な、バーで効果を発揮するたぐいの、以前よく使っていた、物事をスムーズに運ぶおしゃべりを考えておいた。だがいうまでもなく、アモールは初対面ではないし、ふたりとも酒は入っていないし、とにかく、彼にわかるかぎり、彼女にはユーモアのセンスがないから、彼はすぐに上っ面の会話はやめて、大事な話を切り出す。

おれたちで整理しなけりゃならないことがあるんだ、シス。家族の弁護士がおまえに連絡を取ろうとしたんだが、結局あきらめたらしくてさ、父さんの遺産からの月々の支払いのことだよ。向こうはおまえの銀行口座の番号がわからないようで、とりあえず、保有口座に振り込んでいるが、なあいいか、おまえは損をしてるんだぞ、利子だけで生活できるんだから、隠れる意味などどこにあるんだ。

わかってる、とアモールはいう。メッセージを受け取ったから。

弁護士はおまえが電話に出ないと言ってる。

それは本当。悪かったわ。

まあ、それでよかったのかもしれないな。ほかにも訊かなくちゃならないことがあるんだ。おれたちでなんとかできることだよ。

なんなの？

土地の一部を売る必要がありそうなんだ。おまえが同意してくれるなら、農場のちいさな一角でいい。おれ、大きな負債を抱えてて、固定資産税はあがりっぱなし、維持費ときたらもう悪夢だ……だが、これは目下のところは重要じゃない。それについてはあとで話しあえる。

これだけでもしゃべりすぎだったし、その些細な要求をするには早すぎた。話題を変えて、アントンは楽観主義と不安が奇妙に混じり合った国の状況全般に話を持っていく。思いついて、自分のプライベートな状態も説明する。とにかく、特にこの瞬間、自分がそれをどう経験しているかを。彼がべらべらしゃべっているのは、ひとつには神経質になっているためだが、アモールに会ってこんなにもうれしくて、彼女がこんなにも話しやすい相手であることに驚いてもいる。アモールの聴く姿勢のせいだ。前はけっして気づかなかったことだ。彼女は、なにかを差し出したいという気にさせる。自分は唯一無二の存在だと自信を持たせてくれる。近年、ウケるきまり文句ばかり使っているうちに、どんどんすり減っていく自信を。名誉を回復してくれるかもしれない、唯一生き残った野心を。

小説を書いているんだ、アントンはアモールに告げる。

本当？

まあ、まだほんのちょっとで、残りの大部分はおおまかなメモなんだけどね。だが確実なことがなにかあるとしたら、おれがそいつを完成させるってことだ。他のすべての点では落伍者呼ばわりされてもかまわない、反論はしない。しかし、すくなくとも本を一冊は後世に残すつもりだ。たとえひどい出来であってもな。自分がそう言うのを聞いて、アントンは真っ赤になる。

アモールは小首を傾げ、興味深そうに彼を見ている。落伍者だなんて思わない。

ああ、おまえはいつも思いやりがあったよ、アントンは言う。口調は皮肉っぽいが、それが事実なのはわかっている。思いやり、それがアモールの特徴だ。彼女のなんていうか、すばらしいところだ。

なんてタイトルなの？

まだ決めてない。タイトルが決まるのはたぶん最後になるだろう。今はもう気づまりな気分は消えて、いつしかアントンは自分の小説についておおっぴらにしゃべっている。たとえば、妻が相手ではありえない口調で。数年前のある深夜、熱に浮かされたように書きはじめたこと。それ以来、ほぼ毎日、ときには何時間もぶっ続けで、いかに苦心惨憺して書いてきたか。実際に書いていないときも、ひたすら小説のことを考えていて、それが彼にとっては避難所になったこと。

なにからの避難なの？

人生からのさ、と言って、アントンは昔と変わらぬ笑いかたをする。身をふるわせて、泣きそうになるまで笑う。

ここ数年アモールはあまり小説を読まなかった。しばらく前、病院で働き出して二年ほどで、読書を楽しむのをやめた。現実の世界が大きすぎ、重すぎて、バスケットにいれて持ち歩けなくなった。それでも、いつかアントンが小説を完成させたら、それを読みたくなるだろう。

ゲートの前に着くと、アントンは車を降りてゲートを開閉する。近頃はダイヤル錠が二個あるから、自分でやったほうがてっとりばやい。それからやっと砂利敷きの道に静寂が広がるにまかせる。この景色は変わらない。わたしたちが生きているあいだはずっと変わらないわ。しかし、ドライブウェイに車をとめたとき、家のペンキがすっかり剝げ落ちて、自分たちの母親が丹精していた花壇がみすぼらしいまま放置されているのがアモールの目に入る。

そのみすぼらしさに気づいたアモールが、自分を気の毒がってくれるといいと願っているくせに、アントンは、自分でも意外なことに、弁解したい気持ちになる。そうなんだよ、このところ怠けていたんだ、あれこれほったらかしにしていた。だがじきにきちんとする、実は来週、注文した機材が届くのを待ってるところでね……

家の中もひび割れや破れ目だらけで、ちいさな陥没箇所まである。なくなったテーブルの脚の代わりに百科事典を積みあげてある。窓ガラスが一枚あったところは新聞紙がふさいでいる。そこらじゅうが薄汚れ、色褪せて、あまり掃除がされていない。

かわいい妻が出迎えてくれたらいいんだが、自分のバイブレーションを導師とシンクロさせているんでね。それから、おまえを二階の寝室のひとつに泊めてやりたいんだが、二階の部屋は全部他の目的のために使われているんだ。

わたしの部屋も？

悪いけど、そうなんだよ、あそこは最近おれの書斎になってる。あそこで執筆をしてるんだ！　今は父さんの昔の部屋を寝室にしてる。おまえは一階のゲスト用寝室のほうがくつろげるだろう。

一階にゲストルームなどない。そこはかつて父さんの書斎だった部屋だと判明する。一階の奥の薄暗い場所だ。四角形の魅力に乏しい部屋で、細い長方形の窓が三つ、高い場所に一列に並んでいる。刑務所の独房のようだが、インテリアはあるホテルを真似ている。ベッド、デスク、椅子、戸棚、全部まとめて通販の〈モーケルズ〉で買ったものだ。

まあ、どうでもいいわ。二晩だけだもの。アモールはちいさなリュックサックを床におろす。

新しいシーツを持ってこよう、アントンは言う。そう言いつつ、彼は動かない、全然。あらためて、やや無遠慮に妹を観察している。彼は妹の中に、今やただひとりになった妹の中にある資質に気づく。表現するのがむずかしいそれは、今も消えていなかった。彼は思う。それじゃおれはどう見えているんだろう？

ゆっくりとアモールは首をふる。

やれやれ、嘘をついたっていいんだぞ。

アントンの生え際は後退して、そのせいで額の古傷が目立ち、目のそばには黒ずんだ皺がある。だが、アモールが反応しているのはほかのもの、兄の顔に見える以前より深い疲労だ。

疲れているみたいね、彼女はアントンに言う。

そういうおまえもあまり元気そうじゃない。

姉さんを亡くしたばかりだもの。

不思議だな、おれもだよ。すばやい笑みがアントンの顔を崩してまた閉じる。残ったのはおれたちふたりだけってことに、おまえはちゃんと気づいているわけだ。

彼はリネンを取りに行く。手間取るが、戻ってみると、アモールはベッドの端にすわって彼を待っており、中休みなどなかったかのように会話を再開する。

それから、わたしたち、あの問題について合意できるかもね、アントン。

なんのことだ？

サロメ。ロンバードの家。

彼はのろのろとシーツをベッドに置く。あきれたように言う。まだなのか。まだあのことにこだわってるのか。

ええ。まだこだわってる。

それがまっさきにおれたちが話し合わなくちゃならないことか？

アモール自身、とっくに忘れ去られたこの問題がいかに自分にとって大事かということに驚いていた。長いあいだ、何度も彼女はサロメのことを考えた。もちろんだ。思いがふと家へ、いやつまり、もはや我が家とは呼べない農場のほうへさまよっていくと、いつもそのことを考えた。農場にはひっくり返すべき石ころがたくさんあって、サロメはそのうちのひとつなのだ。けれども、ほかならぬその石は何度ひっくりかえしても、安らぎの場所を見つけていないように思われる。

わたし、長くは滞在しないわ。アモールは言う。

なんとかするつもりだったんだ。本当だよ。だが……なんというか、ずるずると時間がたってしまった。

いいの。アモールは落ち着いている。でも、今なら対処できるんじゃない？ ねえ、この機会にか？ それはどうかな、おまえだってわかるだろ。だがいずれちゃんとするよ、アントンは言う。もちろんそうする。簡単なことだ。おれたちできちんとしよう。

わたしが帰る前に？

時間がないかもしれない。しかしいずれにしろ、時間は必要ないよな。遠距離電話で片付けられる。今すぐやらなくちゃならないような緊急性はないしさ。葬儀がはじまるんだからなおさらだ。準備をしたほうがいい。

さりげなく部屋を出たものの、いったんアモールから見えないところまでくると、彼はいきなり書斎まで階段を駆け上がり、普段どおり床にめちゃくちゃにちらばった書類のあいだから掘り出しておいた計画一式を、あらためて調べる。どこかの帝国の輝かしい領土を地図上に示すかのように、渇望と恐怖をもって、その計画を凝視する。

そこへ〈完全なる人間センター〉でヨガのクラスを終えた妻が帰ってくる。プラナヤマ（ヨガの呼吸法）の長いセッションをもってしても、今日の彼女のせかせかしたエネルギーを鎮めることはできておらず、馬のように足を踏み鳴らし、鼻を鳴らし、たてがみをふりたてる。たぶん生理が近い兆しだろうが、夫の家族のカルマが放つ悲観的かつ破壊的パワーに圧倒されてもいる。そろいもそろって彼らは前世でいったいなにをして、これほどのトラブルを現世で引き起こしているのだろう。

彼女、きてるの？

空想に浸りきっていたアントンは呼びさまされる。ああ。きてる。

それで……？

別に。問題なかった。

あのねえ、肉を食べないからってわたしが彼女のために特別な食事を作るなんて期待してないでしょうね。そんなことはできないわよ。なにかというとデジレはこのことを持ち出す。アモールがすぐにでもやってくると聞いてから、そのことしか考えられなくなっている。義妹は三年前のデジレの結婚式に欠席し、その無作法を悔いている気配もない。さらに、あまりに多くの人びとがアモールの美しさを口にしたことも、ここ数年はデジレの気持ちを波立たせていた。あら、あれが彼女？どこだ？

彼の妻は窓際に移動しており、窓にはブラインドがずっとおりっぱなしなのだが、その隙間から外をのぞいている。あそこ、物干しのそばでメイドとしゃべってる。

うーん、すごくあやしい。室内ではわからない微風に下着がゆれるなか、ふたりの女は肌の色が違う人間同士ではありえないやさしさをこめて抱擁しあっている。うん、たしかにあれが妹だ。

美人というほどじゃないわね。

ああ、ちょっと容貌は衰えたな。

ほんと？　うーん。デジレはアモールにすこし好意的になる。なにしてるのかしら、あのふたり？　革命をたくらんでるのさ、アントンは言う。たしかに身を寄せ合っているところは陰謀めいている。身体を離したあとも、ふたりとも立ち去らない。手をつなぎ、頭をくっつけんばかりにして、ごく親しげにしゃべっている。昔から彼女は社会の底辺の連中と親しかった、おれの妹は。いや、そうでもないか。彼女の頭に政治的な思想はなかった。だが犠牲者にひきよせられる。弱ければ弱いほどいい。歴史的な過ちを自分が償わなくてはならないと感じていて、あのふたりのあいだには、なんだか知らないが、不自然な協力関係がある。

まあいいわ、デジレは退屈してきて言う。彼女が特別な食事を期待しないかぎりは……教会行きのよそゆき姿のサロメを見たせいで、デジレはこれから死者を悼むミサの服に着替えなくてはならないことを思い出した。カトリックの葬儀には出たことがない。どんなものを着ていけばいいの？

司祭はきらびやかに服を重ね着しており、まるで人間クジャクである。教会裏手の快適な司祭館からあらわれた彼を見たまえ、非常識だと感じていないのだろうか？　私道には彼の黄色いフィアットがとめてある。乗り込もうとして、司祭は向こう側の縁石にホームレスの男がすわっているのを見つける。

教会の草木に小便をしちゃいかんな、司祭は言う。頼むからやめてくれ。

してませんよ、ボブは言う。

教会の近辺で物乞いはしないように。そう言ったあと、貧乏人の苦境への共感をあらわすためにつけくわえる。やるならどこかよそでやったらいい。

すでに司祭はミサに遅れている。車ですこし行ったところの葬儀場に隣接するチャペルでミサはおこなわれる。天井が低くて狭苦しい、いささか陰気な場所であり、彼にとってはなじみのあるチャペルである。外にとまっている車の数から見て、満員になりそうなことがわかる。幸いなことに聖職者用の駐車区画が設けられているので、さほど歩かなくてすみ、結局、遅刻はしないですむ。というか、たいした遅刻は。チャペルのドアの前に着いたとき、胸が汗で濡れている。

式服を着ていると勤めの重大さを意識しやすいのは生地が重いせいか。真夜中にガウンをはおり、毛のない脛(すね)をさらして、目をぱちくりさせていた自分を、彼はきれいさっぱり置き去りにしてきたが、にもかかわらず、棺かつぎのひとりである夫のジェイクを避けるわけにはいかず、むろん挨拶もしなければならないが、両者はしかめっつらにも見える愛想笑いをどうにか交わす。

ここは外、石段の上で、混沌とした夕闇があたりを包んでいる。棺はわきの部屋にあり、棺かつぎたちは外で待っていた。今、彼らは中に入り、棺をかついでドアまで運んでくる。待機していた司祭はそれを受けて聖水をふりかける。

ここでもうひとつの緊張したシーンが展開される。アストリッドの最初の夫ディーンも当人の意志に反して、棺かつぎに指名されたからだ。道に迷って時間どおりにあらわれなかったヴェセル・ラウプシャーの代わりに、最後の最後になって、その役を押し付けられたのである。怒りで顔を赤くした小柄で丸いディーン・ドゥ・ヴィスは近頃さらに丸みを増し、強奪者たる二番めの夫の正面、右の角の位置につく。相手を見ようとも、話しかけようともしない。今も、これからもずっと。

それでも、生来の気立てのよさから、彼はしかたなくこの役目を引き受けている。大部分は双子のためだ。彼は自分を苦しめたアストリッドをゆるすことができない。なによりひどいのは、子供たちを連れ去ったことだ。だが人生は不思議じゃないか。ニールとジェシカは葬儀がすんだらバリートへ帰ってきて彼とチャルメーンと一緒に、自立するまでのあいだ暮らすことになる。不公平だらけのあいだにひねくれた正義が混じっていたのだ。

故人が受けた傷を考慮して、ありがたいことに、葬儀は棺を閉じたままおこなわれることに決められ、オルガンの重低音の波に乗って彼らは厳粛に棺をチャペルに運びこみ、求められた方角に足を向けて慎重に正面に安置する。今、棺は白い布にくるまれ、しかるべき言葉がラテン語でつぶやかれ、形式的ジェスチャーが積みあがっていく。花と香と讃美歌と祈り、すべての中心は棺の中の遺体であり、どこまでも遺体に付き添っていく。どこへ行くのだ？　その疑問はいまだに論争の的であるようだ。主よ、お聞きください、わたしたちのシスター、アストリッドの魂に慈悲をおかけください、彼女を煉獄へ行かせないでください、行かせたとしても長くはありませんように、そしてけっして地獄へは行かせないでください。彼女は充分苦しみました、これ以上悪いことを受けるいわれはありません。

バッティ神父が題目として選んだのはカインとアベルの話だった。今宵、彼は内省的かつ公正な気分になっており、あの浮浪者が昨日、教会の花壇に放尿しているのを見つけたあとは余計にその気持ちが強まっていた。まこと、野蛮人は門先にいるのです。サタンの邪悪な洪水がすでにわたしたちの岸辺を舐めているのです、うんぬん。

高潔なる神父の声は朗々と響く、こうした折は悲劇的口調がふさわしい。よろしいですか、兄弟姉妹よ、わたしたちが生きているのはどこなのか、エデンなのかそれともノドの地（弟アベルを殺したカインが神によって追放され行き着いた場所）なのか、ときどきわたしはわからなくなります。この美しい、豊かな国は楽園のように思われます。しかしわたしたちは追放の身であるように感じる瞬間があり、今はそのときであります、カインの子孫のあいだにあって、主の顔はわたしたちから隠されています……この調子で彼は話し続けるが、モラルを説く声が甲高すぎたら、おとなしく聞いていられる者はいない。しかも、彼の声はやや耳障りでもある。いささかたかぶりすぎなのは、おそらく、つきまとって離れない思い、ヘマをしたのではないかとのいやな思いをどうしても鎮めることができないせいだろう。カインを責めるほうがずっと楽だった！　神父がその比喩を終わらせたとき、参列者の大半はほっとする。さあ、兄（カイン）の番人となり、アストリッドがいるにちがいないエデンの園の聖なる空間へ戻るのです。では祈りましょう。

まったくだ、葬儀が終わり、車の中でアントンは言う。おれたちはノドの地に追放されているんだよ……そのあと家路をたどるドライブは沈黙に包まれ、ヘッドライトから細い黄色い川が流れ出す。家に帰ると、彼はみんなを好きにさせ、サロメは小丘をまわりこむ小道をたどり、デジレは二階の寝室へあがり、彼は居間にすべりこんで酒棚へ向かう。たかぶった神経をなだめる必要がある。

アモールがついてきたのに気づいて、彼は驚いてふりかえる。一杯やるか、シス？　いらない？　酒もおまえが自分に禁じている人生の楽しみのひとつか？　もっと真摯に苦悩と向きあうための？

そうじゃないわ、とアモールはソファにすわりながら言う。お酒を飲んだらもっとつらくなる。

そのとおりだし、いらぬ心配でもある。どうしておまえは常に苦しまなけりゃならないんだ？　ほら、注がせてくれよ。彼はワインをグラスに注いでアモールに差し出す。いいじゃないか。気持ちをほぐせ。

ためらったあと、アモールはグラスを受け取ってちいさなゆがんだ笑みを浮かべる。そんなふうにわたしを見てるの？　気持ちをきりきりさせて苦しみに耐えてるって？　なんにもわかってないのね、アントン。

そんなことはないさ。おれにだってわかっていることはある。あれが起きたとき、ここにいたんだからな。落雷だよ！

あれは昔のことよ。それからわたしは家を出た。

彼は一瞬アモールを真剣に見つめる。いいだろう。おまえの言うとおりかもしれない。これまでおまえにちゃんと注意を払わずにいた。だが、それは変えられる。新たなスタートに乾杯しよう。

彼はグラスを持ちあげて、ごくごく飲む。そうしながら妹を注意深く見守る。すると彼女がもう一度グラスを持ちあげる。

兄さんがそのつもりなら、今度はサロメの家のために乾杯しましょう。

アントンはおおげさにためいきを漏らす。おれがなんとかすると言ったろう。

だけど九年前にもそう言ったわ。

そうだ、アントンはたった今思いついたかのように言う。助け合おう。ちょっと待て。彼は部屋を飛び出して階段を駆け上がり、アモールの部屋／彼の書斎から、くるくる巻いた計画表を手に戻ってくる。それを居間の床に広げ、四隅に酒瓶を重しがわりに置く。さあ、これがここの敷地だ。指先で図面をトントンたたく。このはじっこ、役に立たない土地の一角だ。誰にもなんら影響をおよぼさないであろう場所だよ。

そこはアルウィン・ジマースの教会のすぐ隣ね。彼らには影響をおよぼすかもしれない。

まあ、そうだな。それは事実だ。だけど影響をこうむるのはおれたちじゃない。つまり、大事なのはそこだ。

アモールはまた小首を傾げて、興味深げに兄を見る。サロメの家の話をしているんじゃなかったの。

そうさ。しかし弁護士とアポイントメントをとって、一石二鳥で……

鳥がどんな関係があるの？

ああもう、アントンは叫んで再度グラスを満たす。新たなスタートの精神でおれたちは助け合わなくちゃならないんだよ！

だめ。

はあ？

だめよ。アモールはもう一度ゆっくりと言う。だめ、そんな協力はできない。

どうして？

アントン、これは交換じゃないのよ。家はサロメに約束されたものなの。どうして彼女にあげないの？

サロメにやったら、おまえは同意するのか……？

いいえ。

彼の落ち着きにひびがはいる。すでに彼は図面を丸めている。どうして？　今度はどんなご立派な理由なんだ？

土地のその一角を売りたいのは、教会を困らせたいからでしょう。それが唯一の理由なんだわ。

それだけじゃないが、だからなんだっていうんだ？　いまや冷たい怒りが煮えたぎり、非情さがのぞきだす。おまえもおれ同様、あの男を憎んで当然なんだぞ。

でも憎んでない。

そうかい、サロメにどう思うか訊いてみるんだな。土地を売らないなら、家はやらない、それが条件だ。

サロメがどう思っているにせよ、とアモールは彼に言う。わたしたちのお母さんは彼女にロンバードの家をあげたかったのよ。それが最後の願望で、父さんはそれに同意した。約束したの。

そうおまえは言うけどな。

わたし、その場にいたのよ。

そうおまえは言うけどな。

嘘をついているっていうの？

さあ。そうなのか？

はじめてアモールはちょっとたじろぐ。嘘はついていない、絶対に。でも、真実を言っているだろうか？　真実だと九割方確信しているけれど、十割ではないかもしれない。でも、撤回はしない。妹の顔にアントンはわずかな変化を認める。確固たる不屈の精神だ。昔の妹はこうではなかった。あの弱さはどこにもない。

いいえ、アモールは言う。嘘はついていない。

彼は丸めた紙をわきにはさんで、うなずく。そうか。おまえのはじめての道徳的つまずきの原因にはなりたくない。状況は悪化の一途なんだ、おれだってわかってる。とにかく、アントンはためいきをつく。おやすみ。

そう言って彼は立ち去った。廊下を遠ざかっていくのが聞こえる。その足取りはためらいがちだが、戻ってはこない。その瞬間も戻ってこない。すべての瞬間が戻らないのは真実だが、等しく同じではない。

父さんの書斎、彼女にとってはいつも変わらないその部屋にひとりになると、アモールは横になって目を閉じ、冷たい風が吹いていない場所を自分の中に見つけようとする。見つからない。家の外にも実際にひんやりした風が吹いていて、瓦屋根をひっぱり、ドアをたたくのでカーテンはいっときもじっとしていない。

問題は、と彼女は考える。問題はわたしがちゃんとした生き方を学ばなかったということだ。物事はつねにすくなすぎるか多すぎるかで、世界がわたしの上にどっかりとすわっている。でも、と彼女は自分に言い聞かせる。前よりうまくなってきた！　最近は、やらねばならぬと思うことを力まずにやれる自分に気づくことがますます頻繁になっている。

でも今夜は、あいにく、そうではない。今日は生と死の両方がのしかかってきて、どちらも軽減できない。明日はさらに多くのことが発生する。もしかしたら、結局ここにきたのは間違いだったのかもしれない。いまさら悔やんでも遅い。だが固くて狭いベッドに眠れずに横たわったまま、アモールは決心する。滞在を一日早く切り上げよう。明日午前、ミサが終わったら出発しよう。終わる前でもいい。誰にも告げずに、兄とは口をきかないまま、立ち去ろう。彼に腹を立てているのではない、ただ終わったのだ。このまま変わらないなら。

朝は晴れて静かで澄んでいる、ハイフェルトの最高の秋の日だ。葬式にはもってこいの天気！　バッティ神父はこうした機会にはしばしば機嫌がいい。結局、彼は、神が愛する者を御許(みもと)に召したのは悲しいことではない、と家族に語りかけるのが好きなのだ。これは彼の信徒の多くの胸にあるやさしさというミルクを凝固させる厚かましい確信なのだが、喜びにあふれている神父は気にもしない。

式次にのっとって、改まった儀礼的行為が順次におこなわれ、通路にはふんだんに飾りがほどこされているといった、盛大な告別ミサが進行中のとき、それを楽しまずしてなんとしよう？ ティモシー・バッティはここでひときわみずからの弱さを意識するが、立ちあがって神の儀式の主役たる嘆き悲しむ人びとを見おろすと、打って変わって強気になる。

またしても、われわれ全員が意思に反して教会にいる。一族が忠誠心からではなく、数だけ大勢集まっているような場合、彼らはこっそり互いを観察する。スワート一家はほぼ固まってすわっているが、今やその数はめっきり減って、最前列にアモールとアントンとデジレ、その他さまざまな、他の参列者と区別するのが困難な遠縁者がすわっているだけだ。スワート一家には風変わりなところも、目立つところもないし、ああ、ないとも、隣の農場やそのまた向こうの農場の家族と似たりよったりの、平凡な、肌の白い南アフリカ人であり、信じないと言うなら、われわれの話に耳を傾けたらいい。われわれの声は他の声となんら変わらないし、同じに聞こえるし、同じ話を、ことごとくちょんぎられた子音と、こなごなに砕かれた母音と、足で踏み潰されたアクセントで語る。心の奥底で錆びつき、雨ざらしにされ、へこんだなにかが声ににじんでいる。

だが、われわれが変化しないとは言わないでほしい！ 最前列の信徒席に今日、すわっている名誉ある女性関係者は誰だと思う。この国でわれわれがどれだけ進歩したか見るがいい、家族とともにすわっているのは黒人の乳母だ！ 賭けてもいいが、サロメは〈ハイフェルトの啓示の第一集会〉にすら足を踏み入れたことはないし、そのような豪華な装飾物に囲まれたことはこれまで一度もなかったが、白内障のせいで、それらは彼女の目には、したたる金色の液体としてしか映らず、おかげで、彼女は賢くて超然とした態度を保っている。

さらに、教会にいる黒人はサロメひとりではない！　今はまずいが、ちらりと目を走らせれば、その舌打ちを思わせる発音がむずかしすぎてラストネームを発音できない例の魅力的な政治家が胸を張っているのが見えるだろう。アストリッドの夫とビジネス上のつきあいがあるから当然だが、それでも、彼の参列は多忙な人間の人情味をあらわす行為である。

それに、政治家は彼だけではない！　とはいっても、デジレの父親は表向き政界を引退している。いずれにしろ、考えてみれば、彼が参列していることのほうがよほどうさんくさい。真実和解委員会で明るみに出たことは人を震撼させたが、結局、悪評さえも名士のひとつの形であり、よく見ると、彼はありふれた容貌の無害そうなおじさんにすぎず、田舎町にいる家具のセールスマンといっても通りそうだ。四十五回のフェイスリフト、ピンヒールを履いたプラチナブロンドの棒アイスみたいな妻に、むりやりここへひっぱってこられたのだろう。

だがこれぐらいにしておこう。われわれは虹の国（人種、言語などの多様性を象徴する南アの別称）の民である。つまり今日の教会には、雑多な人びとがまじりあって、周期表の拮抗要素みたいにそわそわと、居心地悪そうにしているというわけだ。だが神父は彼ら全員にわけへだてなく話しかけ、主よ、彼らに永遠の安息（レクイエムアエテルヌム）をお与えください（ドナエイスドミネ）、とラテン語の雨を平等に浴びせかけ、神の曖昧さが彼らをいっとき結びつけたあと、ふたたびその明瞭さが彼らを分断する。

参列者が移動し、外へ出る。教会の横のドアから墓地へ向かい、そこではすでに地面が口をあけて待っている。そのあとに関してはだらだらする必要はない、地中に納められ、悲痛な苦悩のうちに最後の別れの言葉が告げられる、などなど。ごく昔からあるシーンだ。あらゆるもののなかでもっとも古いかもしれず、奇抜さはまったくない。

ホームレスのボブは、間違いなく前にもその一部始終を見たことがある。反対側の角という見晴らしのきく場所から、日は異なるが、似たような人々が集まって四角形の穴に涙をこぼすのを見守った。だが今日はちょっと様子が違うようだ。この集まりには普通よりたくさんの心霊体が取り憑いている。たとえば、神父には渦巻状の生き物が吸い付いているし、墓石と墓石のあいだでは、ちいさなふわふわしたものが鼻をふんふん言わせており、ときどき、翼の生えたものが空中をすばやく通りすぎていく。教会墓地は大にぎわいだ。

アモールは真っ先に立ちさる。誰にも告げずに、あらかじめ家から電話してタクシーを手配しておいたので、今、式が終わる直前に急いで、ちいさなリュックサックを持ってその場を離れる。ボブの前を通ったので、彼はすぐ近くから彼女を見つめるが、この女性には心霊体がついていない。彼女が放つ安定した微かな青い炎のような輝きを勘定にいれないとすれば。

おはようございます、とアルフォンスはうれしそうにアモールに言う。父さんの葬儀以来、彼女は運転手の電話番号を保管していたのだ。そして信じられないことに、いまだに番号は変わっていない。運転手の生活は向上し、それとともに英語も上達し、プレトリアの通りの知識も増えた。アモールは彼のタクシーに乗り込み、運ばれていく。一方、彼女の後方では今頃、葬儀は終わって、人々が散りはじめているにちがいない。ボブは人間たちを観察し、彼らに付き添う心霊体が教会墓地でうねりながら輝いているのを見守る。そのパターンはきれいでないこともない。しかし、二晩前にはじめて見たときからボブを悩ませているのは、世界一悲しそうに見えるあるひとりの男だ。男は地面に視線を落としてとぼとぼと歩いていて、ボブはすれちがいざま目をあげる。

知ってるかい、ホームレスは男にたずねる。あんたの背中に心霊体がついてるってこと？

なんだって？

あんたにしがみついてる。触手で。

ろくでもないことを。ジェイクは恐ろしくなって言う。

おれにはいろんなものが見えるんだよ、ボブは言う。おれをばかにしちゃいけない。

なにが見えるんだ？

あんたの背中についている心霊体さ。すごく大きくて、腕が何本もある。つまり、触手が。

ジェイクは立ちどまる。ホームレスの男はあきらかにいかれているが、たった今男が説明したことがなぜか本当のように感じられる。なにか大きくて黒いものがジェイクにしがみついていて、その吸盤にひっぱられるのがわかるのだ。

とりのぞいてくれないか？

ボブはその問いかけを滑稽だと思う。いいかい、そいつをはがせるのはあんただけだよ！

どうすりゃいいのかわからない。

おれには助けられないな。壁を使ってこすり落としたらどうだい？

ジェイクは足早に歩きだす。あんなやりとりをはじめるべきじゃなかった。だが、あのとき彼はほかのどこかからのシグナルを求めていた。どんなシグナルでも良いと思っていた。ほんの数日前だったら、そんなことは考えもしなかっただろうが、正常なルールはあっというまに変化することがある。信じられることとならなんでも真実かもしれないのだ。

家に帰るとジェイクは近しい親戚を捜しに行く。女性のほうが好ましいが、義兄で妥協しなければならない。義兄はキッチンの食器棚をあさっている。アルコールがほしいのだろう。すくなくとも正直な返事をしてくれそうだ。わたしの背中になにかついているかい？　ジェイクはたずねる。

え？

教会にいるホームレスの男が、わたしの背中になにかくっついていると言ったんだ。

そんなの、たわごとだよ、アントンは言う。あの男はたぶん頭がおかしいんだ。

アントンはジェイクがちょっと心配になる。ちっとも現実と折り合えていないようだ。まるで普段の彼らしくない。ジェイクは背中に無数の触手を持つ心霊体をへばりつかせてそこに立っていて、彼の家は、この困難なときに彼を支えようとやってきた人たちでいっぱいなのだが、ジェイクはこれがどこまで現実なのかと思っている。

聞きたいことがあるんだが、ジェイクは言う。

いいよ。

アストリッドが浮気していたと知っていたか？

まさか。

本当に？　きみは知らなかったんだな？

アントンはかぶりをふる。いや、知らなかった。信じられない！　だが、誰と？

それを教えてもらえるかと期待してたんだが。

無理だよ。悪いが。

アントンは義弟が流れに落ちた小枝みたいに、ぎくしゃくと遠ざかっていくのを眺め、柄にもなく束の間の憐憫をおぼえるが、すぐにその感情に氷が張りはじめる。客観的問いかけでなければ、正直に答えようがない。真実がなければ、知りようがない。

それにアルコールがない。どの食器棚にもない。あの男は一体どうなってるんだ？　アントンはさらにしばらくひとりでキッチンをうろつき、雑談に加わる気になれないまま、妹のことを考える。いや、アストリッドではなく、もうひとりの妹だ。さっきアモールが教会から抜け出すのを見た。気づいたのは、今朝、なにも言わずにリュックサックを持ってきたから、さっさと帰るつもりなのだと予想していたせいだ。意外だったのは、それがひどく悲しいということだ。もっとも、そんなのは単なる感傷だし、アモールがさよならを言わないからって、それがなんだというんだ？　いつでもおれはアモールに電話できるし、びっくりさせてやることもできる。もしもし、サロメに家をやったよ、と。そうするかもしれない。本気でそうするかもしれない。

アントンはただもう自宅に帰りたいが、はやばやと辞去するわけにはいかない、ひとまわりするのが礼儀だ。居間に行くと、反目しあっている家族がいる。アントンはすこしだけマリーナ伯母、というより、伯母のずんぐりした成れの果てとすこしだけ言葉を交わす。溶けかかって車椅子からあふれんばかりの姿は受け皿にのった古い蠟燭のようだ。まだ八十にはなっていないのに、肺気腫がオーキーの命を奪ってから、あっというまに無惨に衰えてしまった。マリーナはアントンの手をつかんででる。今までしたことのない行為だ。老いたがみがみ女の感傷と泣き言。ああ、恐ろしい、恐ろしいこと。

彼女は近頃は役立たずの息子、ヴェセルに自宅で面倒をみてもらっており、彼は昨日しでかしたこと、というより、しなかったことをちゃんと謝ることもできない。ヴェセルはどこか具合でも悪いのだろうか？　めったに自宅を離れず、努力して自立しようともしない。毛髪は全部抜け落ち、どうしたことか眉毛までなくなり、ほぼ一日中屋内で過ごすせいで、白チーズのように顔色が悪い。カフタンのようなデザインのゆったりした衣服を好み、今日のような日ですら、その下にはたぶん下着をつけていない。見た目が強烈すぎて、彼の言うことに意識を集中させるのはむずかしいが、携帯電話がいかれていたせいで道に迷ったことについてしゃべりつづけている。本当に悪かったよ、すごく動転しちゃってさ……

なんのことだ？　わからない。

昨日は棺かつぎをやることになってたのに、道に迷っちゃったんだ。ぼくのGPSが間違ったチャペルへ連れていったんだ！

なんだ、そんなことか……アントンは手をふって一蹴する。どうでもいい。そのことも、それ以外のどんなこともどうでもいいが、どうでもよくないフリだけはしなければならない。変わり者の従兄弟から解放されたと思うまもなく、今度は、バリートへ帰ろうとしている、動揺いちじるしいアストリッドの子供たち、ニールとジェシカがあらわれる。気をつけてな。ときどき電話くれよ！　じゃあな！

このふたりの顔立ちやはっきりした特徴が不明なのは、思春期特有のニキビだらけの丸顔が感情に乏しいためだが、見えないところでは感情が渦巻いている。昔、農場で祖父の遺体を見たとき、ふたりはまだ七つだったが、それ以来、最後はお祖父さんのように、青白く硬直して死ぬのだと知って原始的恐怖をおぼえていた、そして今この瞬間、母親までがそのような状態に陥り、教会墓地の地中に横たわっていることが、ふたりにほぼ同一の――というのも複雑な理由から双子にはよくある現象なので――動揺をもたらしていた。追い討ちをかけるように、ホルモンの分泌がピークに達し、脂と毛と欲望を大量放出する十代のまっただなかで、自分たちの生活が変更不能な変化を遂げる寸前にあり、なおかつ、それをどうすることもできないまま、これまでと全然違う生活の場へ連れていかれようとしている。なにからなにまで、あんまりだ！　じゃあな、じゃない！

彼らはアントンになにを望んでいるのか？　家族はなんのためにある？　おもしろい質問だ。アントンはあとで日記に問いかけてみることにする。そう思っていたら、妻に声をかけられて気をそらされる。もうたっぷりここにいたんだから、そろそろ失礼してもいいんじゃない？　デジレは彼女のチャクラを若いモウグリにさすってもらいたがっており、アントンはジェイクの酒のない家では悲しいことに飲めないウイスキーを求めている。アルコール対瞑想か、妥当な交換だ、だから、そうしよう、温和と理性だ、筋は通っている、すぐにでも帰ろう。だがまず挨拶をしないと。身体に気をつけて、なにか必要だったら遠慮なく言ってください。お互い、連絡を絶やさないようにしましょう。

自宅へ車を走らせながら、アントンはたずねる。アストリッドが浮気をしてたって知ってたか？

うそ！　デジレの驚きは本物だ。誰と？

それが問題だ。きみなら答えを知ってるかと思ったんだが。

デジレは首を横にふる。びっくりした、ほんとに。だけど、うーん、まったくのショックというわけでもないわ。でも、誰がそう言ってるの？

アストリッドの夫だ。

ジェイク？　彼は今、普通じゃないのよ、見たらわかるでしょ。

アントンは同意する。確かにまともな精神状態――それがなんであれ――じゃない。近々ジェイクをうちに招くべきだな、おれたちの気遣いを示すために。

二カ月後、言葉どおりにアントンはジェイクに電話をし、農場へ招待する。食事と社交的夕べのため、忘れてはいないというポーズのためだが、家のまわりに電気柵を、庭にビームを設置する見積もり価格を知るためでもある。蓋をあけてみれば、そう悪くないディナーだった。すくなくともアントンの意見では。病気や怪我をひっくるめ、素面（しらふ）の世界は最近アントンにとってなんだかおもしろくて、気がつくと、彼はさかんに笑っている。特に夜は。

ジェイクはいまだにあの同じ疑問、今では新鮮味を失ったあれ、に苛（さいな）まれている。男の名前さえわかれば、とジェイクはアントンたちに言う。

どうして？　アントンは聞き返す。知ったところで、なんの助けになる？

男をどうこうしようというんじゃない、ただ知りたいんだ。このままでは全員を猜疑の目で見てしまう。アストリッドの女友達さえもだ。はっきりわかれば、この苦しみも終わる。

それはちがうな！　わからないか？　その疑問の陰には別の疑問があるんだ、どうして、いつ、どこで。そしてその陰にはまた別の疑問が……

そうかもしれない。ジェイクはのっそりと言う。だが、それでも知りたい。

デジレがバシッとテーブルをひっぱたく。解決策を見つけたわ！　ルステンブルクの瞑想グループに年配の女性がいるの、霊媒よ、彼女がアストリッドに話しかけて、名前を訊いてくれるわ。

ジェイクは大真面目でその考えに飛びつくが、アントンは爆笑する。どうやってその霊媒はアストリッドとしゃべるんだ？　普通の携帯電話料金ですむのか？

彼女の案内役（ガイド）を通してよ、きまってるでしょ。デジレはジェイクの悲劇に夢中になるあまり、夫の嫌味がほとんど耳に入らない。その女性はシルヴィアというんだけど、今のところ、前世紀の変わり目にアレキサンドリアにいたエジプト人男性を通じて死者と交信しているの。彼がわたしたちをアストリッドと接触させてくれるわ。

だがアストリッドはアラビア語を話さない。それとも、男が通訳でも使うのか？　アントンは笑いころげて、すんでに漏らしそうになる。だが同時に、ジェイクの熱意に、答えを知りたいというその真剣さに、不思議と胸を打たれる。もし答えを得られるなら、いったい彼は実際にどこまでやるつもりだろう？　どうやら、墓のその先までらしい。墓のその先の墓まで！　小説のネタになるかもしれない、アントンはメモを取ろうと二階の書斎へ駆け上がらずにいられない。

そしてもちろん最後にはデジレが、自身のウェブサイトで希望者のために真実をつきとめると約束しているシルヴィアとの約束を取りつけ、勝手に平日の朝をえらんでジェイクを車でそこへ連れていく。これといった特徴のない家は、いささか薄汚くて手入れがゆきとどいていない。それはずんぐりして、白髪まじりのきたない髪を長く伸ばし、不機嫌そうな声の、見た目スピリチュアルな雰囲気皆無の女自身に似ていないこともない。ジェイクはその飾り気のなさを評価する。彼が試した選択肢のなかにはもっとけばけばしくて、嘘くさいものもあったのだ。彼らはシルヴィアの居間で、アームにレース編みのドイリーがかかっている、クッションのたわんだ茶色のソファに腰をおろす。前もって一部始終を知らされているのに、女はジェイクにここへ来た理由をたずねる。

えー、ジェイクは言う。家内が六十二日前に亡くなりまして。

シルヴィアは憤慨する。絶対にその言葉は使わないように！　去った人たちをひどく動揺させますよ。

どの言葉です？　シルヴィアの言う意味が彼にはさっぱりわからない。

わたしはそれを口にすることすらできません。その言葉のようなものは存在しないんです！

ようやくジェイクは理解する。彼女は死のことを言っているのだ。その言葉のようなものは存在しない。ジェイクは彼女の憤りに慰められる。

家内は……去った、でいいですか？　納得できないんですよ。いまだに疑問があって……

今、奥様のものをなにか持っていますか？　奥様が身につけていたもの、あるいは、いつもそばに置いていたものを？

ジェイクは持っている。そういうものを持参するよう、電話ですでにシルヴィアから言われていたからだ。アストリッドの所持品はいうまでもなく強制的に取り上げられて、どこかよそに持っていかれ、現在は手元にない。物の命というものは、それがいかに遠くへ行ってしまうかわかっていたら……しかしジェイクはベッドのアストリッドが寝ていた側に読書用眼鏡を見つけ、どこへ行くにもそれを携えていた。

それをシルヴィアのちいさな手のひらに載せる。彼女は手を閉じて目をつぶり、ぶつぶつと独り言を言う。前後に身体を揺らす。目をあける。

ムスタファが告げています、と言う。奥様は安全だと。元気でいることをあなたに知ってほしがっていると。

ジェイクは息を吸うのも忘れて、うなずく。

まわりを森に囲まれた滝のそばに奥様が立っているのが見えます。日差しが暖かい。彼女は幸福で安全です。

よかった、ジェイクは言う。

いつか長い旅をしなければならなくなったら、頑丈な靴をはくように、と奥様は言っています。そして川のそばを離れないようにと。

わかりました。そうします。

誰かが奥様と一緒にいます。男です。彼女をしっかり守っています。

誰ですか？　ジェイクは身を乗り出す。

ううむ。シルヴィアはふたたび目をつぶり、読書用眼鏡を握る手に力をこめる。かすかな声を雑音の雲のあいだから聞き取ろうとしているような印象だ。現に彼女にとってのその感覚は壊れかけたラジオから聞こえるばりばりという音に耳をすませているようなもので、ときおり言葉が飛びだしてくる。長身。ひげ。眼鏡？　見覚えがある感じがしますか？

名前を。ジェイクは言う。あなたのガイドは名前をつきとめられますか？

ううむ。むぅん。むぅん。ムスタファは情報を得ようとがんばっています。

なにかわかりましたか？

ロジャーでは？　ぴんときましたか？

ロジャーという人は知りません。

リチャード？　シルヴィアはぱっと現実に返って目をあける。リチャード、でしょう。でも断言はできません。ロバートかもしれない。そんなような名前ですね。わからない。残念ですが、今日は道に障害物があります。近いうちにもういちど試してみては？

彼らが農場に帰ってきたとき、アントンは外出しているが、その夜遅くジェイクは義兄に電話をかける。ロジャーという名に心当たりは？

え？　接続が悪くて、声が聞こえたり遠ざかったりし、アントンは聞き違えかと思う。アストリッドはロジャーという男を知っていましたか？　それとも、ロバートかリチャードは？そういう名前の親しい友達はいませんでしたか？

あんたは見当違いのことをしてるんだ、とアントンは言うが、電話はすでに切れている。ロジャーだかロバートだかリチャードだか。気の毒に、あの男はおかしくなっている。努力をして、彼とすこし一緒にいてやらないとまずいな。おれの甥と姪、未来に足を踏み出したばかりの無垢な子供たちはもちろんのこと。などなど。だが、彼らの名前もろくに思い出せない。気にかけているつもりでも、体裁ばかりで、中身は空っぽ。たいていは体裁だけで事足りる。

今この瞬間、アントンは自宅にひとりだ。召使たちは全員辞めていたし、妻はヨガのクラスに出ている。これから数時間は小説にあてるつもりだったが、今夜はエンジンがかからないし、むりやりかけようたって無理だ。神経をなだめるだけにしておくほうが簡単だ。そのために、彼は片手にウイスキーのグラスを、片手に吸いかけの大麻を持っている。すでにすっかり朦朧（もうろう）としており、すっかり酔っていて、あと数時間でさらにその状態は深まるだろう。

携帯電話が鳴る。またジェイクだ。今はとても彼のいかれぶりにはつきあいきれない、自分のいかれぶりを心配するので手一杯だ。サイレントモードにして、ポケットにすべりこませる。なにをしていたんだっけ。ああそうだ。なにかを探していたんだ。彼は部屋から部屋へとよろめきながら移動して、明かりをつけ、探しまわるが、なにを探しているのか思い出せたら奇跡だ。それが目にとまったら、わかるだろう。それがなんであるにせよ、彼はそれを必要としている。というか、探しはじめたときは必要としていた。つまりそれは今後も必要になるということだ。だが、大丈夫、もうすぐにでも見つかるだろう。もうすぐにでも。

アントン

家じゅうをさまよっているアントン。電力が再度、今週はこれで四度めだが、停止し、発電機はガソリン切れだし、そのせいで、すべてが停止している。階段の手すりを直すとか、パティオの壊れたタイルを張り替えるとか、手を使って役に立つことをやろうと思えばやれるのだが、その気にならない。近頃はどんなこともめったにやる気にならない。

今日は祝日〈和解の日〉（一九九四年のアパルトヘイト廃止に伴い、十二月十六日を白人と有色人種の和解の日とした）、最近はなんと呼ばれているのか知らないが、だから勤労者は休みだ。彼らは自分たちの権利に気づき、休日のための臨時給与を要求したが、本当に彼らがほしいのは自宅にいて酔っ払うことだ。おれと同じ。

それにアントンはもうたっぷり二時間ほどいやな務めに専念していた。すなわち、酒瓶を片手に部屋から部屋へとうろつきながら、考えるのをやめようとしているのだ。今は考えるべきことがどっさりあるというのに。いいや、よくない時期にさしかかっているんだよ、それだけさ、あまりに強烈なので、ずっとこんなふうだったような気がしているんだ。実際にはほんの、えーっと、木曜日からだ。サン・シティのカジノで大金を失ったときは毎度こうなる。ばかめ、ばかめ、ばかめ。あれは先週だったか？　それとも先々週かもしれない。よくない時期の特徴のひとつは時間の感覚とその順序がわからなくなることだが、正直なところ、アントン、しばらく前からそれは起きていたんだ。すべてがしばらく前から起きていた。厄介なことだ。独創性に欠けるし、意外性もなく、認知症の年老いた伯母さんみたいに繰り返している。同じ物語を何度も何度も、うんざりだ。この話、したかねえ、ああ、したよ、だから黙ってろ。

大きすぎる崩壊しそうな家に、アントンは思考とふたりきりだ。なにかをしているはずなのに、まだやっていないのはなぜだろう。角がこすり落とされたようなこのぼんやりした感覚は目のせいか脳のせいか？　今のはいいせりふだ、忘れないうちに書き留めろ。

一杯やりに出かけようか？　今だって飲んでいるが、仲間がいるほうがいつだってましだし、ちょっと外の空気にあたってこよう。ひとりで飲むのはアル中だけだし、アル中だと思われるのは心外だ。コミックに登場するあの犬の口癖じゃないが、アーハハーだ。

アントンは敷地を出ようと、小型バンの運転席に乗り込む。最初は家の敷地内でゲートをあけ、次は道路に出たらまた閉めるのはまったくわずらわしい。組み合わせ数字の錠も普通の鍵もしらふのときですら充分能力が試されるが、今日はしらふとは程遠く、あとになって町めざしてスピードをあげながら、ふたつめの錠をちゃんと閉めたかどうか自信がなくなる。まあいいや、いまさら引き返すことはない。彼は新しい高速道路を走っている。有料だが、速いし、邪魔な信号もなく、さらなる利点はアルウィン・ジマースのばかでかい醜悪な教会の前を通らずにすむことだ。尖塔の先端を遠くに見ながらびゅんと高速で移動する。隣のシートに置いた、口のあいたジャックダニエルの瓶と乾杯する。健康に乾杯だ、老いぼれの寄生虫野郎め。おまえの創造主より長生きして、いまも商売繁盛か。

まだ午後の三時。いや、五時だ。最近、足繁く通っている店〈アルカディア〉という安全圏にいる。ここも電気は通っていないが、発電機を備えているので、頭上には明かりが弱々しくまたたいている。古風な、時代錯誤じみた店だが、そこが彼は気に入っている。近頃の客は無作法きわまりないが、薄暗い照明や黄ばんだ壁紙、上品ぶった雰囲気も悪くない。すばらしい人間が客の中にいるわけではないが、総じて全員が同じ状態を共有しており、それが慰めになる。そう、それに尽きる。

まだ午後の七時。いや、八時二十分。デジレがたぶんモウグリを従えてそろそろヨガから戻ってくる、急いで帰ることはない。もう一杯同じのを頼むよ。もうちょっと氷を多めに。

アントンはトイレの仕切り区画で小便をしている。どうしてここにいるのかよくわからないが、排尿は本質的に誠実な行為だ。排便も。自分を偽る社会的品位もなにもない。すべての外交は便所でおこなうべきだ。チャックをあげ、風に吹かれた角度で鏡に向かって顔をかしげる。なんだよこれ。おれの顔をだいなしにしたのはどこのどいつだ？　かつてのゴールデンボーイはどこへ行った？　このへこんだ金属マスクの下に彼を隠したのはどこのどいつだ？

早く、そこを離れてバーへ戻れ。カウンターに新参者がいる。うつろな顔つきの年配の男で、アントンの視線をとらえるまでしつこく見てくる。

どうも、元気かい？

おまえを知ってるぞ、年配の男は言う。

どこからきたんだい？

ちっとも変わってないいな。

そうかい、悪いが、そっちは変わったね。

おれをおぼえていないのか？　ようく見てみろ。男は明かりのほうへ身を乗り出す。アントンは目をこらす。いや、知ってるとは思え……だが、なにかの痕跡が、思い出しそうで思い出せないなにかがある。声、かもしれない。誰なんだ？

ヒントをやろう。最後に見たとき、おまえはフェンスの向こうにいた。三十年……いやいや三十一年前だ。

アントンは計算しなくてはならない。次の瞬間、不意に記憶がよみがえる。ペインか！　どうしているかと思ってたんだ！

彼らの握手は、こういう機会に求められるものより数段熱意がこもっているが、そのあとどうしたらよいのかよくわからない。

おごろうか？　なにがいい？

軍隊当時の親友だよ、ペインはバーテンダーに説明する。

軍隊当時の知り合いというほうが近いが、アントンはそうは言わずに、ふたりで隅のテーブルへ向かう。ペインに会えてうれしいし、ときどきあいつはどうしただろうと思っていたのは事実だ。ある人たち、しばしば不特定の個人が、思考や夢の中に意味をもってあらわれるのは妙なことだ。これまでどうしてた？

ペインは除隊後は測量士として働いていた。ウィットウォーターズランド大学、通称ウィッツで勉強し、そこで妻となるダイアンに出会った。幸福な結婚生活は二十八年になり、ふたりの子供はもう独立している。ひとりは海外に、オーストラリアに暮らしていて、実のところペインと妻は数カ月のうちに、パースへ移住することを検討中だ。孫の近くにいたいからだが、残念ながら、このひどい国への信頼を完全に失ったためでもある。

そっちはどうなんだ？　ペインがアントンにたずねる。あれからどうした？

ああ、元気でやってた。

なにを勉強したんだ？

実は大学へは行かなかった。二、三年世界をうろつきまわってから、ここに落ち着いた。若い頃の恋人と結婚し、以来家族の農場を経営している。

アントンは自分の言葉に驚きをもって耳を傾ける。すべて本当のことだが、すべて嘘っぱちでもある。

おまえならきっと大学へ行くと思っていたがな、とペインが言う。頭がよかったからね！　政界に進むんじゃないかと思ってたんだ、本当に。

小説を書いているんだ、アントンは突然思い出す。

小説？　なんてタイトルなんだ？　出版されるのか？

まだだ。実はまだ完成したわけじゃない。あとすこしだ！

なにについての小説？

苦悩に満ちた人間のありよう。よくあるやつさ。

へへーっ！　ペインはテーブルをぴしゃぴしゃたたく。相変わらずの野郎だな、スワート！　おまえの本を読むのが待ち切れないよ。

いつかな。それにしても、このむさくるしい場所へはどうして？　そこがまったくむさくるしい場所であり、二度ときちゃならないと、いまさらのようにアントンは悟るが、またくることもわかっている。

すぐそこに住んでいるんだよ、ペインは言う。だからよくくるんだ。おい、一緒にうちへ行ってダイアンに会ってくれないか？

ダイアン？

女房だよ、そう言ったばかりだろ……

ああ、そうだった。悪い。今かい？　そうだな、いいとも。かまわないよ。だが、彼の頭の中ではこの会話はすでに終わっていて、すでに不確かな記憶になっているが、ペインがこの遭遇に興奮しているのがわかる。

いいのか？　すばらしい！　ちょっとトイレに行ってくる。戻ってきたら、店を出よう。

いいよ、アントンは言う。だが実のところ、最近ほぼすべてに嫌気がさしているように、この男にも、彼のありふれた生活とありふれた女房にも嫌気がさしている。すべての大事なことはすでに漏れ出て消えてしまい、ペインが席をはずすまで待ってから立ちあがって、夜の中へふらふらと出ていくのを悪いとも思わない。まるでひとりで飲んでいたかのようだ。たぶん、ひとりで飲んでいたのだ。

アントンはふたたび車に乗り、ぼんやりと街中を流す。信号のところで、ひとりの猛(たけ)り狂った男がいもしない連れにむかってわめいている。おれをイカレポンチだと思ってるのか？　おれがいかれているように見えるのか？　狂人と貧困者の数がふくれあがり、その中には白んぼもかなりの数交じっている。おれに近寄るな、ウォーゼル・ガミッジ（英国の児童書に登場する案山子）、おまえは伝染病だ。信号が変わって、運転が続けられるようになると、アントンはほっとする。自分のいる位置も方角もよくわからなくなっているが、あまり気にしてもいない。だがそのうち、限りない喜びを秘めた自宅までの道筋を定めないとならない。

だがその前にまず、前方の青く光るライトと、上にあげて停止を命じる手に遭遇するはめになる。アントンはバリケードにさしかかる。恐怖で酔いが消し飛び、アドレナリンがアルコールをきれいに消し去る。頼むよ、冗談じゃない。意識に力があるなら、これを消して、なかったことにしてくれ。だが、意識は力を持たない。

道に迷ったんです、彼はそれで言い訳が立つかのように、窓のところにあらわれた警官に向かって陽気に言う。ここがどこかもわからない。

これに息を吹き込んでください。

は？

マウスピースに口をあて、息を吹き込んで。

警官は黒人女性で、年齢はアントンの半分ぐらい、彼を勾留する権限を持っている。いいか、アントン、自制心を働かせろ。彼女はアントンの顔に懐中電灯を当てる、この数時間、彼がどんなふうに過ごしたのかもうわかっているにちがいない。彼らのあいだに秘密はない。いい加減に装置に息を吹き込むと、彼女の口調が硬化する。

ちゃんとやってください。安定した息を長く吹き込んで。

彼は敗北した悲しさのすべてを吐き出す。彼女が目盛りを読み、ふたりの視線がぶつかる。

おまわりさんとおれとで丸くおさめましょうよ、アントンは言う。

ＡＴＭでアントンは金を引き出す。彼の口座には制限がかかっている。こういう場合、つまり、強盗に遭遇したような状況に対処するためだ。彼に引き出せるのは二千ランドだけだが、幸いなことに、マスヴァナ巡査は聞き分けがいい。彼がバリケードの前で彼女をおろしたとき、ふたりはたった今、仕事上の取引を終えたかのように握手すら交わした。巡査のＰＯＶ（ポイント・オブ・ビュー）からすると、そのとおりだ。有毒ガスを吐く沼地みたいに、自宅までずっと彼の心中はブスブスと煮えくり返っている。二千ランドも！　白昼、路上で奪われた。むろんただの比喩である、今は夜の十時、もとい、十一時なのだから。要は厚かましい窃盗行為が一日のうちいつ何時でも起きる、ということだ。むしゃむしゃ、むしゃむしゃ、むしゃむしゃ、ちいさなシロアリどもが木を食い荒らしている。大統領が、ふとったシロアリの女王が、巣の真ん中でだらだら過ごしているあいだに。

　おれが自分の分け前を食い尽くしたのは事実だ。だが、二千ランドとは！　痛い。貯金額がみじめなほど少ないときはなおさらだ。しかも彼はサン・シティで愚かにも酒をがぶ飲みしたあげく大枚を失い、銀行ローンで巨額の金を借りており、父さんの投資からあがる収入は先細り、妻は毎年高額な美容整形をするのを自分の権利だと思っていて、爬虫類パークはブルース・ヘルデンハイスがマレーシアへ金を持ち逃げしたせいで閉園の一歩手前。単なるスランプだよ、アントン、いずれ乗り越えられる。だが、本当はどうなんだ？　これはスランプなんてもんじゃない、未来図だ。

　他の前線も敵に包囲されている。農場の土地占拠に対する公的権利の主張はというと、居すわっていた連中はとうの昔に強制的に退去させられた。とはいえ、昨今では不法侵入が続き、フェンスは切断され、さらなる掘っ立て小屋が東の境界線あたりに次々に建てられている。土地の価値もずっと下がりっぱなしで、すでにほとんど値打ちはない。要するにどういうことか？　分別のある行動をすべきだ。田舎は諦めて町へ引っ越し、まだ可能なうちに土地の売却をアモールに同意してもらうべきだ。そうすればそのついでに彼の結婚も救えるかもしれないし、彼自身も救えるかもしれない。わからない。

　だったら、どうしてその分別ある行動をおこさないんだ？　さあ。ずっとそういうふうだった。正しい行動だとわかっていても、実行しない。それどころか読者を、彼自身を、いらだたせるために、他のよからぬ行動に出る。それに、町は好きだったためしがない。

　アントンは、ふたたび組み合わせ数字と鍵を、ぎらつくヘッドライトの光を浴びて、いじりまわす。ようやく自宅に帰り着く。私道には妻の車の隣に、フォルクスワーゲン・ビートルがとまっていて、二階と一階の明かりが煌々とついている。すくなくとも電力は回復している。音楽、とそれを呼べるとして、仏教徒の詠唱とテクノ・ビートがまじったようなものが大音量で居間から聞こえてくる。

　しばらくのあいだ玄関の階段に腰をおろし、アントンは目を闇に慣らす。そろそろ夏も盛りで、深くて黒々とした空のベッドに星々が花のようにびっしり咲いている。悪くないイメージだ、今のは。日記に書きとめろ。彼らがくすくす笑ったり、低い声でしゃべったりしながら、一段ずつ階段をおりてくるのが聞こえる。玄関ドアがあけはなたれているのに、外へ出るための手順が一から全部おこなわれる。次の瞬間、彼がいることにふたりは仰天する。演技ではなさそうだ。いつからそこにいたの、ダーリン？　モティにわたしの水彩画を見せていたのよ。

　モティ？　彼の名前はモウグリだとばかり思っていた。へえ、今夜は例の格好じゃないんだな、いつもの草のおむつはどこへやったんだ、野生児？　自分の感情の激しさ、その純然たる悪意に驚いて、アントンは頭をのけぞらせ、オオカミのように吠える。アキーラ（『ジャングル・ブック』に登場するオオカミのリーダー）、おれたちは全力を尽くす！

　ぼくのワークショップではそうするよう指導していますよ、モウグリが鷹揚にアントンに告げる。

ほとんどの人はあなたほど感情を露わにしない、彼らは控えめです。

感情をすこし抑えるのはちっとも悪いことじゃないわ、デジレがつぶやく。

しかしアントンは今夜は控えめな気分ではない。どうだった、妻の水彩画は？

ええと、とてもいいですね、すごく気に入りました。

妻はきみに絵筆も見せるし、美しいパレットも見せるんだろうね？ 妻のキャンバスを張ったのか？

主人はひどく酔ってるわ、デジレが言う。

ええ、そのようです。おいとましますよ。

ずっとおいとましててくれ、アントンは言う。はじめっからな。

いらだちが原因の攻撃は、結局、攻撃する当人を傷つけます。

それはどうかな、攻撃されたほうがもっと苦しむとおれは思うね。それを証明しようと、アントンは、そばをすりぬけようとしたバカめがけて下から突っ込み、驚いたモウグリの足が偶然アントンの頭を蹴とばす。ぱっと明るい閃光が走り、階段がアントンを受け止めようと傾く。わぁーっ。だが、痛みはない。痛いはずじゃないか？ 笑いながらアントンはごろんと仰向けになる。

上出来だ、と言いながら顎の横をおさえる。今になって痛みがかすかにちらつきだす。とんだヒーローだ。

わざとじゃなかったんです、モウグリが言う。でも、わざとだったとも言える。あなた自身の怒りがブーメランみたいにあなたに向かっていったんです。

要するに、自業自得ってことよ、デジレが言う。

自分は自業自得なんて目にはあわない、そう思ってるんだろう？　それとも、悪いカルマは他人のためだけに取ってあるのか？

もう行ったほうがいいわ、スイートハート、デジレはささやく。この人がほかになにかしないうちに。

モウグリは見るからに心配そうだ。きみは大丈夫……？　本当に……？　だってぼくが——

ぼくがなんだっていうんだよ？　え、スイートハート？　おまえがデジレを守るって？　滑稽だね！　アントンは立ちあがろうとするが、よろめいてまたひっくり返る。

いいから行って。わたしは平気よ。主人の代わりに謝るわ。

モウグリは立ち去るが、その前に最後の説教をたれる。物質は堕落した精神である、と自分は信じている。しかし物質がもっとも物質的になるのは、力を行使するときだ。暴力に精神はない。だから、アントンが品格を落とし、精神を貶（おとし）めるのを見るのは悲しい。それだけの説教だが、モウグリの口調には思いやりがあり、アントンにも同じように、思いやりをもって受けとめてもらいたがっている。

へっ、そいつはどうも。さあ、とっととおれの敷地から出ていけよ、戻ってくるな。

モティは望むときにいつでも戻ってくるわ。でも今は帰ったほうがいいわね、スイートハート。

新たな認識を得ましたよ、デジレ、あなたがこれまでなにに耐えてきたかがわかった。

そのあとモウグリは闇に遠ざかる赤い一対のテールライトになる。

ねえ、モティはとても深い魂を持った誠実な人なのよ。妻は冷たい怒りをこめ、低い声でアントンをなじる。モティからとても多くのことを学んだわ！　わたしが自分を見つける手助けをしてくれた。だから、彼をわたしの家に招いたときは、彼にあんな失礼な口のききかたをするのはゆるさないし、彼を肉体的に攻撃するのもゆるさない。

おれもここに住んでいるんだぜ。あんな低級な人間に妻を寝取られているとはな、信じられない。あいつはもうハンサムですらない、気づいてるのか？　最近は腰布すら数サイズ大きくなってる。

彼は低級な人間じゃないわ！　それどころか、絶対、わたしたちより高尚よ。それにあなたが考えているようなふるまいなんかしていない。彼は友達で、指導者で、見習うべきお手本だけど、恋人じゃない。だけど、とデジレは一秒後につけくわえる。仮に恋人だとしてもなんだっていうの？　人間は互いを所有してるわけじゃないのよ！　あなたが一緒に探求する人をほかに見つけたら、わたしは祝福するわ。

おれだってそうするよ、嘘じゃなく。だが、その所有しないとか、分かち合うとか、いささか共産主義的だし、ヒッピーっぽくないか？　きみのパパなら賛成しないね。

父はモウグリ、じゃなくて、モティに会ったし、とても彼を気に入ってるわ。

お義父さんはわかってないんだよ、誰のことでも気に入るんだ！　今、スターリンに会ったら、彼のことだって気に入る。異様な気分のたかぶりからアントンは泣きだし、そのあと笑いはじめる。ああ、おれは悲劇は扱えるな、だめなのは喜劇だ。

それ、どういう意味よ？

おれは人生を棒に振った。

そう、おあいにく。気づいていないのなら言うけど、わたしだってたいして楽しんじゃいないわ。それからね、たとえばの話、わたしの精子の数があなたのと同じぐらいすくなくても、わたしなら棒に振ったなんて言わない。

デジレは彼を傷つけるつもりだ。なぜなら、最近あきらかになった新事実はふたりのどちらにとっても、とりわけ彼女にとって、きわめてつらいものだからだ。彼らが子を生すことができず、地上に子孫を増やせない理由は明瞭に彼にあるからだ。だが今夜、アントンはそのことをほとんど気にもとめていない。彼はたったいま心に浮かんだその単純な事柄にいまだに呆然としている。そうなんだ、おれは人生を棒に振った。五十年間、二分の一世紀、かつては自分が成し遂げると確信していた事柄を、ただのひとつもしていない。有名大学で古典を読むのも、外国語を身につけるのも、世界旅行も、愛する女との結婚もしていない。本物の権力を両手につかんでもいない。自分の意思で運命を曲げることもなさそうだ。小説を完成させることすらない。なぜかといえば、引き続き正直に言うと、ほぼ二十年間たっても、ちゃんと書きはじめていなかったからだ。ほとんどなにもする気がない。

深夜、家をうろついているアントン。ときどき寝室のドアの外で立ちどまるが、ドアは鍵がかかっていて、その向こうでは妻が眠っている。ドアをたたき、叫んでもいいのだが、その筋書きには意外性がない。片手に酒瓶を握って徘徊を再開し、早くも人の動きが認められるわびしい景色を見渡すほうがましだ。

後刻、アントンはホテルの一室にいて、金庫から金を出そうとするが、どうしてもそのいまいましい箱があかない。金庫の扉をひっぱる、両手が汗ですべって、しっかりつかめない。するとドアにノックがある。バン、バン！　彼は恐怖に凍りつく。金庫の金は彼のものではなく、彼はここにいるべきではなく、ノックをしている人物が彼に好意を持っていないからだ。どこに隠れたらいいんだ？

バン、バン！　その音、なにかの音が、彼をホテルの部屋からひきずりだして、自宅のソファから転げ落ちそうになっている身体に戻す。明かりもテレビもつけっぱなし、玄関ドアはあいたままだ。

アントンは目をさます。

だが、あのノックはなんだったんだ？　かなり遅い時間／いや早朝の夜明け前だ。眠りの中でなにかがバンバンと音をたてていた。それはほぼまちがいない、外のどこかだ。

怖くなって立ちあがると、神経が不満の声をあげる。これが怖れていた瞬間、なにかが起きようとしている瞬間なのか？　泡を食って二階の書斎へ駆けあがり、衣類の山の下からショットガンを掘り出す。指先が金属を捜しあてるまで永遠の時間がかかったように思われる。弾薬は抽斗の中だ。探る、探る、探る。簡単な作業すらスムーズにできず、頭がせきとめられたドブのようで、それに見合った味が口中にする。ようやくショットガンを片手につかみ、ポケットに弾薬を突っ込みながら、階段をよろめき降りる。玄関ドアから広大な恐ろしい闇の中へ飛び出すと、私道を進みながら、闇が天のレンズで拡大されているように感じる。ちいさな円形の堀をめぐらした芝生、電気柵、それから残りの農場、それからやっと世界。円の内側の円、その内側のおれ。

ノックの音は柵の外にごたごたと並ぶ小屋や離れから聞こえた可能性がある。あるいは、そんな音は結局していなくて、夢の中のことかもしれない。考えてみれば、その可能性が大きい。自分の存在をおおっぴらに知らせる侵入者がどこにいる？　いやひょっとしたら、最悪のやつらかもしれない。ゲートの鍵をあけて、通りぬけろ。どうしてすべてがこんなに静かなんだ？　東の空はすでに白みはじめているのに、虫の音も聞こえないし、鳥たちはどこにいる？

数軒の小屋に近づいていきながら、彼は薬包を銃の薬室に送り込み、それが閉じ込められた音を聞く。カチャ！　固く乾いた音、警告するような音だ。ノックが聞いてあきれる！　向こうに誰かがいるなら、こっちは本気だと知らせるべきだ。安全装置をはずし、一瞬様子をうかがうが、それに応える音はない、走ってくる足音も聞こえない。

小屋のまわりを一周するが、どれもみな無傷でドアも窓も閉まっている。アントンは歩き続けるが、なにをさがしているのかよくわからない。頭の調子はますます悪化し、今では吐き気までしてくる。ちょっと立ち止まって吐こうとするが、それすらうまくできない。代わりに歩きつづける。吐き気は踏んでいる地面や、詳細も色彩もない茂みや草むらと一体化している。

曙光がさしてきて、アントンは泥酔とも二日酔いともつかぬ状態で、服をはだけたまま農場をよろめき歩いている。ボタンがはずれ、縫い目がはじけて中身がはみ出た人形のようだ。で、アントン、きみの中身はなんなんだ？　ああ、いつものクリスマスの食べ物だよ、甘い菓子にフォーチュン・クッキー、ダイナマイトが少々。

ヒア・カムズ・ザ・サン、リトル・ダーリン……赤を背に浮かびあがる鉄塔の輪郭。かなり遠くまで歩いてきて、後方にあるはずの家はもう見えない。鳥たちが今はさかんにさえずっている。何度も戻ってきては繰り返す愚かしい、いにしえの大地。ショーを見逃すな。年老いた娼婦よ、同じ出し物を夜の部も昼の部もあきるほど繰り返して、どうして耐えられるのか。そのあいだに劇場はおまえのまわりで崩れ落ちていく。それなのに、台詞も、メーキャップも、衣装も、大げさな身振り手振りはもちろん、なにひとつ変わらない……明日と明日とそのまた次の日も……

いやだ。無理だ。芝居の中を歩き続けることにはもう耐えられないし、家へ引き返して、床に投げ捨てた着古したシャツのような人生を拾いあげるのかと思うと、耐えられない。ではどうする？　シャツのような臭い人生を、彼自身の悪臭ふんぷんたる人生をふたたびまとうのか？　彼はそれをよく知っている、そのにおいを。シャツを抹殺しろ、家を抹殺しろ。鉄塔を抹殺しろ。全部停止させろ。

おれが望んだのは……
バン！

またあの音が。誰かがドアを強く叩いているような。デジレはしばらく前に眠りのなかでなにかを聞いたように思った。昨夜のあのひどい顚末（てんまつ）のあと、すこしでも休息を取ろうと薬でむりやり眠ったので、今朝は頭が朦朧としていて、裾の長い白いナイトガウンも乱れた髪も、彼女のすべてが地面にむかって垂れ下がっている。いうまでもなく、この頃は垂れ下がるものはもっとある。

窓に近づいてブラインドを持ち上げ、外をのぞくが、茶色の草原以外なにも見えない。延々と広がる茶色の草原、これがわたしの人生だ、と彼女は思う。刺激的な事柄でさえ色褪せてしまった。酔っ払いを相手に、こんな田舎に縛りつけられたら、女はどうなるだろう？　彼女はいらだってくる。もちろん、いらだっている。よそに慰めを求めることを誰がとがめられるだろう？

デジレは自分をあまりとがめない、とがめたことがなかった。彼女に関するかぎり、世界は彼女を喜ばせるためにあり、彼女は世界に落胆するためにいる、それが自然の秩序なのだ。ナイトガウンにふわふわのスリッパをつっかけて、階下に降りる。そこでは女がコーヒーの用意をしているだろう。

おはよう、サロメ。ご主人を見かけた？

いいえ、奥様。

このコーヒー、砂糖をいれすぎよ。いつも言ってるでしょう。

すみません、奥様。

わたしのベッドはまだ整えないで、いい？　もうすこし横になるかもしれないから。さんざんな夜だったわ。

お気の毒に、奥様。

この女はアントンが生まれてからずっとここで働いている。きっといろんなことを見聞きしてきたんだわ！　使用人は幽霊みたいにいつでもそこらにいるから、ほとんどその存在は意識されない。でも、その逆も真だと考えるのは間違っているし。彼らはちゃんと見ているし、耳をそばだてて、互いに協力しあっているのだ。彼らは雇い主の秘密も、雇い主のことならすべて、ほかの白人が知らないことまで知っている。下着のしみや、靴下の穴まで。彼らがよからぬことをたくらむ前に、馘にしなくてはならない。この女はとっくに辞めさせるべきだったのだ。

そんなことを思いながら、デジレはコーヒーを持って、ぶらぶらと玄関ポーチへ出ていく。早朝ここに立って、農場主の妻を装うのが彼女のお気に入りだ。そうしながら、世界の上っ面を眺める。黄色と緑のトウモロコシ畑が風に吹かれてうねりながら広がっているさまを想像することもある。トウモロコシ畑、現実は、茶色の草原から、人影が走ってくる。朝日がその背後で輝き、影が前方へ長く伸びて、からかうように上下に揺れる。

なんなの？　何事？

あけっぱなしのゲートをくぐってきた人影はアンディレだ。長いことここで働いているもうひとりの使用人だ。家族が農場から退去させられてからは、毎朝タウンシップから徒歩でやってくる。今、アンディレは大声で、なにを見たかを彼女にしゃべっている。電気柵のすぐうしろまでくる。おお、神様、お助けを。

よくわからない。きっとデジレの聞き間違いだ。

なに？　彼女は言う。なんて言ったの？

だが、その言葉が繰り返されても、そのことが世界と結びついているとは思えない。ばかな。嘘よ。

まさか、デジレは言う。つい昨夜、彼は。そんなのおかしいわ。ありえない。

そんなはずがない。

でも否認が効果を発揮するのは他人にたいしてだけで、運命には効かない。気づいただろうが、嘘だと言ったところで、起きることは起きる。とどのつまり、今朝あなたの夫が目をさまし、ショットガンを手に外へ出て、自分の頭を吹き飛ばすために、およそありえない姿勢に身をよじったことは、天気と同じように公正な事実なのだ。

デジレのこれまでの人生で最悪の経験は、ほかの誰か、つまり、彼女の父親に起きたことであり、この場合も、むろんアントンの死はアントンが招いたことではあるが、なぜか、彼の自殺は彼女のせいでもあり、デジレはすでにそれを感じることができる。それが他人の見方だし、他人はそういうふうに彼女を見るだろう。これからずっとデジレは、自殺した男と結婚した女であり、おそらく、彼を自殺へと追いやった女なのだ。

ことによると、わたしのせいだったのかも。彼女は何度も何度も考え、いわれなき非難――誰も彼女を非難しなかったのに――は否定しなければならないという結論にたどりつく。

いいえ、そうじゃない、わたしはアントンを失望させなかった、誰も失望させたことなどない、わたしを失望させたのは彼のほうよ！

しーっ、落ち着きなさい、いい子（シャッツィー）ね。冷静にならなければだめよ。誰もあなたを責めてはいないわ。

どういう意味、みんなが責めているわ、ママンだって……

デジレは火のようなタイプで、悲劇に対処するにはあまりに感情的で興奮しやすい。だからバランスを取るには、地に足のついた人間が必要になる。堅実で冷静な誰か、永久凍土が広がるツンドラみたいな人間が。言うまでもなく、彼女は母親に電話する。ママンは家庭内スキャンダルが好きで、夫のコネの連絡先を満載した携帯電話とちいさな薬局一軒分の鎮静剤で武装して、ただちにポルシェで農場へ急行した。過度の混乱を招かないように問題を処理する方法はいろいろあるが、大事なのは、冷静で落ち着いていることと、話をする相手を正確に知っていることでもある。しかるべき耳元に一言ささやけば、迅速に手続きが動きだす。そうすれば、警察医が死亡証明書を発行しにやってきて、控えめな質問が二、三されるだけで、遺体は大騒ぎが発生する前に運び去られるだろう。

それがすめば、あとは簡単で実務的な手続きがあるだけだ。まず、関係者全員に知らせるという問題。ママンはその仕事を引き受けるが、これさえも、やってみると、たいした手間ではない。アントンは一匹狼だった。知り合いは何人かいたが、友人は多くなく、彼の携帯電話にある名前はほとんどが農場への配達のために使っていた連絡先で、あとは飲み仲間が二、三人気まぐれに登録されているだけ。重要と思われる人びとに電話をかけるのも三十分足らずですみ、彼らのほとんどはショックこそ受けたようだが、涙はない。

全員に知らせ終わったあとではじめて、デジレは思い出す。ああ、大変、アモールはどうしよう？

誰？

アントンの末の妹。何度かママンも会ったはずよ、おぼえていない……？

もうひとり妹がいるの？　本当？　てっきりひとりだけだと……

ママンはアモールの名前を思い出すのに苦労する。ましてや何年も前に見た顔などさっぱり記憶がない。正直なところ、ママンにとってスワート一家は非常につきあいにくい人たちで、意識から一掃したくなるほどだった。おまけにアントン自身、昔から家族との関係は希薄だった。アモールが華やかな人物だったはずはない、とママンは判断する。そうでなかったら、忘れるはずがない。

アントンの携帯電話にアモールの電話番号は登録されていない。彼らは長いこと言葉を交わしていなかった。

どうしてかしら？　この年配の女性は敵対関係の気配に活気づく。喧嘩でもしたのかしら？　喧嘩じゃないわ。むしろ意見の不一致よ。なにについてだったか、まるで思い出せないけど。土地のことかな？

白人が喧嘩をするとき、昔から原因は所有地と決まっているわ！　とデジレの母親は合理的な証拠もないのに断言する。

だけど、どうやってアモールに知らせたらいいのかしら？　そのときデジレは以前もこの問題に直面したことを思い出す。あのときは、アモールの職場を見つけることによって問題を解決した。ダーバンの病院だわ！　ＨＩＶ病棟！

数回の問い合わせで番号が判明し、陽気な声が応じる。あら、ええ、アモールはここで働いていました。でも二年前に個人的理由で辞めたんです。別の番号をお教えしますか……？　電話に出たのはスーザンという女性で、アモールとは何年も会っていないとそっけなく言う。不機嫌で悲しそうで、電話を切りたくてうずうずしている。いいえ、連絡先は知りません。ケープタウンへ行ったみたいだけど。いいえ、伝言はできかねます。

アモールの記憶はないのに、ママンはアモールに不当に扱われているように感じる。なんてしょうのない人なの！　まるで必死に行方をくらまそうとしたみたい。そういうことなら、いいわ、それが彼女の望みなら、ほうっておきましょう。せいぜいがんばることね。それに、相談相手の数がすくないほうが、葬儀のプランははるかに簡単になる。

ママン自身はカルヴァン派の葬儀へ傾いている、なんといってもそれが自然な選択であり、厳格な儀式は、これをもって終わりだ、という感覚を常に与えてくれる。しかし彼女の娘は首を縦にふらず、夫の魂のためには、もっと東洋的なアプローチが必要だと考える。ルステンブルクでこのヨガだかヨーグルトだかに夢中になって以来、デジレは正統からはずれた宗教に寛容になり、認知症が悪化する前の父親とそれをめぐって衝突していた。ママンもうさんくさくは思っているが、この場合は娘に賛成する。アントンなら異端じみた式をいやがりそうだし、だったらかえってそういうやり方で彼を送りだしたくなる。この数年、アントンはママンにとって不愉快以上の存在になっていたから、あまりその死を悼む気になれないのだ。そうなさい、シャッツィー、葬式は死者ではなく生きている者のためにあるのだし、いずれにしろ、反対しようにも彼はいないのだから、そうでしょう？

生身のアントンはいない、たぶん。しかし、死後の屈辱すら予見して、抵抗するのがアントンの性分だった。翌朝、家族の弁護士が電話をしてくる。シェリーズ・クーツ－スミスは結婚の戦利品コレクションとして名前をひとつ付け足しており、その貫禄が彼女の声を胸郭の下部へとひっぱりおろし、低く響く声で、アントンがこのような状況におけるみずからの願望について、公証人の署名が入った一通の手紙をファイルに保管していたことをママンに知らせる。次のような内容である。

1.　宗教的儀式はしないこと。祈りの言葉などもってのほかだ。

2. 火葬にすること、土葬は禁じる。
3. 火葬場での葬儀がいい。
4. 灰は農場のどこか適当なところに撒いてくれ。どこでもかまわない。
5. すでに明白なはずだが、過度の騒ぎや感傷はごめんこうむる。

まったく、ぶっきらぼうで、シンプルで、駆け引きの余地はほとんどない。あなたの好きなようになさいな、アントン、望みどおりになるでしょう。実のところ、わたしたちみんなにとっても好都合よ。でも電話を切る前に、と老婦人はシェリーズ・クーツ゠スミスに言う。もしやアモールの電話番号をごぞんじないかしら？

誰ですって？

アントンの妹ですよ。

ああ、あの妹！　いいえ、わたしどももも何年も連絡を取ろうとしてきたんです。彼女と話をするのがわたしどもにとっては不可欠です。わたしに電話をするよう伝えてください。

あなた、ちゃんと聞いていたんですか、この独断的でえらそうな女に苛立っていたママンは文句をつける。この弁護士は誰かを思い出させるのだが、誰かわからない。きちんと聞いていたなら、わたしたちがアモールの居所をつきとめられなくて困っていると理解できたはずですよ。

アモールは消えてしまった。その行方は雲をつかむようだった。だが、われわれは以前にもそういうことを耳にしたし、彼女はいつも、探す場所さえわかっていれば、確かに存在する実体としてあらわれる。

今日の彼女は、まさにこの瞬間、なにをしているだろう？　彼女はベッドに横たわる弱々しい身体を拭いている。アモールはある病棟で病人の世話をしている。これは前にも見たような場面であり、変わっていなかった。消えたなんてどういう意味だ？　彼女は違う病院にいる。それだけだ。だが病人と死にゆく人びとはどこでも似通っており、彼らの苦しみは万国共通で、彼らの世話をするのは同一の仕事である。どんなにやさしく、いたわりをもって、アモールが仕事をしているか、見るといい。損傷がある敏感な肌の上をフランネルで拭うその様子を。傷口を軽くぬぐって手当てをしてから、患者、この場合は年老いた女性だが、患者が服を着るのを手伝う。大丈夫ですか？　快適ですか？　すこしはお役に立っていますか？　そのような看護は過去に数え切れないほどあった。そして今後もずっと続く。

　では彼女についていってみよう。その夜、アモールは住まいへ向かって通りをいくつか歩いていく。看護師の制服がなかったら、家路をたどる人混みの中で特別彼女に気づくことはないだろう。目立つところはまったくない。これといって特徴のないブロックの三階にあるちいさなワンルームのアパートメントも同じく目立たない。正面のドアをあけると、慎ましいリビングルームがあり、その向こうにちっぽけなキッチンとバスルームがある。ベッドは布団式マットレスで、それが隅に丸めてあり、それ以外はほとんど家具もなく、椅子が一脚とテーブルひとつ、それに造り付けの棚がひとつ、まばらに置かれているきりだ。それだけ。それどころか、壁にわずかに色の異なる四角い部分があることから判断するに、彼女は絵画を二点ばかりはずして、どこかへ片付けている。

　彼女は制服が汗で皮膚にはりついているのを感じ、自分の流儀に反して、手当たり次第に脱いでいく。それでいいんだよ、アモール、悪いことなど起きない……風呂に入りたいが、できない。ダムがほぼからっぽで、水の供給が制限されているので、代わりにシャワーを二分だけ浴びて、残りはあとで使うために浴槽にためる。普通なら夕食を作るところだが、電気がまたつかない。そう、ここでも。国中で電力不足が起きていて、暗い時間帯がどんどん長くなる。配電網が崩壊しつつあるのに、維持管理はされておらず、金もなく、大統領の友人たちは現金を持って国外逃亡している。明かりもなく、水もなく、豊かな国に不景気が蔓延している。

アモールはあわてない。あとで明かりがついたら食べよう。それまでのあいだ、身体にタオルを巻きつけただけの格好で、リビングルームの窓の正面に腰をおろし、最後の光に包まれる山を眺める。膝に一匹の猫が丸くなる。いや、違う、猫はいない。だがせめて植物ぐらいは持たせてやろう。窓がまちのブリキ缶で緑が育っている。彼女は浴槽にためた水をちょっと与える。

季節は盛夏（南アの夏は十二月〜三月）になろうとしており、日々は長く、白く、穏やかだ。十二月でも雨は降るが、ぱらつくだけで、今はまず降りそうにない。天候がいたるところで変化しており、それにはいやでも気がつくが、それにしても、この大都市全体が水不足とは！　あらゆるものが甲高い警報を発している、音というより振動で、乾燥が進むにつれて足の下で地面が縮んでいく。ピシピシとリベットがはずれていく。人びとは気が気でなく、デイ・ゼロ（地球から水がなくなる日）が迫るにつれて、不安はじわじわと恐怖へと高まっていく。そのうち水道から水が出なくなるだろう。想像できる？　すぐにでもそうならないとは言えない。

だが一方で、太陽がその金色の日差しをふりそそぐなか、暑さを楽しまないのはむずかしい。あの輝きと明るい光をどうして抱きしめずにいられるだろう？　ケープタウンのいたるところで、理性が後退して肉体が前面に躍り出てくる、ビーチで裸をさらし、海に入り、山のふもとをてくてく歩く。

生命力にあふれた若者のための都市。だが、若くなく、体力もないその他の人びとはどうなる？　歩道に、橋の下に、信号機のそばに、アル中が、金を使い果たした者が、身体の一部を損傷した者が、大勢集まって、それぞれの傷を得意げにさらす。自分にできることをし、一枚の服を、一皿の食べ物を差しだすが、彼らは無数にいて、その要求には終わりがなく、アモールはこのところろくたくただ。

仕事が彼女を疲弊させているようだが、彼女は積極的に燃料を燃やす。たくわえておく必要はない。道端の迷える身体、病院で彼女が介抱している身体が、今の彼女がふれる唯一の身体だ。アモールは彼らの苦しみを和らげようと努めている。わたしの最後のやさしさは、わたしの知らない、わたしを知らない人びとのためにとってある。愛情は残っていない、あるのはやさしさだけで、愛情よりそのほうが強い。いずれにしろ、愛情より長持ちする。若い頃、人を愛する力があった頃は、わたしも何人かの人を愛した。誰を、アモール？　そのときどきで、男性や女性を。ひとりの今、彼らの身体や名前はどうでもよいものだ。自分を愛し続けることさえむずかしい。

いつか自分も弱者と病人の列に加わるようになるのではないか、という予感を最近持った。午後の半ばは風がないとすさまじい暑さになり、どこにも逃げ場がなくなる。すべての力が頭の中を駆けめぐる。彼女は今、まさにその状態で、まるで身体が燃えるようだ。患者に食事を食べさせている最中に手をとめて、自分をあおぐ。そのあと突然気が遠くなり、ベッドの端にへたりこむ。なにが起きたの？　誰でも感じること？

すこしたってから、暑くて溶けそうになっているのは自分だけであることにアモールは気づく。わたしだけだわ。熱は体内から燃えている、エンジンがそのメモリをリセットし、燃料タンクがからになって煙が出ている。とにかく、そんな感じだ。アモールのホットフラッシュはもう一年以上続いていて、そろそろ慣れていいはずなのに、いまだにそれがはじまるたびにびっくりする。わたしに火をつけるのは誰？

ガスの青と黄色の炎。頭上の煙突から脂っぽい黒い筋を描いて、煙がもくもくとあがっていく。ひとりずつ、めいめいの順番がある。うえっ。きっと皮膚が縮み、脂肪がしたたるのだろうが、そういうことは考えまい。もちろん、大事なのは魂だけだ。

アントンの見送りに集まったのはごく少数だ。単なる知り合いと、家族と、ごますり数名の寄せ集め。これでいいのだろう。おおげさな涙もドラマもない、基本的に品位を穢す出来事から遠ざかるには、誰にとってもこのほうが簡単だ。ママンがすべての手筈を整えたのだが、にもかかわらず、状況に目配りするには一番濃い色のサングラスをかけずにいられない。彼女の夫、愛すべき老いた戦争犯罪人もここにいるが、この半年間で認知症が急激に進んだせいで、自分がどこにいるのかもわからず、柔和に周囲を見まわして目をしばたたきながら、煉瓦造りの低い建物の外にある青々とした芝生の一画にいることに彼は満足している。別の式がまだ終わっていないので建物の中に入ることはできず、だから全員が所在なく立ったまま待っている。総勢十二人ばかりだろうか、そのほとんどはデジレが会ったこともない顔ばかりだ。母親が早めに与えたちいさな錠剤と、普段は彼女を冷静にさせるプラナヤマにもかかわらず、今朝、彼女は金切り声をあげそうになった。

ありがたいことにモティもそこにいて、目をつぶり、腕組みをして、自分の核をじっと見つめている。彼がいてくれて、本当に心が安らぐ！　デジレは今日の式でモティに短いスピーチを依頼し、彼は喜んでそれを引き受けた。もちろん彼女のためだ、アントンにはあまり好意を持っていなかったし、人柄もよく知らなかった。実際、アントンに深い好意を寄せていた者、アントンをよく知っていた者は誰もいないことが今や明らかになっている。彼に近い人びとですら、表面的なつきあいだった。

でも、アモールはどこですか?

その問いがついにサロメの口からぽろりとこぼれる。彼女の口から飛びだす機会をしばらくうかがっていたのだ。もちろんサロメも参列している。教会用の堅苦しい服を着て感嘆符みたいにまっすぐ背筋を伸ばしている。彼女を追い払う法などない。

連絡方法を知っている人がいないのよ、デジレはメイドを黙らせようと言う。

どうして電話しないんです?

番号を知らないからよ。

知っていますよ。

え?

アモールの電話番号なら知っています。

憎たらしいメイドはハンドバッグから携帯電話をひっぱりだして、のぞきこみ、ボタンを押す。数日遅い!

でも、どうしてわたしに言わなかったの? 高圧的な批判となって質問が飛び出すのは、これもまた自分の許しがたい過失と判断されることがデジレには急にあきらかになったためだ。夫を自殺へ追い込み、次は夫の妹を葬儀に呼ばなかった! 人びとはそう言うだろう。そのすべてが、愚かなメイドがアモールの電話番号をデジレに知らせてさえいれば避けられたことなのだ。

聞かれませんでしたから。サロメは答える。

今はやめておくけど、あとできっちり話をつけるわよ! デジレは腹をたて、困惑し、目立たぬように移動して母親にささやく。信じられる？　あの女、はじめからずっと彼女の電話番号を知っていたなんて……

誰？　誰の番号ですって？　ママンは娘がなにを言っているのか半分もわからない。だから、式のほんの一部とはいえ、娘が決めたこの東洋風の信仰のせいにする。

あのメイドよ。アモールの番号を知っていたの。なんで彼女が知っていて、わたしたちが知らないの？

アモール？　その名前が眠りからゆっくりと目をさます。ああ、わかった。手遅れよ、シャッツィー、今さらあなたにできることはないわ。

末の妹の問題はママンにとって表面上の重大事にすぎないし、いずれにしても、今、チャペルのドアが開き、先行していた集団が出てくる。会葬者が大勢いる、ということは故人はどうやら人気者だったらしく、中に入るのを待っているこちらにたいして向けられるのは、わざとらしい無関心だ。声に出して言うわけではないが、このような場所ですら、どの集団にもライバル意識があり、アントン・スワートは有名でも人気者でもないから、その肩身の狭さから、こちらは強烈な日差しを避け、いそいでこそこそと中にはいる。

ひとりだけあとに残る。今までサロメは、たとえ前回のように土壇場であっても、アモールがあらわれると思っていた。アモールに誰も知らせていなかったとは、サロメは思ってもいなかった。誰かが知らせなくてはならないのに！　だから、彼女は芝生にひとり残って、携帯電話を耳にあてる。彼女が送り出す信号が見えない電波に乗って電波塔から電波塔へと伝わり、遠くの部屋の隅で耳に聞こえる形をとる。留守番電話には懐かしい声が録音されている。ああ、アモール。わたしです。サロメですよ。残念ですが、悪い知らせがあります。

チャペルではモティが参列者へのスピーチをはじめた。ぼくたちの友人アントンについて、すこし話してほしいと頼まれました。しかし宗教的な話はしないようにとも頼まれました。これはアントン自身の要望に添うためです。だから、これが彼についてまず言っておくことです。彼は信心深い人間ではなかった。

それはかまわないんです。実際、ぼくにとっては全然問題じゃありません。ぼく自身、宗教的な人間ではないんです。ですが、精神についてはすごく関心があります。だから、代わりにそのことについてちょっと話しましょう。

モティは聴衆に向かって優雅にほほえむ。ひげのせいで一部は隠れているが、彼の微笑には人を落ち着かせるやさしさがあって、その声は、一部の女性にとっては、患者にたいする医者の態度（ベッドサイド・マナー）を連想させる。しばしばその声はベッドサイド以上のところへと彼を連れていったものだが、むろんそれは彼が精神に深く関わるようになる前のことだ。

それでは、ここであることをやってみましょう。アントンのことを考えるとき、心に浮かぶのはどんな言葉ですか？　ぼくがいくつかあげてみましょう。ポジティブな内容にしてくださいよ。でもだからといって、正直でないのはいけません。アントンなら率直な意見を喜ぶでしょう。

では、ぼくがまっさきにあげる言葉はこれです。正直！　彼はたとえ間違っていても、見たとおりのことを口にしました。彼自身の真実を語ったのです。そしてぼくら全員が、どこかでその正直さの結果を受け取っていたんです。ああ、ときにはあそこまで正直でなくてもよかったのにと思います！　みなさんの中にも、きっと同感だと思う人がいるでしょう。

満足そうな忍び笑いに勇気づけられて、モティはしゃべり続けた。

怒り。それがふたつめの言葉です。彼がもっとも正直になるのは、すごく怒っているときでした。そしてそのことに悩んでいました。正直で、怒りっぽく、悩んでいた。つまり、彼は苦しかったんです。

知的。すごく。頑固。すごく。愉快。そして人にたいして寛大になれた、と聞いています。寛大な心も持っていたのです。ですが、思いやりに欠けることもあり、ぼく自身、少々経験しました。

このへんで、みなさんから付け加えたい言葉はありませんか……？

後方近くのどこかから、アントンの元彼女が言う。

それにたいして笑いが起きた。忘れないで、彼はいつも正直というわけじゃなかったわ。

われわれは判断するためにここにいるのではありません。ポジティブに徹するようにしましょう、モティが言う。

強引、誰かが大声で言う。

敏感。

偏見がない？

ワイルド！

この成り行きにすこし狼狽していたデジレが言う。彼は情のある人だったわ。

隣で、頭が混乱している彼女の父親が声をたてて笑い、叫ぶ。セクシー！

間があく。モティが軽く手をたたく。もういいでしょう！　アントンの精神を説明する資質ばかりです。むろん、ほかにもあるでしょう。

ぼくはわれらが友人が亡くなる前夜に、言葉を交わす機会に恵まれました。そのとき彼に言ったことを今からみなさんにもお伝えします。物質は堕落した精神である。ぼくらが知っているように、アントンは生まれつき疑り深い人でしたが、ぼくの言葉は聞いていたと思います。メッセージは届いたでしょう。

彼は物質世界ではあまり心の平安を得ていなかった。ですから、精神の領域で安らかであることを祈ります。しかし、しばらくのあいだだけです！　なぜなら、みなさん、この人生の向こうにはもうひとつの人生があり、別の肉体がぼくらの魂を受けとめようと待っているからです。ぼくらはふたたびアントン・スワートに会うでしょう、ぼくらひとりひとりが彼と繋がっていたからです。彼は別の名前を持っているでしょうし、みなさんもそうでしょう。しかし、みなさんの精神は彼の精神を知っている。みなさんには終わっていない事柄がまだまだあるのです。

ふたたび喜びに満ちた微笑。集まっているのは大半がよきキリスト教徒であり、彼らのあいだに落ち着かない雰囲気が生じる。もうひとつの人生とかいうこのたわごとはなんだ？　異教のように聞こえるぞ。異質で、現代的で、そこらじゅうで見聞きするモラル全体の崩壊のひとつだ。ママンは声に出してそっといぶかしむ。どこが非宗教的なの？　するとデジレがただの哲学的意見よ、神の話は出てないわ、とささやき返す。他の場所からもつぶやきが広がっているが、幸いなことに、ミロ・プレトリウス、別名モティのスピーチは終わりに達していた。

そろそろ物質的世界があらわれる頃合いであり、それはアントンの古い飲み友達のひとりという形となってあらわれる。名前はデレク、彼は自作の歌をうたう。調子っぱずれのギターに、泣きだしそうな顔。おい、アントン、これをおまえに捧げる！

おれたちは仲間だった、おれたちは友達だった
あの時代がいつまたくるだろう?
おまえはここにいた、おまえはあっちにいた
いつでもどこにでもいた
なのになんでこんなにすぐに出ていったんだ?
なんたらかんたら。

次はデジレの兄でアントンの級友レオンが、アントンの心情に近いと勝手に思いこんで、N・P・ファン・ウィク・ロウ(南アフリカ出身の著名な詩人)の詩を朗読する。レオンがそう思い込んでいるのは、昔、アントンとそういう話をしたと確信しているからなのだが、実はその相手は、昨年ボート事故で悲劇的な死をとげた共通の知り合いだった。だがこの些細な勘違いなどどうってことはない。アントンも、その知り合いも、N・P・ファン・ウィク・ロウも、みんなすでにこの世にはおらず、モティが正しければ、この地上の滑稽な茶番が終わったときには、われわれ全員がいつか霊界に還ることを運命づけられているのだ。

そろそろ行っていいかしら? ええ、いいんじゃないの。ありがたいことに、試練は全部終わり、集まった人びとはオルガン音楽の濁った潮に乗ってドアのほうへと押し流され、せきとめるのは出っ歯でかつらの下からガーゼを一インチのぞかせている男だけで、彼は途中でデジレに近づいて、遺灰は二週間で回収の準備が整うと告げる。事務所からご案内がいきますから。

式後の明確な予定はなにもない。後日ふたたび集まることはありえない。気まずすぎるし、いずれ

にしろ、アントンは騒ぎを望まなかった。だから、チャペルの外でそそくさと別れを告げたあと、さまざまな会葬者たちは煙突からたちのぼりつづける煙の分子のように、散りぢりになる。

当事者のひとりであるデジレは母親の運転で農場に帰る。父親は後部シートにメイドと並んでぼんやりすわっている。車内に会話はあまりない。それぞれがたった今起きた出来事について、それぞれの思いにふけっているが、老人だけは売春婦の団体とヘリコプターに乗っていると思い込んでいる。かつて、輝かしい時代に実際にあったことなのだ。

ママンは農場に着くと、アントンの末の妹に電話をかけるという仕事に着手する。気を使う会話になるにちがいないが、愚かな行為を認めてはならないのだ。誰も彼女に連絡できなかったのは困ったものだが、そもそもそれは誰のせいなのか？　このアモールという人物は多くのトラブルの原因なのだから、強くて礼儀正しい誰かが間違いを正さなければならない。

ところが、電話に答える声は冷静で静かで、ほとんど眠っているように聞こえる。ええ、彼女は言う。兄のことは知っています。

知っている？　でもどうして？　わたしたち、あなたをつかまえようとしていたのよ……

サロメが今朝、チャペルから電話をくれたんです。なにもかもお世話になってありがとうございました。ちょっと間があってから、彼女は付け加える。わたしを見つけられなかったのは、わたしのせいです。隠れていたんです。

口喧嘩にはならない。想像していたような争いはない。結局、ほとんど言うべきことはなく、ただ、アモールが連絡を絶やさないようにすると言っただけ。最後までそれを守るつもりでいるようには聞こえない。

しかし、受話器をおろし、南アフリカ最南部にある狭いアパートメントにひとりでいると、たったひとつの考えがアモールの頭の中に繰り返し浮かびあがる。帰らなくちゃ。それが彼女の考えていることだ、帰らなくちゃ。家族の中で残っているのは自分だけなのだから、帰らなくてはならない。これが最後。その認識がゆっくりとこみあげてくる。心象風景のなかで、彼女はぽつんとひとり、平原の細長い岩のように立っている。孤独には慣れていて、最近ではそれ以外の状態に縁がないが、最後に農場に立つときほど孤独を痛感することはないだろう。

まだその用意はできていない。心身が弱っているあいだは無理だし、目下、彼女は弱っている。兄がしたことによって、中身がくりぬかれたかのようだ。そのことを考えるだけで立っていられなくなる。兄の力と怒りのすべてが内攻し、あの金属の筒に白熱した感情を注ぎ、みずからの命の真ん中に狙いを定めた。ここ／ここではない／どこでもない。アントン、彼女が本当には知らなかった兄。高すぎて、遠すぎて、他人すぎた。そして今は跡形もない。

だが、完全にないわけではない。遺体が燃え尽きるまでには二、三時間かかるからだ。火葬炉はすくなく、死者は多い。そのあいだ、個々の遺体は最大級の忍耐をもって、凍えそうな控え室で順番がくるのを待っている。可燃性の箱に入ったアントンもそのなかにいる。死衣などなんであっても同じなのだが、彼は妻が選んだ服を着ている。サンダル、青のサージのズボン、たっぷりした緑のシャツ、アントンが彼女にプロポーズしたさいに着ていたと、デジレがほぼ確信している組み合わせだが、ことによると別の機会と混同しているかもしれない。これ以上、彼のためにすることはない。彼のためにしなければならないことはもうない。

扉が開いて、アントンが火の中へ入るその瞬間をのぞいては。だが確実に訪れるその瞬間は、その日ではないようだし、次の日でもなさそうだ。炉の中心が白く輝く。一切が、半世紀にわたって太くなったきずなが、ゆっくりと溶解するが、簡単には溶けない。

この操作を監督するのはクラレンス、出っ歯ですわりの悪いかつらの男で、三十三年にわたり、ちいさくて凶暴な末端の職員のような火葬炉を担当している。ダイヤルをひねるのはクラレンスだし、遺体がすっかり灰と化したことを判断するのも彼だ。特殊な遺体が引き起こす珍事を知ったら、人はびっくりするだろう。たとえば極端に肥満した遺体の脂肪がとけて燃えやすくなり、火葬炉自体が火事になったことがあったし、ペースメーカーのような機械部品が体内に埋まっていると、爆発が起きる。しかしアントンはたまたま、スムーズに処理される。栄養失調かと思われるほど痩せていたので、あっというまに灰になる。もっとも灰というよりは、骨の細片がまじった一山の砂利、と言ったほうが正確だろう。実際、その量は驚くほどだ。

アントンが冷めると、彼のすべてをひとつにまとめ、銀の詰め物とか医療用のピンとか、そういったものがないかどうかふるいにかけてから、粉砕機にかけるのも、やはりクラレンスの役目だ。粉砕機がすべてを挽いてほぼ粉状にする。これでアントンは間違いを防ぐために番号が明記された、あらかじめ注文されていた壺に、液体のように注がれる。この時点では、混同を避けるのがきわめて重要なのだが、いずれにしろ、アントンの遺灰は混じりけなし、というわけではない。彼より先に火葬にされた人びとの最後にこすりとられたものが混じるからだ。特に、アントンのすぐ前の遺体の灰が混じるのは避けられない。その灰の主はバナナを喉につまらせて窒息死した、スラヴ語の分野における准教授だった。

同じ日、クラレンスは事務所からミセス・スワートに電話をかけ、ご主人をおひきとりいただく用意が整いましたと知らせる。彼女は次回、町の美容院へ出かけるついでにアントンを持ち帰るために立ち寄る。実際の骨壺はカタログよりも見劣りがし、大きくて不恰好であるうえに、彼の遺灰は大量だ。ちいさな靴下片方分ぐらいだろうと想像していたが、アントンは、形こそないが、相変わらずたっぷりした識別可能な量と重さで壺の中に収まっている。

デジレはそれをどうしたらよいのかわからない。ばかげているが、アントンがそこに入っているような気がする。入っているのだ、つまり、だってそうだろう。彼のミニチュア版がトンネルの中のモグラみたいに、中にうずくまっている。デジレは蓋をとっては中身をつつく。ときには、母親のように話しかける。もう、静かになさい、いいかげんにしてちょうだい。そんな感じだ。遺書によれば、どこかに撒くようにとのことだったが、それをする気になれない。どこもなにやらふさわしくないような気がするため、結局、デジレは壺を居間の暖炉のマントルピースに置きっぱなしにしている。どうすべきか思いつくまでは。

大きな変化があきらかに訪れようとしている。どんな変化なのか、デジレは知らないが、着実にやってくる。シェリーズ・クーツ＝スミスが折り返し電話をくれとのメッセージを残していた。デジレの勘があたる。いい話ではなさそうだ。アントンはいつも、デジレが一切を相続すると声高に言っていたが、彼が真実を語っていたのはいつのことだろう？　たとえ彼自身が本気でそう思っていたとしてもだ。

ええ、シェリーズ・クーツ＝スミスは言う。アントンがあなたに言ったことは正しいです。一切があなたに残されました。ただし。

ただし、なんです？

ただし、ひどい状況ですよ。アントンは二件の生命保険に入っていましたが、死因が自殺なので、お金はおりません。また、彼は多数の人に多額の借金をしています。処理するには長い時間がかかりそうですが、あなたが相続することになるのは、ええ、負債という大きな黒い穴です。家業の、あの蛇パークでしたか、あれは共同経営者とのごたごたにより差し押さえられていますから、その方面で得られる利益はありません。次に、農場の問題があります。どうされたいですか？

デジレはここでの暮らしがあまり気に入っていなかった。今なら出ていけるが、最近になって気持ちがぐらついていた。モティが言うには、この場所には力に満ちたエネルギーがある。どうやら小丘の頂上にレイ・ライン（古代の遺跡群が描く直線）が集中しているらしく、瞑想にすばらしい場所だと彼は考えている。二週間前にも集団でためしてみたところ、完璧なハーモニーが得られた。だからデジレは農場に関する自分の問題は、本当は結婚生活に関する問題ではないのかもしれないといぶかしんでいた。ことによると、これは再生の時なのでは？ 最近、誰かから、あなたを象徴する精神的動物は不死鳥だと言われたし！

弁護士は言う。個人としての意見を申しあげれば、わたしなら農場を売却して損失額を縮小しますね。最終的には、持ち出しにはならないかもしれません。でも、もうひとりの妹さんがいないと、売却はできないし、なにもできないんです。今やあなたがたは対等なパートナーですから。

アモールと対等なパートナー！ だが彼女はここにいないし、いることを望んでいないし、誰も彼女をつかまえられない。連絡すると言ったのに、それっきり音沙汰なしで、彼女の番号、ちなみに、このご時世に、それは固定電話なのだが、そこへかけても、いつもきまって応答はない。いつかあらわれることを期待して信じる以外、なにができよう？

アモールは一カ月後にあらわれる。つまり、連絡は絶やさないと言っていたとおり、連絡してくる。とても礼儀正しくて、義妹であることが職業ならば、プロと言ってもいいほどである。アモールは農場を訪問したがっている。ひとつ提案があり、それをできれば直接会って話し合いたい。明日はどうですか。

明日！　ちょっと待って、手帳を見てみないと。デジレは手帳など持たないし、守るべきスケジュールもほとんどないが、にもかかわらず、見栄を張って、そう言う。明後日にできない？

後刻、デジレはモティに言う。見てて、彼女はわたしが手足となって仕えると思ってるのよ。そんなこと、するもんですか！

きみは彼女があらわれてもいないうちから、壁を作っているんだね、と彼は穏やかにつぶやく。森羅万象がもたらすものに心を開くように努めることだ。

モティがそう言うのはアモールのためではなく、近頃、彼は実践的、肉体的接近をさかんにはかるようになっているせいであり、デジレがそれを拒むのは人間不信に悩んでいるせいだと察しているためだ。だからモティはデジレが警戒を解くのを望んでいるのだ。ここしばらく、彼女は以前より寛容になっていた。するとモティは瞑想クラスのあと、話し合いもしないで引っ越してきた。デジレが一晩泊まっていったらとほのめかしたところ、なぜかそれが二日になり、一週間になり、今では同居が既成事実になっている。たいていの場合、デジレはそれを正しいことだと感じる。高みにのぼった彼女の心はその取り決めを祝福したが、アモールは違う見方をするかもしれない。彼女がここにいるあいだだけ、モティは出ていったほうがいいのでは？

怖いんだね、とモティは意見する。虚栄心と怒りの根っこは恐怖なんだ。

彼はもちろん正しい。つまり、彼はそう確信している。モティの場合は結局どちらも同じことだ。だが彼女は彼を疑うことをしない。他人にたいしてこれほど心を開いたことはめったになかったし、もっとオープンになれると思う。モティにもそう言い、彼が眉をぴくぴくさせると、言いすぎたかとあとになって思う。

つまるところ、信じがたいが、彼らを結びつけたのはジェイコブ・ズマ（元南ア大統領。在任期間二〇〇九〜二〇一八）だ。その日の夜遅く、彼らが床の上でのんびり赤ワインを飲み、アモールの話をしていたあいだ、それまで目立たない背景だったテレビに突如、辞任を発表する大統領が映った。モティがボリュームをあげるが、番組はすでに終わりかけている。そっけない声明をだして、ズマは歩きさっていく。乾杯だ、あばよ、行っちまえ！　長年、われわれを人質に取って身代金を要求したあげく、手綱を離して、ぶらぶらと出ていく。今こそ生きよう！　そうだとも！　ああすごいぞ、信じられるか！

赤ワインのせいなのか、それともその日がバレンタインデーだからかもしれないが、その瞬間、デジレが壁を突破する。政治には、特に父親がああなったあとでは興味はないが、もちろんズマについては知っているし、すくなくとも、善人面をした悪党が嫌悪すべき人間だということぐらいは知っている。そしてこの高慢な声明が、彼女に解放感をもたらす。これまで身体を締めつけてきた衣服を次々に脱ぎ捨てながら、彼女は言い続ける、ああ、わたしは自由よ！　靴を脱ぐ。どうしてかしら、モティ、すごく自由を感じるの！　スカートを脱ぐ。自由よ、自由よ！　この国は変わる！　もう下着も脱いでいる。きっとみんなが空気の変化を感じている。あの悪党が辞任したのだから……国中に善がいきわたり、グプタ一族（インド出身の実業家一族。政治がらみの汚職などで悪名が高い）は逮捕され、犯罪者は軒並み刑務所にぶちこまれるだろう！　ケープタウンの旱魃は終息する！　送電網の停止は二度と起きない！　わたしたちはみな自由、自由、自由よ。そして最後の一枚を本当に脱ぎすてたとき、デジレはかつてないほどモティにたいして率直になる。彼らのあいだに起きることは美しくてたぐいまれな経験で、ズマ辞任の夜は国中の婚外性交率が劇的にはねあがったのを、彼女が知らないのは幸いだ。

もちろん、明けてすぐの翌日、アモールにたいし、モティが何者で、ここでなにをしているかを説明しなくてはならないのはばつが悪い。ラッシュアワーで渋滞する道路を空港へ向かうあいだじゅうデジレは頭を悩ませている。アモールはよりによって最悪の時間帯、夕方到着の便でやってくる。本当なら迎えに行くと申し出るのは無理な相談だったのに、あの女ときたら、信じられないことに、未だに運転免許証を持っていない。だからデジレは空港までずっと、言い訳を考え、恐怖と虚栄心を浄化しようと努める。深呼吸深呼吸、デジレ。自分にやさしく。でも、白状しすぎてはだめ！

到着ロビーでは、互いの顔がわからない。おまけにアモールは携帯電話を持っていない地球上で最後の人間だ。でも怒ってはだめよ、デジレ、深呼吸深呼吸。問題は、昔のアモールのおおざっぱな記憶しかないことで、もちろん、今の彼女はその頃とは違う。白髪がツンツン立った小柄な中年女性がおぼつかなげな表情を浮かべて、とうとう目の前にきて足をとめる。見たこともない顔だ。

でも思っていたほど悪くない。まちがいなく、威嚇的なところはない。やや平凡だし、やつれているから、くらべると自分があでやかに思える。アモールは化粧をしなくちゃ！

あなたがアモールね、デジレは言う。だが、わたしがデジレよ、と言ってもよかっただろう。それでも目的は果たせる。対等なパートナーである彼女たちが互いを見つけられたのは、到着ロビーが閑散としてきたためだ。

農場へ向かうあいだ、デジレはアモールにモティについて話す。最初から正直に話そう、でも、さりげなく、大ごとではないようにしようと、彼女は決めていた。わたしの精神的指導者で、自然治癒者で、数年来、彼のもとで瞑想を学んでいたの。

説明する必要はないわ、とアモールは言う。わたしには関係ないことだから。

わたしがこの話を持ち出したのは、あなたのお兄さんが彼をあまり好きじゃなかったからよ。とりわけ、お酒を飲んだあとでは。実際、あの夜は暴力的な雰囲気になって、そのあとアントンは……彼女は言葉尻を濁す。わたしがこんな話をするの、いやじゃない？

アモールは首を横にふる。ちっとも。アントンはむずかしい人だったわ。そのことは誰でも知っている。

そうなのよね！　それからデジレはおしゃべりと言ってもいいほど口が軽くなる。アモールに打ち明け話をするのは簡単だ。とても静かだし、じっと耳を傾けてくれる。それにしゃべるときは、実に正しい言葉を使う。ああ、そうなのね。なにをたずねるべきか、どう耳を傾けるべきか、アモールは心得ている。だからデジレは話す……すこしやりすぎなほど。普段なら母親にしか言わないようなプライベートなことも。結婚生活にまつわる、その大半が寝室に関連するさまざまな出来事やエピソード。子供の問題も口にしないではいられない。どんなに彼女が子供をほしかったか、それは身体が求める渇望であり、大きな欲求不満をもたらした。というのは、言うまでもなくアントンの生殖能力に問題があったからだ……不能になる前ですら。そう、彼女はそのこともアモールに話す！

そのあと、神経質に義妹をちらちら見る。あなたはどうなの？　子供を欲しいと思ったことはないの？

アモールは前方をまっすぐ見たままだ。若いころは欲しかった、と静かな声で言う。もう欲しくないけど。

どうして？　子供に家系を継いでもらいたくない……？　ああもう、わたしったらもっとましなことを考えられないのかしら……

アモールはもっとましなことを考えられそうだが、そうは言わない。いずれにしろ、車は農場に到着しており、あたりは夜の闇に包まれて、車内の雰囲気はぎこちない。デジレはしゃべりすぎた気がして、それを埋め合わせるためになにかしないではいられない。軽いヒステリーの衝動に駆られて、気がつくと、マントルピースに駆け寄り、平和の供物をつかんでいる。

ほら、デジレは言う。これはあなたの仕事じゃないかしら。

アモールは義姉が持っているものがなんなのか、なかなか理解できない。あ、ああ。こんにちは、アントン。

（やあ、シス）

あなたがここにいるあいだに、彼を撒くための場所を選んでほしいの、とデジレは言う。彼にとって特別だった場所を。あなたが決めて。

わかった、アモールは言う。これが重要な意思表示なのはもちろんだが、壺はものすごく重そうだ。やるわ。帰る前に。

じゃ、ゆっくりしてね。この来客用の寝室がいいと思うのよ。最近壁を塗り直したばかりだから。前よりずっと明るいし！

よかったら、昔の自分の部屋で眠りたいの、アモールは言う。

二階の？　アントンが書斎として使っていた部屋じゃない？　ああもう、あそこはめちゃくちゃなの、泊まるのは無理よ！　まだ向きあえていないから、手をつけていないの。でも明日まで待ってくれたら、メイドがきて、あなたのために掃除してくれるわ。

いいえ、自分でやる。あの部屋で眠りたいの。

その口調からアモールがそう考えていたこと、本気で言っていることが伝わってきて、デジレはもう異議を唱えない。

部屋は空中爆発したようなありさまだ。書類やら本やら記事やらファイルやら衣服やら埃やら文具やら領収書やらメモやら写真やらコインやら絵葉書やらが、野放図に積み上げられ、散乱している。いつもひどかったが、今は目もあてられない。すべてのものの下に、かつての彼女のベッド、机、椅子の輪郭が見えるから、掘り出せるだろう。

お茶でもいかが？　自分でも驚いたことに、デジレは申し出る。それとも、なにか食べる？

食べる物は持ってきたの、アモールはバッグを持ちあげてみせる。ビーガンになったし、迷惑はかけたくないのよ。すこしあとで自分で料理するわ。

なにもかも、思いがけない。身構えていたこととは違う。考えてもみて、スーツケースの半分に自分で食べる野菜を入れてくるなんて！

彼女、なんていうか、思いやりがあるわ、デジレはモティに告げる。これはすこししてから階下の居間でのことで、ふたりとも声をひそめている。夫は常々、アモールは彼女の身に起きたことのせいでちょっとヘンだと言っていた。でも、ヘンじゃない、その正反対よ。

モティは身体を折り曲げてカメのポーズを取りながら、得意そうににんまりと笑う。ヘンの反対ってなんだ？　正気も狂気だよ、ちがう？　ああ、二元性と両極性だ！　彼女の身に起きたことってなんだ？

雷に打たれたのよ！　小丘のてっぺんで。もちろん、昔のこと。

小丘で！　彼はポーズを中断して、まっすぐデジレを見る。あの場所にはエネルギーがあるって言わなかったかい？

二階から騒々しい音がする。アモールはアントンのものを部屋の片側から片付けはじめた。すべてを遠くの隅へひとつずつ移動させていく。はじめは秩序正しく配置しようとしたのだが、やがて断念して、手当たり次第にぞんざいに積みあげる。コンピューターまでプラグを引き抜いて、空いている場所へ運ぶ。役に立つ平らな表面が、すくなくとも部屋の半分にすこしずつあらわれてくる。うん、こっち側のここで寝起きできる。アントンは向こう側を使えばいい。ね、兄さん、シェアできるよ。

本当は階下におりて食事を作るつもりだったが、片付けが終わった頃には夜はすでに更けていて、食欲はまったくない。子供時代にたっぷり食べたから、もうおなかがいっぱい。この部屋で大きくなって、意識の中ではそのあともずっとここにいた。四十四年間ここで生きてきたも同然だ。アモールはシャワーを浴び、パジャマに着替えてベッドに横たわる。意識の中のエンジンが激しく回転していて、とても眠れそうにない。

子供の頃、毎晩頭の中で実行していた儀式を思い出して。色々なものに心で触れれば、まぶたがおりてくる。あの頃はとても不安だった。近頃のほうがずっとよくなっている。アモールは今、それをやってみる。心の中で手を伸ばし、庭の塀のある特定の煉瓦や、窓台の特別な一点、パティオの板石の、ある一箇所に触れようとする……でももうその必要はなく、意外にも、眠りに落ちる。

体温が急上昇して、まるで熱でも出たかのように汗をかき、彼女は急に目がさめる。暑い夜だが、身体はさらに熱く、体内の溶鉱炉が最高温度に達している。アモールはシーツをはねのけ、空気を求めて窓に近づく。雨を伴わない稲妻が地平線上でぱっと光り、不気味な大地の襞が海底から飛びあがってふたたび沈んでいく。数分のうちに熱さは鎮まるが、そのときには、すっかり覚醒している。電灯をつけ、机にむかってすわる。机の上はすっかり片付き、ひとつだけ紙の束が載っている。それを今、彼女はゆっくりと手元に引き寄せる。アントンの小説らしい。執筆活動というより抽象的状況をほのめかすように、しばしば彼が口にしていたものだ。だが、ちゃんとここにある。何年分もの厚み。ひとりでにできあがったものではない。

最初のページは空白だ。タイトルは最後にやってくるのだろう。そっけない、おどけた口調でしゃべる兄の声が聞こえそうだ。アモールはページをめくる。第一部、とある。春。アーロンはプレトリア郊外の農場で育った若者だった……

読みはじめると、本が遠くから、時間を超えて、彼の心からわたしの心へと入ってくる。今、彼女はもう部屋の中にはおらず、連続するトンネルのように、さまざまな角度でつながっていく文章の内側にいる。どこへ連れていくの、トンネルの中？　アーロンはプレトリア郊外の、ここと似ていなくもない農場で育った若者だ。逞しく、幸福な若者で、希望と野心にあふれている。きっとすばらしいことが彼の未来に待っているに違いない。多数の女性に誘われるが、彼が愛しているのはただひとり、近くの町に暮らす美しい女性だけだ。

書き出しの部分は八十ページほどしかない。やや感傷的ながら、均質で、うまく書かれたオープニングだ。漠然とした暗い影をほのめかす雰囲気がわずかにあり、それがじわじわと広がっていく。アントン／アーロンは家族のなかに敵がいると信じている。自分にたいして誰かがなにかをくわだてていると考えるのだが、その脅威は謎のままだ……欲張りな伯母か？　それとも嘘つきの妹か？　その忠誠心が怪しい、昔からいる召使かも？　正確にはなにも起きないので、どうでもよくて、芽吹いて花開くのは土地であり、アーロンの身体も同じように花開く。春がそこらじゅうで一気に爆発する。

アーロンにとって事態が目だって悪化するのは、冬と題された第二部だ。彼は射撃の悲劇的事故で女性を殺してしまい、警察からではなく自分自身から逃げ出す。中部アフリカらしき、多湿で草木の茂る、腐食性の、モラルも金属も等しく朽ちる名もない密林に身を潜める。こうしたすべてがわずか数ページで、スピーディーに、激しく、語られる。ところが、われらが謎のヒーローの人生がさらに重みと力を帯びていくはずのこの時点で、本はよろけ、ためらいがちに、不確かになる。彼はひどいことをし、ひどい目にあう。彼は大人の人生のとば口にいる若者だが、彼の期待は生き延びるための苦闘ですり減っていく。問題は、アーロンの人生が崩壊するにつれ、語りも壊れてきて、名前や詳細が段落ごとに変化し、アントンの子供とも老人ともつかぬ若くて老けた筆跡で、熱に浮かされたような削除と書き直しが続くことだ。

余白には作者の発言もある。これは家族の物語なのか、それとも農場小説なのか？　こんなのもある。天候は歴史には無関心だ！　さらに。これは喜劇なのか、悲劇なのか？　こうした発言が多くなったかと思うと、たちまち物語は消えてなくなり、作者が意図していたもののおおざっぱな骨組みだけになる。秋、と呼ばれる予定だったであろう第三部、そこでアーロンは農場へ帰還する。彼はさまざまな難題に直面し、悪意ある勢力が彼の転落をもくろむが、第四部で最終的に彼は勝利し、夏が君臨する。おおざっぱに十年ごとに分けられた人生の様相が、完全な成熟へ向かう彼の成長を、期待から敗北を経てつかんだ帰還と成熟へと、四季をまじえて描かれる。

きっとそういう予定だったのだろうが、本は完成とは程遠い。第二部の数ページを書いたあと、文章はばらけ、メモか、不可解なフレーズになる。自分宛のメモだろうか。そのうちのいくつかをアモールはでたらめに拾いあげる。南アフリカ人は皮肉に鈍感だ……この国では自分自身をのぞいて、誰かを支持するのは不可能だし、それさえも……あらゆる南アフリカ人の物語の中心にあるのは逃亡者だ……魔術師を殺せ／人でなしを皆殺しにしろ……

アモールは最後のページをめくる。メモの下、そこから離れて、締めくくりの言葉のようなものがある。だから、要はなんなんだ？　とそれは書いている。おかしなかすれ文字だが、アントンの筆跡だとまだわかる。本がついに頓挫した瞬間に書かれたものだろうか。それとも、他のなにかがだめになったときか。いずれにしろ、アントンが彼女に話しかけるのはこれが最後だろう。実生活では、ほとんど彼女を素通りしてしゃべっていたし、ひとつかふたつの会話を交わしたことはあっても、それすらもふたりの意見は嚙み合わなかった。なぜわたしはここにいるのか。それを思い出すのよ、アモール。

アモールは原稿の束をきちんと重ねて、元に戻す。壮大な計画はここで終わる。力強いすべりだしは、途中で輝きを失う。だが最後のつぶやきですら、声はいまだにアモールに話しかけ、アントンがみずから伝えなかったことを彼女に伝えている。その一部に、彼女は兄の人生のおぼろげな夢のようなものを見ることができる。眠りの中で宙吊りにされる人生の生の原料から意識が作りだすものを。

朝になると、アモールは義姉に話す。夜中に目が覚めて、ふたたび目を閉じることができなくなった。だから、アントンの小説を読んだの。

たった今、言われたことが、時間をかけてゆっくりとデジレの頭にしみこむ。原稿が実際に存在していたこと、それを勝手に人が覗いて……もし、彼が知ったら、怒り狂うだろう！　でも、もちろんデジレは知りたくてたまらない。

本当？　それで？　どうなの？

声が甲高くなったのは、夫のライフワークがひょっとしたら傑作かもしれないという密かな望みをずっと抱いていたためだ。ウィルバー・スミス（南アの冒険小説家）よりもすばらしいかもしれない。想像してみてよ！

だがアモールは首を横にふっている。四分の一しかできあがっていないわ。残りはたくさんのメモで、なによりも日記という感じ。到底、完成品じゃない。残念だわ。

やっぱり！　失望がもうひとつ増えた。予感が当たったことにデジレは満足めいた気持ちになる。アントンがあのろくでもないものに取りかかってほぼ二十年、彼は天才だとみんなに思わせていた……デジレは借金と災厄に直面している、彼女はそれを感じ取る。アントンが将来に備えていることをあてにしていたが、すべてはすでに失われている。彼が遺したものは混乱だけだ。それを片付けるのはわたし！　デジレは泣き出す。

これは早朝のやさしい太陽が照らす、玄関まわりのベランダでのことで、ふたりはコーヒーのマグを手にしている。農場での生活。アモールは目の前の手すりに、両足をきちんとのせて、もうひとりの女が泣きやむのをじっと待ちながら、黄色い遠景を見ている。

電話でもお話ししたように、あなたにひとつ提案があるの、とアモールは言う。聞く気があるかしら？

デジレはナイトガウンの袖でいそいで涙を拭く。人の心情を察することにあまり長けていないので、滅多にない機会がたてる咳払いに気づくことができない。静かにしゃべりだしたアモールの話に注意を払い、驚愕して耳を傾けるが、特別頭が切れなくても、提案されていることは理解できる。すべてが実に単純で、拒否するのはばかげている。

ひとつだけわからないことがある。あらゆる角度から検討しても、意味不明だわ。あなたにどんな得があるの？

なにも。

でも、それならどうして……？

わたしがそうしたいから、とアモールは言う。そういうことでいい？

シェリーズ・クーツ－スミスはこの話題を進める準備ができず、そうでなくてもちいさな目を細める。確認する必要がありますね、と彼女は慎重に言う。いかなる方法においても、強制されているのではない、とおっしゃるんですね？

ええ、アモールは言う。違います。

シェリーズ・クーツ－スミスはひたすらため息をつく。わたしの混乱がわかりますか？　それが意味をなさないからです。あなたは相続財産を放棄しようとしているんですよ……

アモールはうなずく。それがわたしのしていることです。

弁護士は急成長しているみずからの職業と釣り合うように、長年のあいだに肥大していた。途中で夫をふたり食い尽くし、冬眠中のパイソンのように、いまだにゆっくりと彼らを咀嚼している。二月の暑さで早くも息苦しい、書籍と肉体でぎゅうぎゅうのこぢんまりしたオフィスには大きすぎる体軀だ。彼女は金持ちで、多忙で、これらスワート家の人びとは吹けば飛ぶような存在であり、彼女の父親のクライアントで、かつては、過ぎ去りし時代は、それなりの影響力を持っていたとはいえ、今は関わるほどの価値もない。今、彼らにわずらわされる必要はないし、とりわけ、多数の厄介事を引き起こし、頭がすこしおかしいらしいこの最後のひとり、スワート家の末娘と関わるのはまっぴらだ。

わたしたちは長年あなたをつかまえようとしてきたんですよ、弁護士は不機嫌に言う。あなたはわたしたちを走り回らせたんです。

知っています。あなたのメッセージに返事をしませんでした。申し訳ありません。

彼女みたいな人間になにをしてやれるというのだろう？　あの無表情な顔の陰でなにを考えているのか、知りようがない。なにかたくらんでいるのかもしれないわね、そうだとしても驚かない。前に見たことのあるタイプだから。でもうまくいくわけがない。

とにかくですね、ご自分のなさろうとしていることをあなたが承知しているかぎりは、かまわないでしょう、と弁護士は言う。普通は利益に反する行動をするようにとは助言しないんですけどね。

わかりました。どうも。

もうひとつ別件があります。あなたのお兄さんが亡くなったときに争っていたことです。農場に対して提出された土地請求権があり、住民が強制的に退去させられたと主張しているのです。ですから、あなたのプレゼントは毒杯となるかもしれませんよ。

わかりました、アモールはまた言う。

いいでしょう。では書類を作成し、次の段階へ進めましょう。このとき、弁護士のまぶたが一段と重く垂れさがる。しかしそのあいだに、もうひとつの別件に対処できるかもしれません。ええと、わたしたちが解決しようとしてきた……

お金のことですね。

そうです。この問題はご存知かと思います。当方はあなたに連絡を取ることができなかったため、お父様の財産から保有口座へ毎月あなたの取り分を払いこんできました。あいにくとそれ以外の方法が見つからなかったからで――

どのくらいあるんですか？

えー、かなりの額になっているでしょう。その間、賢く投資していたらさらに増えたはずですが、もう遅すぎます。ちょっとお待ちを。きらきらのメガネをかけ、書類をがさつかせてから、数字を声に出して読みあげる。相当な金額だ。確かに。ゼロが数個付いている。これについてはどういたしましょうか？

口座番号をお伝えしますから、そこへ振り込んでください。

ミス・スワート。弁護士は現在の体軀を楽しんでおり、こういう話し合いのときは、自分がさらに巨大になっている気がする。皮肉めいて聞こえたら、すみません。ですが、あなたは二十年前にも同じことをおっしゃった。そしてそれっきり当方にはなんの連絡もなかったんですよ。

明日、口座番号をお知らせします、約束します。

わたしは弁護士です。約束など、なんの意味もありません。

わたしは自分の約束を真剣に考えています。アモールは言う。明日、知らせます。

明日は、アモールが小道を出発して小丘をまわりこみ、サロメが住む場所へ向かう日だ。彼女はまだそこを歩きたくなかった。書類を手にするまでは。すぐにでも書類は彼女のもとに届くだろうが、ここはひとつ、彼女はもう書類を持っている、弁護士が今朝文書を作成して彼女に渡した、ということにしよう。だから、書類はあるのだ、目の前に。彼女は書類を手に持っている。

暑くて、落ち着きのない午後。空は黒雲に覆われている。夏の嵐がやってこようとしている。乾燥した草や灌木が殺風景にくっきりと見える。歩くと靴の下で小石が鳴る。ロンバードの家がゆっくりと視界にあらわれる。ちっぽけなゆがんだ家は、それを求めて懊悩する価値などほとんどない。小丘のてっぺんから屋根を見下ろしたことは何度もあるが、中に入ったことはなかった。父さんがあそこへは行くなと言っていたから、その禁止命令がしみこんでいたのだ。あそこはわれわれの家じゃない、安全じゃない。きたないし、物騒だ。

そばまで行って外側から見ると、家は実際きたならしくて危険なにおいがする。地面は行き来する足によって固く踏みしめられ、むきだしで、いろいろな物体や家具の一部などがあたりに散乱している。ニワトリが数羽、埃の中でなにかをついばんでいる。外観を明るくしようというい くつかの試み——ブリキ缶に植えられたゼラニウム、椅子の上に広げた布——にもかかわらず、家そのものが麻痺してたわみ、暗い目がうつろに凝視し、正面のドアはあいている。こんにちは？　誰もいない。

だが誰かいる。サロメではない。トラックスーツのズボンとベストを着た太鼓腹の男、頭ははげあがり、ひげを生やしている。むっとするビールの匂いをさせている。家と調和した、なかば朽ちたような雰囲気を漂わせている。濁った空気と時間をはさんで彼らは互いを見つめ、記憶の底に沈んだ目鼻立ちがゆっくりと浮かびあがって焦点を結ぶ。

ルーカス！

アモール。あんたか。そうかと思ったが、確信がなかった……

微笑がぱっと浮かんで消える。すくなくとも歯はのぞくが、それだけで、握手さえない。そっけない態度。アモールは彼のほうへ動きたいが、じっとしている。

元気？

ああ、普通だ、とルーカスは言う。すばやい、よそよそしい微笑がまた浮かぶ。おれはここらじゃ、普通の黒人さ。だから、ちっとも元気じゃない。

それは残念だわ。

中に入るか？

お母さんはいる？

ルーカスがうなずくのと同時にサロメが彼の背後の戸口にあらわれる。前に会ったときの縮んでいたサロメより、さらに縮んでいる。足をひきずりながら出てきて、笑顔でアモールを抱きしめる。会えてすごくうれしいよ！／じゃあどうして泣いているの？／うれしいから！

ふたりの女は家に入り、テーブルにつく。ルーカスは隅の椅子に腰をおろして、携帯電話の画面を見ている。奥に、家具がほとんどない部屋がふたつある。雑誌から切り抜いた美しい自然の写真、エキゾチックな場所にあるクルーズ船の写真が、接着剤で壁のひとつに貼り付けてある。

部屋の中で起きることは、行為も言葉もすべて、常に目に見えないまま残っている。一部をのぞけば、見えないし、聞こえないし、その一部ですら不完全だ。まさにこの部屋で誕生も死も起きた。昔のことだろうが、日によっては、時の経過につれて今でも血が見える。

アモールはあたりを見まわし、ひび割れた漆喰に目をとめる。割れたコンクリの床。ガラスが入っていない窓。わたしの家族はこれを惜しがっていたのだ。

サロメはアモールがあちこちに目をやるのを見て、誤解する。彼女があたしらに出ていくようにと言ったのは知ってるだろうね。あんたの兄さんの奥さんさ。

知らなかった。アモールは言う。でも、そんなことはどうでもいいわ、あなたはここにいていいの。月末までには出るように、って奥さんに言われたよ。

いいえ。

このときアモールは一枚の紙、まだ持っていないはずの紙を、テーブルに置く。両手で皺を伸ばす。彼女はそれを、というより、テーブルを突き抜けて、下の床を、指さす。

サロメは紙でないもの、つまりはアモールが指さすところを見て、ゆっくりと理解する。あたしのもの？

ええ。すぐにそうなる、あとちょっと辛抱してくれたら。

三十一年間辛抱してきたサロメは、つい最近希望を捨てた。そしてその過程において、誰もが発見することかもしれないが、諦めが安堵をもたらした。もう年だ。八月には七十一歳になる。母さんが生きていたら、同じ年だ。はりを失ってかさかさした喉や頬、両腕のたるみに老いが見える。かつてのサロメはぽっちゃりとして、丸くて、たっぷりとした身体つきだった。同じ場所で、というより正確には、この丘の麓にあるゆがんだちいさな小屋と、その反対側にあるだだっぴろい家の二カ所で長年すごしてきた。どちらも自分のものではないふたつの家のあいだを行ったり来たり、それがサロメの人生だった。彼女もそれが変わるとは期待しなかった。

近頃は、ふるさとへ戻って、生まれ育ったちいさな村で余生を送るのもそう悪くないかもしれないと思っていた。ほんの三百二十キロ離れたマヒケングの郊外。サロメのふるさとがこれまで言及されたことがないとしたら、それは誰も聞かなかったからだし、知ろうとしなかったからだ。たびたび考えるうちに、その思いはすっかりなめらかになり、彼女はこの場所、自分になんの幸運も運んでくれなかったこの家を出ていくことを心待ちにしはじめた。今、厄介なことに、それを設定し直さなければならない。

どうしてそんなことができるんです？

兄が死んで、残ったのがわたしひとりだけになったから。

ゆっくりと手を叩く音。ルーカスが携帯電話を片付けていた。立ちあがってテーブルにいる彼女たちのほうへやってくるが、そのあいだ片時もアモールから目を離さない。おれたち、あんたに感謝しなけりゃならないのか？

アモールは首をふる。もちろんそんなことはない。

おれの母親はとっくの昔にこの家をもらうはずだったんだ。三十年前に！　代わりにもらったのは嘘と約束だよ。そしてあんたはなんにもしなかった。

サロメが息子を叱ろうとするが、彼はしゃべり続ける。

あんたは家族のすねをかじり、家族の金をもらう一方で、騒ぎを起こしたくなかった。家族がみんな死んだから、今になってやってきて、おれたちにプレゼントを差し出す。この家をあんたが見ていたのを知ってるぜ。冷や汗が出た、だろ？　屋根のぶっ壊れたひでえ部屋が三つ。それで、おれたちは感謝しなけりゃならないのか？

外は荒れ模様で午後のかすんだ日差しがあけっぱなしのドアからルーカスを照らし、辛辣な言葉とは裏腹に、アモールには彼が穏やかにすら見える。

たいした家じゃないのはわかってる、とアモールは言う。三部屋と壊れた屋根。さびれた土地の片隅。そのとおり。でもはじめて、ここがあなたのお母さんのものになるのよ。お母さんの名前が権利証書に記載される。わたしの家族の名前じゃない。それはくだらないことじゃないわ。

そうだよ。サロメが同意して、セツワナ語（南アの公用語のひとつ）でしゃべる。くだらないことじゃない。

くだらないさ、ルーカスが言う。あの冷たい怒りをたたえた笑みをまた浮かべる。あんたにはもう不要なもの、投げ捨てたってかまわないものなんだ。あんたの残り物だ。それをあんたは三十年もたってから、おれの母親に与えている。なにもないのと同じじゃないか。

そんなんじゃないわ、アモールは言う。

そんなんだよ。まだわからないのか、あんたのものを与えてるわけじゃない。すでにおれたちのものだ。この家も、あんたが住んでいるあっちの家も、それが建っている土地も。おれたちのものだ！いらなくなったからお情けで差し出してるのは、あんたのものじゃないんだ。あんたが持ってるものはなにもかも、白人のレディよ、すでにおれのものなんだよ。もらうまでもない。

白人のレディ？　アモールがまじまじとルーカスを見つめるあいだ、彼はふるえている。わたしには名前があるのよ、ルーカス。

遠くで雷鳴がとどろく。群衆が外国語で叫んでいるみたいだ。ルーカスは片手で彼女の名前を投げ捨てるジェスチャーをする。

いったいどうしたの？

おれは目覚めたんだ。

いい加減にして、わたしには名前がある。前はそれを知っていたじゃないの。小丘であなたに会ったあの日、家の話をした。おぼえてる？

彼は肩をすくめる。

わたしはよくあの日のことを考えるの。母はあの朝、亡くなった。わたしはあなたに会って、あなたに家のことを話した。わたしたちはほんの子供で、そこらをぶらぶらしていた。あのとき、あなたはわたしの名前を知っていた。

なぜ自分がこんなことを言っているのかアモールにはさっぱりわからない。記憶と言葉がただこぼれでる。だが、彼もおぼえているのは見ればわかる。ルーカスはすこしのあいだ答えないが、もうちょっとで彼女の名前をしゃべるかもしれない。

なにがあったの？　アモールはもう一度たずねる。

人生さ。予期せぬことがあれこれあった。

うん、見ればわかるわ。ルーカスの身体には傷跡がいくつもある。喧嘩か事故による浅い切り傷、深い傷、古い傷跡。さまざまな事件の部分的記録。痛みと苦闘、うまくいかなかった計画。どれも容易ではない。

ルーカスが表情を閉ざす。アモールから顔をそむけ、開きそうになった瞬間が閉じる。怒鳴り声はやむ、すくなくとも今は。

アモールはサロメのほうを向く。あなたに嘘はつきたくないの。だから知らせておくね、昔ここに住んでいて、強制的に退去させられたと主張する人びとによって、この土地にたいする権利請求が出ているの。土地があなたに与えられる可能性はあるけれど、また失う可能性もある。そういうことが起こりうる。

サロメはこの知らせを用心深く受け取る。目の色がすこし変化する。一方、息子はせせら笑う。ほらな、言っただろ。なにもないのと同じだよ！

最後にひとつだけ、とアモールは言う。目を伏せたまま、ごく低い声でしゃべっている。ルーカスは、わたしが家族のすねをかじり、家族からお金をもらっていると言った。それは事実じゃない。家を離れて以来、家族からはただの一度もなにももらっていない。だから、彼はそれについては間違っている。

でも、わたしはお金をもらうのを拒否したわけでもない。いらない、と言えただろうけど、言わなかった。だから、わたしに代わって管理されたロ座に毎月お金が振り込まれてきた。わたしは手をつけなかった。将来重要ななにかのために役立てられるかもしれない、と自分に言い聞かせたわ。それがなんなのかはわからなかったけどね。今は、わかる気がする。

ふん。ルーカスがまたあのせせら笑いを浮かべる。かすかな怯えもうかがえる。けちな金でおれたちを買収できると思ってるんだな……

最近、入金額は少なくなったわ。近いうちに停止するでしょう。でも、当初は大金だったのよ。けちな金じゃない。

へっ……

もうちょっとで数字を口に出しそうになり、思いとどまる。それが届いたら、わかる。あなたの銀行の口座番号を書いてくれる？

サロメがさよならを言いに、外へ出てくる。たった今起きたことに驚愕して、口がきけないみたいだ。ルーカスのこと、悪かったね。

彼はすごく腹を立てているのね。でも、きっと理由があるはずだわ。

はじめて刑務所に入れられてから、人が変わってしまったんだよ……

今や熱い風が吹き荒れていて、東から黒雲がどんどん近づいてくる。雷が空の喉の奥で鳴っている。ぐずぐずせずに急いで気持ちに蓋をしないと、心が砕けてしまう。ふたりの女はもう二度と会えないことを知っている。でも、なぜそのことが重大なのか？　彼女たちは親しくて、親しくない。結びついているようで、結びついていない。この国をひとつにしている奇妙な単なる融合のひとつだ。しかも、たまに、かろうじて。

彼女たちは最後の抱擁をする。炎を秘めた身体という脆い容れ物。手の下で脈がかすかに打っている。

さよなら、サロメ。ありがとう。

さよなら、アモール。ありがとうね。

それが終わると、きみは歩き去る。あらゆる意味でそれをあとにして。

もちろん、泣きながら。しょっぱい涙が目にしみる。小丘が涙でかすんで揺れる。不意にとんでもない衝動にとりつかれ、迂回せずに小丘に登りたくなる。でも間に合うだろうか？　嵐は吹き荒れ、空気がバチバチと音をたてている。雷は一度落ちた場所に二度は落ちないと言うが、例外はある。どっちだろう。

気がつくと、丘を半分登っている。身体はまだ若いつもりでてっぺんまではひとっ飛びだと思っていたが、すぐに息が荒くなり、汗をかきはじめる。丘登りにふさわしい格好もしていない。この靴では無理だ。反対側から登るのに慣れていたし、ここには見える道もない。足にも習慣がある。でも結局、あの同じ場所に到着する。着いてみると、もう前と同じではない。

なにが変わったんだ、アモール？　黒焦げの枝でも岩でもなく、景色もたいして変わっていない。そうじゃない、変わったのはきみだ、ものを見るきみの目だ。なにもかもが前とは違っている、大きさも、恐怖も。壮大な景色が、とてもちいさい。ありふれたただの場所だ。あることがきみに起きた場所。

それが再び起きてほしくないなら、すぐに立ち去るべき場所。世界中の線が近づいてくるものから離れ、ひとつの方角に集まっている。雲が意地悪く火花を散らしている。

だが、ちょっとだけ、ほんのすこしでいいから、枯れ木の下にすわってごらん。すべてが変わったあの日のことを思い出すんだ。今日と似たり寄ったりの日だった。神が指をつきつけ、きみは失神した。そのあと、父さんがきみを家に運びこみ、母さんやアストリッドやアントンが、家族全員が駆けつけてきて大騒ぎになり、きみは労られ、きみの上に全員が花のようにかがみこんだ。今、彼らは死んで、きみだけが残っている。

生まれて四十五年、その間、アモール・スワートが死にかけた唯一の瞬間が、六歳で落雷にあったときだ。昔の出来事で、どんどん遠ざかっていく記憶だが、それでもなぜか胸の内に封印されてもいて、足の傷、つまり欠損した小指のようにすぐそばにあって触れることができ、そこがうずきだしている。死ぬことを考えると、いつもうずく。頭はばかでも、身体は知っている。

これまで幾度となく、彼女はあの白熱の一閃（いっせん）とその向こうの闇を考えた。あれで終わっていたかもしれないのだ。なんであるにせよ、わたしの人生は。残りの人生は空疎だけれど、それでも、さまざまな出来事が織り込まれた一枚の生地になっている。死者は去っても、つねにわたしたちとともにある。

急げ、アモール、あの雷が戻ってくる。終わっていないことは、そのままにしておくのが一番だ。彼女は嵐に先んじているが、その差はわずかで、滑るように急いで家に向かって小丘をくだりはじめ、平らな地面にたどり着いたとき、最初の雨粒が埃にぼつんと切り込む。ぴちぴち、たたん。調子っぱずれのピアノ、酔っ払いのピアニスト。

次の瞬間、空がぱっくり割れて一切合切が落ちてくる。彼女はものの数秒でずぶぬれになる。だったら、走ったところで意味がない。走る代わりに両腕を広げてごらん。

そうだ、ほら、雨がやってくる、物語の中の安っぽい償いの象徴みたいに、荒れ狂う空から金持ちと貧乏人の上へ、幸福と不幸の上へ、等しく降ってくる。豪華な邸宅の上と同様にブリキの掘っ立て小屋の上に降る。雨は偏見を持たない。決めつけることなく、生者と死者の上に降り、夜を徹して何時間も降り続ける。教会の戸口がねぐらのホームレスの上に降り、彼を起こして、ほかの避難所を探させる。モティの部屋の屋根をそっと叩き、詠唱の練習のようなぶーんという音となって、彼の眠りに侵入する。

鎮静剤で穏やかになったデジレの部屋の屋根を叩き、たくさんの足がずらりと並んで行進している夢をかきまわす。

清められた地中で別々の棺に横たわるレイチェルとマニの墓の上に降り、他の墓、アストリッドとマリーナとオーキーの墓の上に降り、アントンの遺灰を入れた壺の横の窓を叩く。報告するような夢はここにはない。

雨はロンバードの家、失礼、サロメの家の屋根にあいた穴を見つけ、雫は流れとなり、とうとう年老いた女性は起きあがって、バケツや鍋を捜しに行く。

目覚めているのはサロメひとりではない。アモールも子供の頃のベッドに起きあがり、雨音に耳をすます。過ぎ去りし昔の日々が雨の波に乗り、水が農場中に降りこみ、樋の中でからみあい、渦を巻いて、反時計回りによじれながら地中にはいりこむ。ほら、ごろごろいっている、しゅうしゅういっている！　コンロにのせた鉄板みたいだが、雨はひんやりしていて、気温がさがるのが感じられる。

夜半過ぎ、嵐がようやく通りすぎると、水のしたたる静寂があとに残る。カタムツリが地中で体を伸ばして土を押しのけ、暗い緑の海に浮かぶ小型のガレオン船のように細い銀の航跡を引く。土の中から麝香を思わせるフェロモンの香りが巻きひげのように空中にはいあがる。

朝、こまかな蒸気が世界に広がり、すべてがぼやけている。アモールは日の出のすぐあと、起きて着替える。早朝の便に乗ることになっていて、その前にやるべきことがある。昨日すませておくべきだったのだが、もっと大事なことが他にあった。それに、これをやっていいのかどうか、いまだに確信が持てなかった。突飛な思いつきなのはわかっているが、本当に突飛だろうか？　これ以上ふさわしいことはない気がする。

かまうものか。今やるか、いまいましい遺灰を持っていくかだ。アントンを手荷物に入れて？　アントンが部屋の隅で壺の形にしゃがんでいてもいいの？　冗談じゃないわ、絶対にだめ。もうアントンはたくさん。風にむかって撒こう。

だがまずそこへたどりつかなくてはならず、やってみると、見かけよりずっと骨が折れることだとわかる。彼がやるのを何度も見ていたから、簡単なのだと思いこんでいたが、窓下のでっぱりに出ても、身体を持ちあげる方法がない。とりわけ、片手ではむずかしい。

壺を頭上の樋にバランスよく置けばよいのだと思い、ようやくこつを飲み込む。手をかける場所を見つけ、屋根の下部の平らなところへ身体をひきあげる。よじ登るようにして屋根の上にはいあがり、そろそろと急勾配の瓦屋根のてっぺんにたどりつく。巨大な空はがらんどうだ。その中心の強力な吸引力のある重力がわたしをひっぱる。うわー、しっかりつかまって。あの青い奈落へ永遠に落ちていきそう。だが同時に彼女はなぜ兄がこの屋根の頂上を好きだったか理解する。土地を一望できる。平原の王者だ。くだらないけど、そうだったんだね、アントン、もう会えないのがさみしい。

ところが、想像通りにはいかない。当然だ。吹いてきた風に向かって壺を傾けるが、折悪しく風が弱まって、灰の大半が屋根に落下し、長い茶色の筋を描く。次の雨、それがいつになるにせよ、次の雨に洗い流されて、樋に流れ落ちることになるだろう。

そのあと、彼女はそこに腰をおろしたまま、おだやかな早朝の太陽を楽しんでいるが、身体がこの瞬間を選んで、またしてもホットフラッシュが起きる。指先がジンジンしはじめ、心臓の鼓動が速くなり、火の勢いが強まって、煙道が開き、血管が肌を冷やそうと膨張し、首と顔に赤い花が咲きはじめる……あーもう……屋根をはいおりて日陰にはいろうとするが、思い直す。まだ立ち去る準備ができていない。代わりにシャツのボタンをはずして、脱ぐ。

屋根の上にブラひとつの中年のアモール。屋根の上にブラひとつの中年のアモール。そこに、彼女の物語の中心に、彼女はすわっている。昔とは別人で、将来なりそうな人間とも違う。まだ年寄りではないが、もう若くもない。その途中のどこか。盛りをすぎた肉体はきしみ、敏捷には動かない。

若さの頂点にいたときのことを思い出してごらん。でも、そのときはわからなかった。初潮があった日、家族で母さんを埋葬した日。出血は過去のことになりそうだ。最後の生理は三カ月前で、もうこないだろう。若い樹液がなくなりかけて、エネルギーがじわじわと枯渇している。葉を失いつつある枝だ。いつかぽきんと折れる。それから？　なにもない。ほかの枝が空所を埋める。ほかの物語がきみの物語に上書きされる。すべての言葉を削除する。こうした言葉すらも。

そこでなにをしているの？

デジレの声が芝生からのぼってくる。彼女は義妹を捜してそこらじゅうを見てまわっていたが、屋根は予想だにしない場所だった。しかも、上半身ブラひとつ！

世界を見ているの、アモールは叫び返す。もうでかける？

あと五分で。

今行くわ。アモールはシャツを着てボタンをはめる。火照りは消え、前よりましな気がする。壺はそこに置いていく。持って降りたところで仕方がない。一歩一歩、屋根から降りはじめる。次になにが起きるにせよ、そこへ向かって。

ラビのグレッグ・アレクサンダー、マルティナス・バッソン、アレックス・ボレーン、フリ・ボサ、クララ・ファーマー、マーク・ゲフィセル、アリソン・ロウリー、トニー・ピーク、ロハン・スマッツ神父、アンドレ・フォルスター、キャロライン・ウッドのみなさんに感謝します。

解説

フランス文学者
野崎 歓

この小説は、南アフリカの農場主であるスワート家の運命をたどって、三十余年に及ぶファミリー・サガを形作る。人々のあいだを自在に浮遊するような文体によって家族の葛藤と時代のうねりを鮮やかに描き出し、刺激的な読書体験を味わわせてくれる。

冒頭、「アフリカーンス語」による会話が出てくることから、一家がアフリカーナー（ボーア人）であることがわかる。長い植民の歴史を経て、一九六〇年代に入ると、アフリカーナーを支持層とする国民党が政権を取ってイギリス連邦を脱退し、南アフリカ共和国を成立させた。そしてアパルトヘイト（人種隔離）政策を推進したのである。

一九八〇年代に入ると、アパルトヘイトの暴虐は国際的に知れ渡り、南アフリカは孤立を深めていく。矢面に立たされた当のアフリカーナーたちはどのような思いを抱いて暮らしていたのか。長く患っていたスワート家の母親レイチェルが逝去した一九八六年に、物語は始動する。

父親のマニ、息子のアントン、娘のアストリッドとアモールからなる一家（さらにはマリーナ伯母やその家族等も含めて）の、あまりにばらばらな意識のありようが、ぎくしゃくとした葬儀のなりゆきをとおしてあらわになっていく。アフリカーナーの大多数と同じく、スワート家はプロテスタントだが、レイチェルはキリスト教を捨てておのれの出自であるユダヤ教に帰依していた。夫婦のあいだには大きな亀裂が走っていたのだ。父子も反目しあい、きょうだいの関係もしっくりいっていない。軍隊に身を置く長男アントンは反政府暴動のさなか、投石しようとした市民の女を撃ち殺した。「国を守るため」の行動とはいえ、それが母の死と重なってトラウマとなり、彼の心をさいなむ。葬式だというのにガールフレンドとセックスしワインをしこたま飲んで帰宅。父を激怒させたのち、アントンは軍隊を脱走し、長らく逃亡生活を送ることになる。

アストリッドは自分の性的魅力を鼻にかけ、「美人にはなりそうもない」妹を小馬鹿にしながら、スリムな体型を保つために摂食障害的なふるまいを繰り返している。「黒人」や「未来」を怖れ「秩序ある社会構造が崩れるのがこわい」と感じている彼女にとって、ひょっとすると将来、被害妄想が現実になるような事態が待ちかまえているのだろうか。

姉ばかりかみんなに軽んじられ、幼すぎ愚かすぎるとして蔑（さげす）まれているのがアモールだ。この「予定外の末っ子」のことを、父親は本当に自分の子どもなのかと内心疑ったりしているのだからひどい話である。アモールが他の家族にとって「目に入らな」いような存在であることは、彼女をもう一人の目立たない女性に接近させる。長年にわたり一家に仕え、掃除や洗濯を始めとして日常のあらゆる労働を引き受けてきた黒人の家政婦サロメである。

サロメは病床のレイチェルに献身的に尽くし、下の世話に至るまで一人でやっていた。感謝のしるしとして、レイチェルは今際のとき、サロメに「家」を贈るようマニに言い残し、マニはそうすると請け合う。そのやりとりをアモールは聞いていた。だがマニは妻の死後、約束を実行に移そうとせず、そんな遺言があったことも認めない。しかもアモールは兄から、黒人が家を所有するのは「法律に反する」のだと教えられる。そのとき、十三才の少女は初めて「自分がどんな国に住んでいるか」をおぼろげながら悟るのだ。

スワート家の祖父は口癖のように言っていた。「ああ、サロメか、土地もろともサロメも手に入れたんだ」。農場経営の基盤にはいわば一方的な収奪があったことを示す言葉だが、その不条理を家族は少しも意識していない。サロメは彼らの目にはほとんど透明人間も同様であり、自分たちが彼女を搾取していることにはまったく考えが及ばない。唯一、「ヘンテコな子供」であるアモールだけはその事実を肌身に感じ取る。そこにこの作品の核心がある。家の、そして国の異常さに気づいてしまった彼女はどうふるまうのか。われわれ読者はいかにも無力な彼女に、いったい何を期待できるのだろうか？

以後の構成はじつに大胆である。約十年ごとに物語をジャンプさせ、一家の者たちの変貌をピンポイントであぶりだす。しかも場面はつねに「葬儀」であり、だれかが死ぬたびに、普段はほとんど連絡も取りあわないような不仲な一族が再会するという趣向である。最初は若かったきょうだいはそのたびにぐっと歳を取り、変貌を示す。それは彼らの国にとってまさに激動の時期だった。一九九〇年、二七年間にわたり投獄されていたネルソン・マンデラが釈放された。九四年には初の全人種参加による総選挙が行われ、マンデラが大統領に選出される。翌九五年にはラグビーワールドカップが南アフリカで開催され、自国代表チームが熱狂の渦のなかでみごとに優勝を果たし、世界に向けて人種融和をアピールした。

だがスワート家の面々は、そうしたダイナミックな転変のなかで積極的役割を演じるわけでは毛頭ない。歴史を反省したり認識を改めたりする様子も特に見られない。大きな変化としては、アストリッドの浮気相手が黒人になったことくらいだが、それは要するに黒人の抬頭するご時世に流されるがまま情事にふけっているだけの話である。アントンはといえば、小説を書いていると虚勢を張りながら無為な日々を送り、「おれは人生を棒にふった」とやけくそまじりの言葉を吐く中年男になってしまう。アモールは彼らの前から姿を消して、世界を放浪したのちに帰国、看護師の仕事で身をすり減らせている。他者のケアのために自己を捧げたサロメに倣ったような人生を選んだのである。二十代のころは見違えるように美しくなり姉に目を瞠らせたものの、それも束の間のことでしかない。

こうして一家の没落は、そのままアフリカーナーたちの築いてきた不平等で非人道的な社会の終焉と、白人中心主義の落日を描き出す。スワート家の人々は「平凡な、肌の白い南アフリカ人」でしかないからこそ、この国の体制が「普通」の市民の自堕落な無自覚によってしっかり支えられてきたことが如実に伝わってくる。しかも、そんな彼らがにっちもさっちもいかなくなっていく過程が、小説としてはじつにいきいきとしてスリリングな興味をかきたてるところに、逆説的な面白さがある。人物たちの内面の声を伝える自由間接話法は、ヴァージニア・ウルフやウィリアム・フォークナーの先例を思い起こさせるが、そこににじむ皮肉やユーモアには独特な遊戯感覚がうかがえる。語り手はすべてを超越しながら「虹の国の民」つまり南アフリカ国民であるとも自称する、なんとも融通無碍なポジションにいる。そしてときおり登場人物や読者に直接語りかけて、濃密なコミュニケーションをつむぎ出していくのである。

アントンが執筆しているはずの、全四部構成の力作はいっこうに完成しない。そんなアントンに作者はひそかな連帯と憐れみの念を送っているのかもしれない。だが作者自身はやはり四部からなるこの作品をみごとに完成させた。とりわけ最終部分の素晴らしさは圧倒的で、壮大なシンフォニーを聴き終えたような感動が訪れる。崩壊と解体のありさまを容赦なく描きながら、作者はそこに一筋の希望の光をくっきりと浮かび上がらせている。構成の妙と、ネガティヴなもののただなかにポジティヴなものを立ち上がらせる作品の精神に打たれずにはいられない。「過去を水に流すことのできない人びと」とともにあること。それが文学にとっていかに大切なことかを実感させてくれる小説である。

二〇二四年五月

訳者略歴　立教大学英米文学科卒，英米文学翻訳家　訳書『賢者たちの街』『モスクワの伯爵』『リンカーン・ハイウェイ』トールズ，『このやさしき大地』『ありふれた祈り』クルーガー，『ウルフ・ホール』『罪人を召し出せ』『鏡と光』マンテル，『夕陽の道を北へゆけ』カミンズ（以上早川書房刊）他

約束（やくそく）

2024年6月20日　初版印刷
2024年6月25日　初版発行

著者　デイモン・ガルガット

訳者　宇佐川晶子（うさがわあきこ）

発行者　早川　浩

発行所　株式会社早川書房
東京都千代田区神田多町2－2
電話　03－3252－3111
振替　00160－3－47799
https://www.hayakawa-online.co.jp

印刷所　株式会社亨有堂印刷所
製本所　大口製本印刷株式会社
Printed and bound in Japan
ISBN978-4-15-210339-0 C0097
JASRAC 出 2403772-401
乱丁・落丁本は小社制作部宛お送り下さい。
送料小社負担にてお取りかえいたします。

シャギー・ベイン

SHUGGIE BAIN

ダグラス・スチュアート

黒原敏行訳

46判上製

一九八〇年代、不況下の英国グラスゴー。〝男らしさ〟を求める時代に馴染めない少年シャギーにとって、自分を認めてくれる母アグネスの存在は彼のすべてだった。アグネスは誇り高く、家族をまとめようと必死だったが、夫に捨てられてからは酒に溺れていく。シャギーは、母を救おうと懸命にもがき続け——居場所のない親子の愛を、痛切に描く自伝的巨篇にしてブッカー賞受賞作。